寫給芳菲及其同齡人

目錄

目錄

目錄

自尊多情的狗兒們（代序）

我天南地北的朋友大多都是以文相交的。

小說家張學東自然也是了。相距千里之外，但這擋不住我熱愛張學東的文字，隨便什麼地方，只要見到了，都要或買或借，拿在手裡快快閱讀了。在我的記憶裡，讀過他的短篇，讀過他的中篇，也讀過他的長篇。我以為真正的長篇小說，必須要有這樣品質，就是直面生活，進入歷史或指向人性最深處。

「一條狗有一條狗的命，好比一個人有一個人的命。」我就是這麼進入張學東的這本書的，這是一部書寫少年和家犬成長的故事，我在書中見識了那隻名叫大黃蜂的狗，牠活靈活現地竄到張學東的筆下，承擔起他的精神思考，還有他的文學情懷。

大黃蜂是一隻自尊的而且是多情的狗。如果不是那隻跟隨馬車來到五尺鋪鎮狸貓樣色澤的陌生大狗，牠會一直保持牠在鎮上霸主的地位，且永遠地自尊，永遠地多情。那有什麼辦法呢？大黃蜂實在是太優秀了，通體一色的黃毛，寸來長鋪滿全

自尊多情的狗兒們（代序）

身，質地柔軟，色澤鮮亮，「特別是從脖頸起頭到脊背，再到尾巴梢尖，恰到好處地覆蓋著一條一榨來寬的棕褐色的過渡帶，像是雲彩投下的一片奇譎的暗影，發著油亮油亮的一抹螢光。乍一看，很像是披著一條閃閃發亮的長披風」。在小說中，張學東就是這樣精彩地描述牠的。大黃蜂吃飽喝足了，立刻顯得肚腹渾圓，跑動起來四爪抓地，叭叭有聲；還有那條不粗不細、不長不短的尾巴，總那麼硬挺俊拔，很有點狼的架勢。所以，大黃蜂在五尺鋪鎮子上，逍遙快活了好些個日子。牠忠誠於牠的主人，包括最早收養牠的老人，以及後來與牠相依為命的老人家的兒子與孫子。特別是年少的劉火，是牠最為靈動的好玩伴。牠的主人但凡有什麼危難困苦，牠是不會疼惜自己的，哪怕是自己為此付出生命的代價，牠也是在所不惜的呢！

可是，狸貓色澤的大狗坦克到五尺鋪鎮來了，大黃蜂的優越性受到了極大的挑戰，原來那麼關心牠愛護牠的主人，似乎也不如以前那樣了。大黃蜂得維護自己的自尊，以及自己的霸主地位，要與狸貓色大狗決鬥一番。不過事有變化，變化來自那個名叫謝亞軍的小女孩，她是與狸貓色的大狗一起到來的，她可不像那隻大狗，惹得大黃蜂很不開心。女孩有她的好處，她人生得文靜白皙，透著那麼幾分黠慧，穿著跟別的女生大相徑庭，渾身上下飄溢著一股洋氣和不俗。

8

謝亞軍之所以不惹大黃蜂心煩，關鍵在於牠的小主人劉火對謝亞軍另眼相看，容不得牠對謝亞軍有半點不恭。至此，自尊多情的大黃蜂，似乎知道牠的自尊，還有牠的多情，都是因為牠的主人劉火。隨大人們轉學過來的謝亞軍，跟大家同學在一起，最讓劉火感到幸運的是，她就坐在他的前一排。劉火近水樓臺總是能多看她幾眼的，她的後脖子「雪白雪白的，彷彿白瓷花瓶細長的頸；簡潔的馬尾是用一個有碎花點的白手絹紮起來的，形狀類似盛開的大蝴蝶花；靠近髮際的地方，繚繞著幾根散開的青絲，蕩漾著某種微妙的波紋；她身上還穿了那麼漂亮的花布連身裙」。

　　少年劉火不僅頭一眼看呆了，後來只要看見她，就會靦腆尷尬、無所適從。大黃蜂可不傻，牠看得懂小主人的眼色，所以對待謝亞軍就也像牠的小主人一樣，是要另眼相看的呢！不過對於那隻狸貓樣色澤的大狗，大黃蜂依然看不順眼。之所以看不順眼，都在於這條狸貓色澤大狗太與眾不同了，牠生得真如一頭狼似的。應該說，大黃蜂的認知不錯，狸貓色大狗確實與鄉下狗不一樣，人家血統純正，的的確確是隻大狼狗，並在部隊上服過役，是一隻有名有姓的軍犬。聽聽吧，人家的名字威武著呢──坦克！沒有點來歷，敢叫坦克這個名字嗎？大概是不能的，像大黃蜂一樣的鄉下狗，叫個大黃蜂的名字，已經

自尊多情的
狗兒們 （代序）

很給面子了。現在，這兩隻狗的自尊與多情，因為各自的出身和主人不同自然也就不同了，牠們從最開始的互相爭咬到後來的相濡以沫，著實讓人看得既驚心動魄又熱淚盈眶。

我曾經寫過一組〈城鄉差別〉的散文，其中既有鄉下的草與城裡草的不同，還有鄉下的雨雪與城裡雨雪的不同，很自然地，不能少了鄉下的狗與城裡狗的不同。不讀張學東的這本書，我以為自己寫的那些勞什子，還是很有意思很好讀呢！當我把張學東的這本長篇小說一口氣讀下來，我便要好好檢討自己了，我沒有像他那樣把鄉下的狗與城裡的狗觀察得仔細，刻畫得有趣，描寫得深刻⋯⋯我因此努力地想了，不能說張學東就是一位現世的聖人，但他絕對具有現世聖人的情懷，因為他一次又一次地在作品中拉出這樣一種動物、那樣一種動物，並借助動物的獨特身分和視角，給人們一種哲學上的啟示。

我這麼說自有我的道理，譬如我喜歡的莊子，莊子在抒發自己的情懷時，就最愛拿魚呀鳥呀之類的動物來說事。「曳尾塗中」的烏龜、「螳螂捕蟬，黃雀在後」中的黃雀、「鳧短鶴長」中的鴨與鶴、「雁默先烹」中的大雁、「偃鼠飲河」中的偃鼠，以及「雞伏鵠卵」中的雞等等，都被莊子信手拈來，成了他哲學著作裡不可分割的部分，當然還有狗，也來到了他的筆下，為其哲學的思考服務了。莊子博學多識且敏銳細膩，觀察又非常深

入，他從大千世界中動物的身上，看到了天下大道和世間的人道。我不用猜測，即可斷定，張學東也是喜歡老子、孔子和莊子這些傳統經典的，他看得多了，也悟出了自己的心得，所以就有了他想借各種動物之名，書寫他對天下大道及人間人道的體驗了。

在小說中大黃蜂和坦克這兩條狗，還有劉火、謝亞軍、謝亞洲、白小蘭等一群少年夥伴，以及眾多在五尺鋪鎮討生活的人們，一個一個，活躍在張學東的筆下，以大黃蜂和坦克兩條狗為中心，又一次豐富著張學東的文學創作的疆域，我閱讀過了，讀得情不自禁，讀得欲罷不能，就很想寫點自己的感受。但我欠缺寫這類文字的筆法，拉拉雜雜寫來，也算是對朋友的一種恩謝了。

恩謝我的好友張學東，總是能夠帶給熱愛他的讀者文學的、精神的、哲學的啟示。

魯迅文學獎獲得者
吳克敬

自尊多情的
狗兒們（代序）

1

　　天將傍晚，暮色比往常要些微暗了那麼一點。西面的楊樹林子中，靜靜地浮動著鐵鏽色赤霞；楊樹林子背後那條渾濁的河水，正自南向北不快不慢地流淌著；更遠處的山谷裡，日頭已悄然隱沒了漲紅的臉面，整個五尺鋪鎮便被暮氣輕輕收攏，活像一只剛剛降落在地面上的大風箏，倏忽靜了下來。

　　大黃蜂最先聽到馬蹄聲和車軲轆聲，箭一般離開了家門奔向路口，虎視眈眈地蹲守在牠平時最喜歡的那塊風水寶地上。說是「風水寶地」並不為過，這裡還真是一夫當關萬夫莫開，但凡南來北往的人要經過這座不起眼的小鎮，都得從這棵巨大的老榆樹前經過。

　　很顯然，大黃蜂迷戀的絕不是這些，牠之所以蹲守在老榆樹下，也許是為了占據最有利的地形。狗跟人最大的差異在於，牠們永遠保持高度警惕，即便是一絲一毫的風吹草動，也不會輕易放過。因此，這天最早看到或者嗅到那一家子人的，定是大黃蜂無疑了。

　　那家人的箱箱櫃櫃還真不少，結結實實足足拉了一馬車。那馬車真夠寬闊的，儘管上面已裝得滿滿當當，可車轅和車廂

13

板上還猴了兩三個人。一對粗壯的膠皮車輪，早被厚厚的泥漿黏糊住了，轅轅轆轆，由遠而近，重荷下的車輪車身一路扭曲呻吟著，要散架了似的。

馬車就這樣慢慢地向鎮街而來。

大黃蜂警覺地豎起耳朵，雙眼如炬。其實，那個晃動在馬車身後的黑影，早就引起了牠的注意，儘管車輪轆轆，儘管車身吱吱扭扭，但這黃昏中微小的細節沒有逃過牠的眼睛。事情來得太快了，沒有絲毫過渡，一場激烈的戰鬥，就在大黃蜂獨自發動的突襲下展開了。

當時天色暗沉沉的，四周一派靜寂。趕車的老者也有些昏昏欲睡，完全沒有留意到榆樹下面還守著一條矯健的大狗。大黃蜂齜牙咧嘴的模樣，著實叫趕車人膽戰心驚了。不過，大黃蜂並不打算傷及拉車的牲口和趕車人，而是靈巧地繞過車頭，徑直衝向車尾，瞄準時機，就想一招置對方於死地。

原來，這輛馬車後面，用繩子拴著一條狗。那狗大概是一路跟著馬車趕路的，不知走了多久，也許從黎明走到黃昏了吧？總之，在到達這五尺鋪鎮街的時候，牠早已經飢腸轆轆、無精打采了。所以，當大黃蜂突然衝上前去，狠命地撲翻牠的時候，這條狗才淒厲而憤怒地報以狂吠。似乎是因為被繩索無情地拴牢在車後，沒有逃脫的可能，更沒有進攻的餘地。於是，那大狗只能掙扎著，從地上奮力爬起，以更加高亢的吠叫聲來顯示自己的怒氣和強悍。

　　狗咬狗一嘴毛，真是一點不假，大黃蜂早已準確無誤地銜住對方脖頸處的皮毛；那狗也不示弱，一個鷂子翻身，兩隻前爪便用力抱住大黃蜂的脊背，毫不客氣地反齒相擊。

　　這陣子，馬車上的幾個人全都被驚醒了，一時間大人喊，孩子叫，趕車的老者驚恐萬狀地高高舉起馬鞭，鞭梢在半空中啪啪作響。兩條激戰中的大狗徹底瘋狂了，那鞭子甩下去，也只是哼叫一聲，彼此都不肯鬆開咬緊的牙關和撕扯的利爪。

　　沒過多久，鎮上其餘的幾條狗也紛至沓來，跟打群架似的，迅速在兩條難分難解的戰鬥者四周形成了一個有效的包圍圈。大黃蜂狺狺吼叫，也許牠是想告訴同伴，不希望別的狗隨便插手，因為牠確信憑牠自己的力量，是完全可以控制局面的。也是在這個當口，鎮上好多老少都被吸引過來，最重要的是，大黃蜂的主人也飛快地趕來了。

　　這個男人揮一揮拳頭，再來兩聲粗魯的斷喝，大黃蜂儘管一百二十個不樂意，可最終不得不嗚嗚低叫，暫時不甘心地放棄攻擊陌生的闖入者。然而，大黃蜂雖有些不依不饒地閃躲到主人身後，但並不想立刻撤離戰場，牠那凶巴巴的眼神，依舊死死盯著車後那條看似強大的對手，隨時要伺機而動。

　　起初，沒人知道這輛馬車的來歷，更不知曉車上那些人的底細。正值晚飯當口，前來圍觀的人，手裡還捧著冒熱氣的飯碗。人們一面往嘴裡扒拉飯菜，一面鴨子般伸長了脖頸巴望，嚷鬧聲、狗叫聲此起彼伏。趕車老者倒是藉機跟人們打聽了幾

句,大夥兒才聽出對方口音並非當地的。

大黃蜂的主人皺皺眉頭,朝路口的另一條窄街指了指,說:「欸,前面的路口一轉,就到了。」趕車老者連忙十分友好地道了聲謝,又重新吆喝起疲沓無神的牲口,拉著馬車朝著剛剛問妥的那個方向軲轆軲轆去了。

人們又七嘴八舌地吵嚷了一陣兒。有人說那馬車上裝的盡是些過日子的家什,八成是來此安家落戶的;也有人說,車沿上低頭坐著的那個女人很洋氣,衣裳乾淨敞亮,剪髮頭上還別著兩根黑亮黑亮的夾子,有股子很香很香的味道,直往人鼻子眼裡鑽。這個議論一出來,馬上有人戲謔道,你又不是大黃蜂,鼻子怎麼還狗靈狗靈的。於是,大夥兒又禁不住稀里嘩啦一片哄笑。

霎時,這鬆快的笑聲就把原本昏暗的天色徹徹底底攪和得一團漆黑了。靠街邊的那一排小窗戶,零星地閃起了亮光,人們這才一隻手抓著空飯碗,一隻手捏著油膩膩的筷子把,吊兒郎當地往家去。孩子們把碗盆敲得噹噹響,難免又被大人一通吼罵:敲敲敲!當個討吃要飯去⋯⋯

大黃蜂一會兒走到主人前頭,一會兒又故意落後那麼一截。這很明顯,牠的情緒並沒有完全恢復,嘴裡分明還銜著幾根氣味怪異的狗毛。那毛是灰褐色的,黏在舌尖上吐也吐不掉,怎麼說呢,有點像狸貓那種幽冥的顏色。這感覺很糟,直叫牠作嘔。想到那些整天貓在堂屋暄軟的被垛上,喵嗚喵嗚怪

叫的貓，大黃蜂就氣不打一處來。貓是奸臣。這話主人經常掛在嘴上。但人們似乎又離不開那些做作的貓，因為貓能抓住老鼠，主人還得靠牠們打幫手呢！狗向來不屑於去抓老鼠的，想想老鼠那猥瑣渺小的醜樣，就覺得好笑，更別提要去碰一下了。

自然，主人也說過狗是忠臣的話，這就足夠了，狗在歷朝歷代都是好樣的。可是不知為什麼，現在鎮上只要一放電影，什麼狗腿子、狗漢奸、狗雜種，還有狗娘養的，都從黑洞洞的大喇叭嘴裡理直氣壯地罵出來，大黃蜂聽了真是又惱火又傷心，狗到底惹著他們什麼了，幹嘛老把狗扯進去？有時實在聽不下去，牠就朝那晃動人影的雪白幕布上，汪汪汪大叫一通，可是喇叭聲音太強大了，根本沒人理睬一條狗的憤怒。牠簡直討厭死電影了。

現在，大黃蜂滿腦子想的都是剛才那條不知從哪裡冒出來的大狗。如果主人再晚來一步，興許那貨已經完蛋了，牠非咬斷對方的喉嚨不可。在五尺鋪，牠從來沒有輸過，左鄰右舍的狗都把牠當老大。牠向來說一不二，在這個世界上，除了主人一家的話需要言聽計從，此外牠誰都不怕，尤其是那些摸不著頭腦就貿然闖入自己領地的傢伙，非得給牠們點顏色瞧瞧。

不過，不過……今天牠似乎多了一些隱憂，這種感覺很奇怪，讓這條自以為強大的老狗好半天都心神不寧。對方先前死死撲抓到牠身上的時候，那恣睢的牙齒和滔天的嚎叫，都是牠以前罕見的，直到此刻，那傢伙留在自己身上的陌生而冰冷的

口水氣息還經久不散。讓牠感到疑惑的還有，鎮上的男人怎麼跟沒事人似的，一個個好像還很歡快，尤其是牠聽到那些無聊的傢伙談論什麼女人啦、香味啦、洋氣啦的時候，牠真是替這些男人感到悲哀。

主人的興致似乎也很高。他沒有馬上扭頭回家的打算，而是倒背起雙手，鎮幹部似的，徑直朝那輛馬車消失的地方一步步走去。街邊是很多年前植下的兩排柳樹，那些巨大的樹冠早已耳鬢廝磨糾纏不清，這讓剛剛鋪展開的夜色，變得有幾分神祕莫測。

透過密密麻麻的枝葉在頭頂留下的一絲空隙，依稀可見深藍色的夜空，早有幾顆星星在俏皮地眨眼了。

大黃蜂一路猶疑著，東瞅瞅，西望望，到底還是尾隨在主人身後。主人上身穿了件藍色挖背背心，外面披著件半新不舊的白布衫，布衫很舊了，領子和袖口都開了線，走動的時候，兩隻空袖子微微擺動，長長的影子也跟著在地上胡亂搖晃。大黃蜂有時會嗅一嗅那個在地上晃動的玩意兒，黝黑的鼻頭一抽一抽，倏地又抬起鼻頭往前去了。走幾步，又原地站定，再次拿鼻尖去接觸地面。顯然，這條牠再熟悉不過的街道，如今出現了一種陌生而獨特的氣味，這讓牠的嗅覺和心頭都為之一震。牠像在仔細鑽研什麼，竭力將嘴唇貼向街面，以便兩邊鼻孔能準確無誤地捕捉到更清晰的氣味——牠終於恍然大悟，這氣味來自同類，更確切點說，是來自一條牠完全不了解的陌生

公狗的尿液。一切都充滿了新奇和異樣，陌生感總是讓狗感到興奮。

轉過主街，再走不上幾步，一眼就能望見了，先前那輛馬車已停靠在一所冷清清的院落前了；而且，已有人影不時地進出那扇院門，間或能聽到丁零咚隆的響動，那是搬運東西的聲音。一個女人口氣謹慎地叮囑著：「喂，都當心點，別毛手毛腳的，小心碰疼自己……」再有就是兩個孩子，唧唧咕咕的說話聲，說不上是歡樂還是無聊。大黃蜂看懂了，那些人正忙乎著往院裡搬車上的物件。可是牠又弄不明白，這些人到底從哪裡鑽出來的，怎麼突然間就搬到這鎮上來了？誰允許他們冒冒失失這麼幹的？就算是打外面跑進來一條野狗，那也得跟牠打聲招呼吧！

但是，這個疑問還沒能解除，新的問題立刻又浮出水面。大黃蜂驚訝地發現，自己的主人竟也心血來潮，正信步朝那輛馬車走了過去；而且，他人一到車前，就不費吹灰之力從馬車上抱起一隻很大的木頭箱子，再一哈腰，猛地扛在肩膀頭上了。大黃蜂簡直蒙了，真是吃飽了撐的，有力氣沒處使了，牠不由得朝著主人傾斜移動的背影，大聲叫了兩嗓子。但是，牠的叫喊一點用也沒有，主人幹起活來向來這樣，他可是這鎮上有名的勞模，得過獎狀，胸前戴過大紅花的。很快，院子裡就傳來女人笑盈盈的道謝聲：「啊呀呀，真是太謝謝大哥了，我這裡正缺人手呢，你瞧，我們一家新來乍到的，孩子又太小……」

等主人放下那只大箱子，再從院裡出來時，身上的白布衫不見了，倒是那個女人緊隨其後。他倆雙雙走到車邊，四隻手很努力地去抬一只木頭櫃子，男人抬一頭，女人抬另一頭，臉和臉相對著，慢慢移動碎步，配合得十分默契。那櫃面看上去光滑平整，是上了頂好的油漆的，明亮得似乎都能映出他倆紅撲撲的面影。大黃蜂覺得，主人今天積極得有些過頭，畢竟跟人家素不相識，怎麼那麼好心腸呢？

就在大黃蜂滿腹疑惑、進退兩難時，一條黑影突然間就從那院門躥出來，並且徑直朝牠撲來……

當兩條大狗怒不可遏地咬成一團的時候，主人們才從院裡慌慌張張地跑出來。他們的喊叫已無濟於事，狗吠聲驚天動地，玩命的撕咬讓彼此難解難分。那個女人也許太過勞累，發出的聲音有氣無力，她根本不可能制止住自家的狗。

情急之下，倒是大黃蜂的主人，順手從牆根邊抄起一根短木棍。這個舉動，被撕咬中的大黃蜂注意到了，牠不無得意地暗想著，只要主人的棍子打中對手，牠就可以藉機掙脫，並狠狠地補上最致命的一口，這樣牠們倆就算扯平了。

可萬萬沒有料到，主人衝過來的時候，那根棍子卻不偏不倚，正好砸落在牠的尻尾根上，啪的一聲。牠驚愕地發出一記慘叫，整個身體頓時萎縮起來，尾巴耷拉下去，身體僵在原地，一動也不動。這種挨棍子的記憶，讓牠突然喪失了戰鬥力，主人平時很少動手揍牠，充其量也就是假裝生氣瞪瞪眼珠

子，揮揮巴掌，喝斥那麼兩聲，像今晚這樣，不分青紅皂白，猛地來上一傢伙，實在是把牠給鎮唬了。

「妳個狗東西，太不像話啦，快給我滾回去！」主人劈頭蓋臉地罵著，怒火中燒的樣子，好像牠觸犯了天條，好像都因為牠太衝動太冒失，破壞了主人今晚樂於助人的好心情。

主人手裡的那根棍子竟又升到了半空中。大黃蜂徹底嚇呆了，絕望了，也膽怯了。牠不知道主人今天吃錯什麼藥了，胳膊肘子一個勁兒地往外彎，向著那個外來的畜生。

這工夫，女主人已經把自己的大狗喚回身邊，正貼著狗的一隻耳朵，絮絮叨叨說著什麼，好像牠只是一個不懂事的娃娃，或許也是在責怪，可那口氣一點都不凶。牠聽見那女人柔聲慢調地說：「怎麼那麼調皮，往後不行這樣胡來了，你聽懂沒有？」

在這種形勢下，大黃蜂嫉妒得簡直有些發瘋，可牠不得不夾著尾巴，一連倒退了好幾步，因為主人的口氣和眼神還是那麼陰鬱，那麼不留一絲情面，牠可不想再挨一棍子。於是，牠慢慢地掉轉身去，夾緊自己的尾巴，往家的方向悻悻地小跑起來，牠依稀能感覺到，豆大的血珠子，正隨著四爪的邁動，從毛皮上滑落下來。牠得趕緊跑回窩裡去，好好舔舐一下自己的傷口。牠可不想讓鎮上那些討厭的狗，看見自己鮮血淋漓的模樣。

2

　禮拜一那天，就在鎮中心學校的國中班上，突然插來了一個跟大夥兒完全生疏的女學生。小女孩文靜白皙的面貌中透著幾分黠慧，穿著也跟別的女生大相徑庭，渾身上下都飄溢著一股洋氣和不俗。總之，誰一眼都能瞧出，小女孩完全不屬於這個偏僻小鎮。老師很鄭重地向大家介紹，說新來的同學叫謝亞軍，是隨大人轉學過來的。全班同學稍一靜默，隨即，大夥兒便心有靈犀地嬉笑起來，那笑聲聽起來多少有些粗魯和怪誕。

　劉火倒是沒像其他的人笑得那樣沒心沒肺。但實際上，他也是一副百思不得其解的樣子，哪有一個女生取這麼古怪的名字，叫個什麼麗啊、燕啊、梅啊不好，偏取個硬邦邦的男生名字。亞軍，聽起來真夠奇怪的。後來好不容易捱到下課，劉火終於壓抑不住滿腹的好奇，竟悄悄蹭到新同學座位邊上，裝作很不經意的樣子，探著頭低聲問了句：「妳家裡是不是還有個冠軍？」

　對方不置一詞，始終端莊地坐在自己的位置上，後脊梁挺得筆直，薄薄的眼皮很隨意地朝他一挑，半是嗔怒，半是譏

笑，當然更多的還有不屑。倒是那黑黑的眼珠子盯緊了他，像是一副深不見底的望遠鏡，非得把他這個人明明白白看穿了似的。這種眼神，即便在整個五尺鋪，也不可能再找到第二個，這狀況突如其來，竟讓少年劉火一時進退兩難了。

好在外面打響了上課鈴，那是看院子的師傅用棍子在敲一口舊鐘，噹噹噹噹聽起來有些原始，並且拖泥帶水，好像學生在學校的土操場上跑步，總是弄得塵土飛揚，卻又毫無節奏。多虧那些雜沓的聲音，暫時掩護了劉火的尷尬。他跟急猴子似的，慌忙逃回座位，臉色越發漲紅。

那個新來的謝亞軍，就坐在他的前一排。她的後脖子雪白雪白的，彷彿白瓷花瓶細長的頸；簡潔的馬尾是用一個有碎花點的白手絹紮起來的，形狀類似盛開的大蝴蝶花；靠近髮際的地方，繚繞著幾根散開的青絲，蕩漾著某種微妙的波紋；她身上還穿了那麼漂亮的花布連身裙，剛才老師作介紹的時候，大夥兒全都看呆了，尤其是那些灰頭土臉的女生，眼睛直勾勾的，不夠用似的，全放了亮光，相信那條裙子在鎮上絕對找不出第二件，不論顏色和樣式都透著一股洋氣勁。

雖說劉火也只看到了她的背影，但畢竟是近水樓臺，多看幾眼也是在所難免的。所以，等對方再坐下去時，他留意到她還用兩隻手從屁股那裡輕輕地拂了一拂，這樣一來，裙擺就被她乖乖地壓在屁股底下了，這讓她的脊背越發顯得筆挺筆挺的，有種讓人肅然起敬的味道。由此，少年還發現她的手指又

白又細又長，幾乎能看清上面每一根細細的青血管，就像是誰不小心用鋼筆輕輕繪上去的藍色線條。

中間寫課堂作業，他變得心緒不寧，稍一毛躁，手肘就把筆蓋掃落到桌子底下。他不得不縮著身子探下頭去撿，卻又無意間瞧見她的小腿肚子和腳踝：也是那麼白生生水靈靈的，好光滑好細膩，跟新剝開的蔥管相仿，嫩得能滲出汁水來；接著，他又看到了那雙亮晶晶的肉粉色塑膠涼鞋，鞋帶搭鈕上有橢圓形的金屬鐐鈕，也是銀亮銀亮的。另外，她腳上竟然還穿了雙白色的襪子，那質地同樣細膩，應該是尼龍的吧？這地方的人穿涼鞋從來不穿襪子的，都光腳露著趾頭。總之，看到的一切都是那麼新鮮，又那麼稀奇，就像清早的頭一縷太陽光，亮得直晃人的眼。他暗想，別說是在這所學校，就是在整個鎮上，也沒有一個女孩穿戴得如此講究。一時間，他覺得大腦短路，竟忘了再去撿回那只筆蓋。

事實上，他一直都在瞎猜測，這個女生到底從哪裡來的。可以說，她從頭到腳都讓人覺得好奇，又讓人感到自卑。也許，就像電影裡演的，凡是穿著打扮很洋氣的女人，都是軍統派來的女特務吧！說不定，連她的名字也是經過改造偽裝，以掩人耳目……可是，他又實在是不太清楚，女特務有沒有這麼小年紀的。沒有答案的疑問，往往叫人費盡思量，卻又不得其解。接下來的那堂課，劉火就跟聽天書似的，老師猛不丁把他提溜起來回答一個什麼題目，他如墜五里雲霧，結結巴巴老半

天，結果不知所云，惹得旁人朝他擠眉弄眼嘿嘿哄笑。

這時，老師才把不滿的目光轉移到謝亞軍身上：新同學，妳來說一個。於是，那個謝同學大大方方站起來，操著很流利的國語，近乎完美地說出了正確答案。老師讚賞地點點頭，隨即又把鄙夷的目光再次瞥回到劉火臉上，說：「上課別老恍神，要好好向新同學學習。」劉火頓時覺得面皮一陣燥熱，手心黏溼，簡直快無地自容了。

放學一鑽進自家門，劉火頭一件事，先是朝院裡打兩聲響亮的呼哨。

直到這時，劉火才留意到，狗身上那個新添的傷口。就在大黃蜂脖頸子末端，靠近脊背的地方，那裡的皮毛被撕咬出一個鴿蛋大小的窟窿，粉肉翻出來，血糊糊的，旁邊的狗毛都板結了，硬撅撅地胡亂麥著。

劉火的手指稍一碰觸，狗就嘶嘶地哼了幾聲，還朝他痛苦地齜了齜白牙。昨晚，劉火光顧著應付老師的作業了，雖然也聽到外面的狗叫聲，可他壓根沒挪地方。沒想到大黃蜂竟吃了這麼大的虧，這在他的記憶裡絕無僅有。劉火實在不忍心再去弄狗的傷口，而是很慰藉地摟了摟狗脖子。狗似乎體會到這位少主人的心意，立刻投桃報李地伸出舌頭，一下一下舔他的手臂，好像舔到了一種絕好的止痛藥。

早在劉火出生時，家裡就有這條看家犬了，聽說是爺爺早年間從外面領回來的。不過，劉火生下來沒多久爺爺就去世

了，關於這條狗的來歷，也只是一知半解。反正，自他懂事後，就一直把大黃蜂當成是自己最親密的夥伴，可以說形影不離。稍稍長大一點，一到夏天，他就跟大黃蜂一同跳進外面的水渠裡鳧水；到了秋天，又鑽進樹林裡追野兔抓呱呱雞；即便天寒地凍的冬天，他也要帶著狗在厚厚的雪地裡瘋跑嬉鬧一陣。

父親昨晚回來的時候，劉火在屋裡依稀聽到聲響，父親在院裡數落狗來著。通常這種時候，大黃蜂一聲不吭，服貼，認命，低眉順眼，活像個闖了禍的壞孩子。其實他也跟狗一樣，每每父親朝他又吹鬍子又瞪眼時，他要麼趴在書本上，來個小和尚念經有口無心，要麼乾脆出去蹲在葡萄架下，一遍一遍拿手捋狗身上的軟毛。大黃蜂最喜歡少主人這樣侍弄自己，牠本來是坐在地上的，被他那麼捋著捋著，就四爪朝天，平展展地倒下了，很受用地拿眼睛望著他，身子拉得老長老長。人在狗的眼睛裡，就變得又黑又小，小得微不足道。

那個肉翻翻的紅傷口，看著實在叫人揪心又氣惱，打狗還要看主人呢！哪來的畜生這麼凶狠無理，敢欺負我家大黃蜂？我非得給牠點顏色瞧瞧。想到這，劉火又朝狗打了一聲響亮的口哨，狗像服從命令的兵丁，立刻從地上騰地起身，撲地習慣性地擺擺那身光亮的皮毛。顯然，今天這個動作牽動了傷口，狗像發冷子似的猛地一抖，整個身體僵住不動，剛剛翹起的尾巴又灰溜溜地耷拉了下去。

劉火看著，又是一陣心疼，他抿了抿嘴唇，信誓旦旦地對

狗說：「走，看是哪個吃了熊心豹子膽！」

出了院門就是鎮街。

街面不寬，兩邊都栽著大柳樹，中間鋪了一道很窄很窄的瀝青面，主街道由南向北依次是養殖場、衛生所、國營飯館、生資日雜鋪、糧油店、鎮中心學校和鎮委會，再遠一點就是車站了。

其實在這座小鎮上，劉火最喜歡的地方就數車站，甚至連那刺鼻的汽油煙味也是喜歡的。可他還沒有坐過那種綠白相間的公車，也就是帶著狗跟在車子後面瘋跑過兩次，那個齊頭方腦的大鐵殼子跑起來跟飛一樣快，轉眼就把人拋得老遠老遠的。那時，劉火心裡暗暗起過誓言，等自己將來長成大人，就去車站當個司機，開著牛哄哄四個軲轆的傢伙滿世界跑。但狗和人不同，大黃蜂一點也不喜歡這種巨大的鐵皮盒子，還有從車屁股底下躥出的一條條濃黑的煙帶子，總有一股子煤油燈味，嗆得鼻子直呼搧，亂打噴嚏。

狗對這個世界，總是有著令人難以想像的洞悉力。劉火帶著大黃蜂離開院子，徑直來到主街上，大黃蜂像是早有預謀似的，迫不及待地一路撒歡，向前跑去。這一整天，少年總是無法集中精神，大腦虛空而蒼白，遠遠看見一根電線桿，直溜溜地矗立在那兒，忽然就在他眼裡幻化成一條人腿。他的思緒馬上又回到課間，回到自己的座位底下，那雙雪白的腿肚子又在眼前晃動了。還有那種說不出名堂的氣味，是紮蝴蝶結的手絹

發出來的，還是好看的花布裙子，再或者是那雙雪白雪白的尼龍襪子？

他艱難地咽下一口唾沫，雙手無聊地揣進褲子口袋，一支彈弓被他命根子似的牢牢攥在手上，這個硬邦邦的物件，還是兩年前他親手做成的，準度真不賴，幾乎百發百中。在鎮上，一個男孩子沒有一把像樣的彈弓，就像戰士手上沒有槍，會讓人笑掉大牙的。別人都是父親幫忙做，或哥哥們代勞，他沒有任何依靠，凡事都得自己動手。好在他習慣了這樣的生活，就像早已習慣了沒有母親的日子。他彎腰從地上撿起一枚被太陽烤得燙手的石子，徑直套進彈弓的皮革彈囊裡，左手抓住彈弓手柄，右手大拇指和食指夾緊包裹著石子的彈囊，小臂猛地往後一用力，黑膠皮條霎時被拉開了。他瞇起一隻眼，跟打靶的小戰士似的，盯準遠處那根硬邦邦的電線桿，啪地一發力，真準，水泥柱子上立時迸出一星白光。

與此同時，從輔街那邊，搖搖晃晃過來了一雙矮矮的身影，就那麼起起伏伏、漫不經心地移動著。這個時候，劉火也完全沉浸在某種無法擺脫的無聊當中，他一直心不在焉，心事重重，連平日裡最愛玩的彈弓射擊，此刻也變得了無生趣。他壓根沒有意識到，一場激戰將一觸即發。

劉火這時並不太清楚，剛剛搬到鎮上的女同學一家就住在輔街邊上。那院房屋原先好像是食品廠一個幹部家的，後來幹部因貪汙腐化，被判了二十年徒刑送去勞改，幹部的老婆也跟

他劃清界線離了婚，哭哭啼啼帶著孩子跑回娘家去了，房子就一直空著。

汪汪！汪汪汪！汪汪汪汪汪……

一浪高過一浪的犬吠聲，將一再走神的劉火拉回到現實中。等他聞聲慌忙跑向輔街，不遠處那兩條大狗已經不可避免地咬作一團。一時間犬牙參差，利爪上下撲打，狗尾滿地亂掃，塵土四處飛揚。

這是劉火頭一次在街上看到那條狸貓色的大狼狗。這畜生的體格雖不及大黃蜂那麼壯碩，但精瘦的骨架中，卻透出少有的矯健與凶悍。牠甚至沒有大黃蜂那麼滾圓的肚腹和屁股，渾身上下帶著非常自律的勻稱和簡約，這種罕見的體格似乎是受過某種良好的訓練。比如，牠可以輕而易舉地鑽過四周燃燒著火苗的鋼圈，或者，可以不費吹灰之力一躍跳上丈把高的院牆，甚至還可以自由自在地在湍急的河水中徜徉。總之，這條嘴鼻尖長、雙耳豎立的大狼狗，是在鎮上一直生活的少年從來沒有見過的。

他稍一遲疑，兩條狗的撕咬已進入白熱化狀態，如果不趕快驅散開，搞不好大黃蜂就要吃虧了。一旦想到大黃蜂背上那道紅翻翻的傷口，他又頓時怒火中燒了，沒錯，一定是這畜生幹的！到目前為止，他還沒在鎮上見過比這更凶猛的大狗呢！他必須當機立斷。分開牠們也許不容易，可要是暗中助自己的狗一臂之力，局面肯定會被及時逆轉過來。於是，他不無陰險

地從路邊撿起一塊石頭，並迅速拉開手中的彈弓，遠遠地瞄準了那條正在狂咬中的惡狗。

頭一彈弓射得太急，加之兩狗正在上下左右亂咬亂撲，石頭也僅僅是擦著了對方的尾部飛過去的，那狗壓根沒有在意，相反，狗牙齜得更加狂妄，狂叫聲越發不依不饒。

這讓劉火怒不可遏，他立刻欠身撿起了第二塊石頭，準備再次瞄準和射擊。與此同時，那個一直躲在旁邊樹蔭下觀戰的男孩，突然不顧一切地跑了上來。也許他只是想來幫狗勸架的，又或者是想阻止劉火手裡的彈弓。總之，奔跑的男孩和彈弓射出的石頭迎面相向。

這次，劉火幾乎孤注一擲，緊繃繃的黑膠皮條拉得比以往任何時候都長，也更有力，那塊石頭也不是小卵石，而是一塊碎磚頭角，足有雞蛋那麼大。牠飛出去的時候，幾乎帶著奇異的哨響，嗖的一聲，鬼使神差，正好擊中了那個奔跑中的男孩的臉部。

一切都來得太快了。隨著一串歇斯底里的嚎叫聲鋪天蓋地響起，劉火整個人都嚇傻了。他看到那個可憐的小傢伙雙手痛苦地捂住臉，無助地倒在路邊了，兩隻小腳在塵土堆裡亂踢亂蹬，痛不欲生，鮮紅的血水從孩子蒼白瘦弱的小手指縫間迸了出來。霎時，就在他眼中開成小紅花了，一朵、兩朵、三朵……小紅花很快連成片了，紅得像一團火，在地上燃燒。

後來在倉皇逃跑的路上，大黃蜂也許會陷入沉思。小主人

要是不插手的話，那個狸貓色的野狗一會兒準有苦頭吃了。大黃蜂正跟對方撲咬得不可開交，眼看就要占上風了，可是小主人卻猛不丁地打了一彈弓，然後，牠就聽見那個小男孩失聲嚎啕起來。孩子一哭，小主人嚇壞了，他驚慌失措地朝牠連連喊叫著：「快跑！快跑！大黃蜂，我們闖下大禍了！」

大禍臨頭，這種感覺久違了。大黃蜂當然嗅到了鮮血的氣味，哪怕是一小滴血，距離牠很遠很遠，也能嗅得到。那個可憐的孩子滿臉是血，躺在路邊奄奄一息。直覺告訴牠，事情一定非常嚴重，所以牠只好暫時放棄了攻擊目標，儘管有一百個不樂意，可還是跟著小主人一起逃離了現場。他倆也不知跑了多久，直到完全看不到小鎮的影子了，才漸漸放慢了步伐。

天色不知覺間已淪入昏醉，空氣中彌漫著一股柴草燒焦了的氣味，身後的楊樹林撲啦啦作響，那是頭一陣晚風闖進林中任意穿行。這時，人和狗依舊心有餘悸，跑得滿身臭汗，等到再也跑不動的時候，才歪歪斜斜地鑽進路邊的野草窩裡，平展展地躺下來，大口大口地喘氣。

頭頂深藍色的天空廣闊而深邃，偶爾飛過一群燕雀，翅膀自由地搧動，鳥鳴聲格外清脆。有那麼一隻像是落了單，孤零零地揮動翅膀，像是在追趕，又像是力不從心，離遠去的那陣鳥群越來越遠了。

這時，少年劉火無心留意天上那些鳥，他完全被一種難以名狀的恐懼牢牢攫住。從小到大，他並不算一個遊手好閒的壞孩子，他只是不太合群，獨來獨往，我行我素。事實上，一個打小沒有母親的孩子，平時不可能任性妄為或有恃無恐，但他骨子裡並不算軟弱。這也許源自於家庭的種種不幸，母親離開那年，他也就七八歲光景，懵懵懂懂地明白了自己慘澹的境況，他認命而執著地跟大黃蜂相依為命。

現在，他只能跟這唯一的夥伴交流了。很多時候，他覺得這條黃毛大狗才是這世上最懂自己的。他快樂，狗就快樂，他一籌莫展，狗也眉頭深鎖。

「喂，妳別光顧著吐舌頭，往後該怎麼辦？」他撫摸著狗脖子上柔軟的長毛問。

大黃蜂就停止了呼呼喘息，用舌頭舔了舔他的手背。

「讓妳拿主意呢！妳先前的那股威風勁去哪兒了？」

狗心事重重地朝他汪了一聲，然後盯著他的臉，神情多少有些迷茫。

「要不，我們還是回家吧，躲過了初一，可躲不過十五……」

這樣對狗說話的時候，他心裡還在打鼓，一想到那個可憐孩子的慘況，他就不由得渾身發顫。狗猛地直起腰身，像是聽懂了他的話，激動地擺了幾下皮毛，又朝他汪了一聲，口氣堅定而勇敢，似乎在說，好漢做事好漢當，回去就回去吧，大不

了挨頓打。

　可他畢竟不是大黃蜂，狗思考問題永遠是直來直去的，見到可疑可憎的傢伙上去就咬，他卻不能不瞻前顧後。如今雖說是用彈弓打傷了那個陌生的小孩，但這絕非自己本意，可說給誰，誰又會相信呢？就連父親也會疑心的，他一定會不由分說先賞給自己一通巴掌。他真的不想逃避，也不想撒謊，可事情來得太突然了，一下子把他逼到這條路上，他真的有些不知所措了。

　也許，他現在唯一能做的事，就是在心中暗暗祈禱，但願那個孩子傷得沒那麼重。

3

男孩當街挨了一彈弓，這種事情在鎮上司空見慣。

大人們經常為這種事情惱火傷神，通常打傷了人的那個傢伙，會被家長氣狠狠地揪著耳葉或脖頸子，低聲下氣地登門跟人家道歉，甚至還當眾挨一頓胖揍，直到打得哭爹喊娘有人攔阻，大人才肯收手。孩子們哪兒有不頑劣的？只要傷勢不太嚴重，多數情況下，事情就這麼不了了之了。

可是，這一次卻沒那麼簡單。原因主要有兩個：一是男孩被打傷的部位恰恰是一隻眼睛，據衛生所的醫生說，力道再大一點點，眼珠子裡的苦水就被放出來了，鋒利的磚塊很有可能會劃傷水晶體，受傷的眼球八成是要落下玻璃花了；再者，那受傷男孩一家才剛剛搬到鎮上，人生地不熟的，竟然遭到如此嚴重、如此惡毒的攻擊，做家長的無論如何也咽不下這口氣。

調查很快就有了眉目，輔街上有人親眼瞧見事發當時的情景。這個檢舉人說，那天中午吃罷晌飯，他正準備去外面蹲茅房，出院門遠遠就望見兩條大狗當街撕咬，其中一條是大名鼎鼎的大黃蜂，他一眼就認出來了，他還看見劉火好像就站在旁

邊，手裡攥著彈弓在瞄準呢；主街上也有鄰居注意到，劉火放學後就帶著大黃蜂，風風火火地衝出了自家院子，一路朝輔街方向跑去。證據確鑿，第二天上午，派出所的警察徑直找到學校，發現劉火並不在班上聽課，老師和同學都不清楚這個學生的去向。原來他一大早就曠了課，準是畏罪潛逃了。

隨後，人們才慌忙去家裡尋找。起初劉火父親還不清楚發生了什麼，昨天他從下午到晚上，一直在外面忙乎，半夜回來也沒留意兒子在不在，這會子他還在床上補眠呢。這個眼神陰鬱的男人，鬍子拉碴，趿拉著一雙髒兮兮的破布鞋，搖搖晃晃地從屋裡出來，惺忪的眼睛裡，分明還聚著兩坨黃兮兮的眼屎。所有跡象顯示，劉火在事發後確實跑得沒影了，就連大黃蜂也不在院裡。顯然，狗和人是一起跑掉的。

這是謝亞軍平生頭一回走進劉火家的院子。只一眼，她就被那架長勢旺盛的葡萄藤深深吸引住了。先前，班導師派了一個得力的女班長陪著她一起來。老師一本正經地囑咐她說：「去，把打傷妳弟弟的那個壞蛋揪出來，我們絕不能讓他逍遙法外。」弟弟險些弄瞎了一隻眼睛，母親和她幾乎一宿都沒敢闔眼，儘管醫生替他悉心地處理和包紮過了，還打了消炎針，吃了止痛藥，可小傢伙還是痛得死去活來，幾乎整夜都在哭鬧。他那顆被白紗布包裹得嚴嚴實實的腦袋，大得簡直驚人心魄。

此刻稍微靜心一想，謝亞軍就心發慌眼皮亂抖，再也顧不得多看一眼那茂盛的葡萄藤葉了。她想，弟弟若是真的瞎了，

以後可怎麼得了！而母親的抱怨更多是針對父親去的，她聽母親恨恨地說：「跟著妳爸，這輩子真是倒了血楣！」對於母親的種種怨言，她始終不吭一聲，她早就習以為常了。

這次一家人輾轉從省城出發，先是一輛軍綠色的卡車載著他們跑，跑啊，跑啊，不知跑了多久，那輛汽車突然在半道上拋錨了，任憑司機在車頭拚命地晃動那根手搖柄，就是發動不起來。後來他們只好央求當地老鄉套了輛馬拉車幫忙，可以說一路上吃盡了苦頭，也難怪母親要怨天尤人呢。但父親總是很樂觀地說，革命戰士是塊磚，哪裡需要哪裡搬嘛。就為這句話，父親無條件地服從了上級的命令，她和母親還有弟弟，便毫無選擇地來到這個比火柴盒子大不了多少的小鎮。

不過，父親並未像原計畫那樣跟他們母子三人一起來，為了趕時間，半路就直接奔赴距離鎮上幾十公里外的工地了。那裡正在不分日夜地進行大會戰，聽說要修築一道堅固的攔河大壩，因為每年夏秋時節河水氾濫，下游上千戶百姓和幾萬畝農田都要遭殃。父親剛從部隊轉業，就被上面委派到那裡挑大梁了。此前，他一直在某陸軍工兵部隊服役，諸如架設橋梁、構築工事，都是他們部隊的強項。謝亞軍還聽父親跟母親嘮叨過，說是眼下國家正號召依靠民眾排除萬難大興水利，什麼兩山夾一窪，中間好築壩，只要在那個河灣修建起一座鋼筋水泥河壩，就能在洪水最凶猛的時候把它們蓄存起來，等到田地乾旱時節再把這些蓄水放下去澆灌莊稼。父親不無自豪地說，這

叫跟天鬥其樂無窮，跟地鬥其樂無窮，跟水鬥其樂無窮。總而言之，父親只要說起這些事情，總是眉飛色舞、壯志滿懷的樣子。謝亞軍聽得半懂不懂，母親始終眉頭深鎖，老半天也沒有什麼好聲氣，只有弟弟亞洲樂呵呵地纏在父母身旁，笑啊鬧啊，不知疲倦。

那天在半途臨別時，父親這樣對謝亞軍說：「要好好讀書，也要照顧好弟弟，不能讓別人欺負他小。」父親說著，忽然蹲下身去，一手摟著弟弟，一手摸著那條皮毛光亮的大狗說：「亞洲可一定要聽媽媽和姐姐的話，當一個乖孩子，還要管好我們的坦克。」弟弟天真地點點頭，繼而問父親：「要是坦克不聽話該怎麼辦？」父親就嘿嘿地笑了，一面用下巴上的青鬍渣蹭那張圓嘟嘟的嫩臉蛋，一面信心十足地說：「坦克是條好軍犬，你們只要好好待牠，牠一定能守紀律看好家的。」

說實話，謝亞軍一點也不喜歡這條狗的名字，坦克，聽起來有點古怪，硬邦邦的，簡直就是塊生鐵疙瘩。也許是她是個女孩子的緣故吧！倒是弟弟，成天嘴裡「坦克、坦克」叫得好親切，好像他倆天生是一對好夥伴。其實，她也明白父親的心思，家裡有了坦克，弟弟至少不會太孤單寂寞，狗是孩子最好的夥伴。

現在，讓謝亞軍感到無比吃驚的是，她完全沒有料到，眼前這個叔叔竟然是那晚幫忙他們搬家的好心人！更沒想到，他就是那個肇事男生的父親！想到這裡，她的心緒忽然有點潦草，繼而又莫名地羞怯起來，剛才進門時的滿腔怨憤和理直氣壯，頓時減少了一大半。

怎麼偏偏是這家人呢？她心裡忽然有種說不出的感覺。自己剛剛來到一個嶄新的地方，小鎮、學校、老師和同學都是那麼陌生，在這個陌生的小天地裡，唯一好心好意伸手幫過他們的人的兒子，卻又那麼殘忍那麼無情地打傷了自己的弟弟，無論如何，這太難以接受了，以她簡單的生活經驗，根本不知該如何面對了。

「這小畜生！他給老子幹下的好事！有本事這輩子都別回來，要是敢回這個家，我非剝了他的狗皮！唉，我怎就養了這麼個現世報啊⋯⋯」

男人一股腦兒地罵著，忽然變得像一頭無處發洩的野獸，卻只能困在原地咆哮著，聲浪越來越高，在場的人都被他的狂怒搞得有點膽戰心驚，卻又無可奈何。家門不幸，誰願意攤上這種事？人們只好七嘴八舌勸說幾句，希望他能消消火氣，最好趕快想辦法，先把人找回來再說。

離開劉火家的時候，謝亞軍又忍不住悄悄回頭望了一眼，那個男人沮喪的額頭上青筋崛起老高，看上去像幾條暗褐色的蚯蚓在上面陰鬱地蠕動。陽光突然強悍起來，把那個美麗的葡

萄架照得白花花一片，感覺那些藤葉像是徹底失去了水分，蔫頭耷腦，顯得焦渴而又蒼老了。

天擦黑之後，那個臉色陰鬱的男人低垂著腦袋，猶猶豫豫地走進謝亞軍家裡。

能想到的地方他幾乎都找遍了，始終沒見兒子和大黃蜂的影子。他只能硬著頭皮登門賠罪，手裡拎著一個藍顏色的尼龍網兜，裡面裝著兩瓶糖水橘子罐頭、二斤酥餅和一包紅糖，這對傷者和家屬來說至少算是個安慰吧！

母親始終怒火難消。弟弟躺在裡屋床上，一陣一陣呻吟著，樣子好生可憐。屋子裡的所有家什，都籠罩在一片黯淡之中，地上的箱箱櫃櫃，還沒有完全擺放妥當。新搬進來的房子，總有這樣那樣的不和諧和不便利，一切都顯得雜亂無章又礙手礙腳。母親半晌不置一詞，只顧不停地翻檢著箱子裡的物品，每拿出一樣，她都要端詳半天，好像這輩子也不可能收拾妥當，而且，幾乎每放下一件東西，她都製造出很嚇人的聲響。

不知為什麼，謝亞軍還是放下手頭的作業，去給客人倒來一杯茶水。可劉火爸爸好像根本不敢去碰一下那個白瓷杯子，只是無奈地垂手呆坐在桌邊，屁股也只是挨了一點點凳子角，嘴裡反反覆覆數落著逆子的種種不是。猛地，他聲調提高了八度，幾乎惡狠狠地謾罵了起來，有點旁若無人，樣子凶得像要吃人。

「這個小畜生，我就當沒養他……」

裡屋的弟弟突然又火車鳴笛般大聲地啼哭起來，定是被外人的甕聲甕氣嚇著了。自從眼睛受了傷，他的神經一下子變得孱弱起來，稍微一點風吹草動，都能讓他一驚一乍。母親猛地把什麼東西又砸在桌上，哐噹一聲，嘴裡惱火地咕噥著：「妳是死人嗎？就不能去哄哄妳弟弟？沒聽見他快哭得斷了氣！」

謝亞軍只好順從而委屈地鑽進裡屋，伏身在床邊，拿手輕輕拍撫著弟弟薄薄的胸口。她流著眼淚說：「亞洲乖，不要哭，老是哭，對眼睛不好，你得安安靜靜躺著，傷才好得快啊！」弟弟咕咕噥噥，半哭半嚷，就像處在昏迷中的一個小傷病員，嘴角掛著乾白的唾沫。她用湯匙小心翼翼地餵了點水給他喝，心裡好生難過，自己可是親口答應過父親，要照顧好弟弟的，可現在，看著弟弟那麼痛苦，她卻又愛莫能助。這讓她對那個劉火的恨一下子飆升起來，她暗想：別讓我再看到你，否則，有你好果子吃。

汪汪汪！

坦克警覺地叫起來，夜色中忽然多了一種生冷的氣息。弟弟出事後，母親就氣哼哼地拿原先那條繩索把坦克牢牢地拴在院裡了。坦克從此失去了自由，有時煩惱地嗚嗚著，有時蠻橫地扯拽著繩索大喊大叫。謝亞軍覺得狗有點可憐，可母親卻氣急敗壞地說：「往後你們誰也不准把狗放出去！」都說狗通人性，也許牠察覺到弟弟此刻的苦痛，才不安生地叫了起來。

　　狗一叫，像是下了最後的逐客令，那個男人便再也坐不住了，他匆匆起身，惶惶告辭走了。謝亞軍聽見母親口氣生硬地發話了，那是讓客人把禮物原封不動地帶回去，可對方一再懇求母親收下，說是他的一點點心意，彼此就那麼推來讓去，僵持了半天。

　　謝亞軍實在聽不下去，就從裡屋出來，意味深長地叫了一聲：「媽──」。連她自己也弄不懂為什麼要這樣，她是在幫那個男人的忙，好讓對方有個臺階下。可她為什麼要幫他？她心裡亂糟糟的，像一團無頭緒的麻繩。如果此時那個劉火在眼前，也許情形就完全不同了，她一定要好好質問質問他，可萬一是大人們搞錯了，冤枉了他呢？總之，她心裡七上八下的，在事情沒有完全弄清楚之前，她不想那麼武斷地去指責或怨恨一個人，況且，這個男人幾天前的確好心好意地幫過她家的忙呢！

　　劉火父親剛走不久，院裡又響起一陣更亢奮的狗吠聲。

　　一個細腰溜肩的女人，一步三搖地踅進院裡，她身上始終帶著一股好濃好濃的雪花膏味。她是不請自來的，來了居然也不認生，完全擺出一副自來熟和老鄰居的樣子，東看看，西瞧瞧，然後才把好奇的目光落定在謝亞軍身上。「哎喲，瞧這身花裙子，好看死了，穿在妳身上就跟電影演員一樣，是妳媽媽縫給妳的吧，手可真巧！」說著，竟然就伸出一隻手，很過分地抓住她的裙襬子，幾根手指撚來撚去，眼睛直勾勾地盯著，好

像在百貨公司的櫃檯前挑選衣料。謝亞軍有些難為情，盡量用自己的身體攔住坦克。陌生女人便趁機走進屋裡去，嘴裡還嘟噥著：「妳家的狗好凶唷，叫起來怎麼就跟狼一樣，怪嚇人的，可得把牠拴牢靠呢！」

母親手裡的活計，總算被闖入者打斷了。事實上，她是想繼續整理那些沒頭沒尾的物品，可面對這麼個不速之客，一時間也沒轍了。女人自報家門，說是隔壁的花嫂，只是過來串個門子，往後這邊有個大事小情的，儘管跟她說一聲，街坊鄰居的，她絕對隨叫隨到，沒有二話。她一邊絮絮叨叨地說著，一邊滿屋子轉來轉去，這裡摸摸，那裡碰碰，猛地看到玻璃櫃子裡一件什麼擺設，就稀罕地睜大了那雙丹鳳眼，噴著薄薄的嘴皮子連聲稱讚，弄得母親簡直不知該說什麼好了。後來，還是弟弟嗚嗚咽咽的聲音，攪擾了對方的好興致，女人這才從旁若無人的參觀巡視中回歸現實。

「哎呀，快讓我瞧瞧那個小可憐，妳說說，真是作孽喲！」自稱花嫂的女人，甚至沒有徵得母親的同意，便逕自鑽進裡屋去探視弟弟了。母親趁機回過頭，狠狠地瞥了謝亞軍一眼，好像在埋怨，妳怎能讓這種女人進我們家來呢？謝亞軍吐了吐舌頭，心裡倒是產生了一種莫名的快感，起碼，這個陌生女人的到來，暫時打亂了今晚的格局，否則，她真不曉得母親會使性絆氣地折騰到何時才甘休呢！似乎是，女人們怒不可遏的時候，總是會不停地做這做那，好像要把今生今世的活計一夜

做完。

　　花嫂熟門熟路地湊到床邊，煞有介事地察看了一番，嘴裡連連說：「別怕別怕，沒事了，小乖乖，娃娃的嫩肉肉長得快，過些日子一定會好的，什麼疤痕也不留下。」其實，弟弟的眼睛被裹得風雨不透，除了鼻孔和嘴巴，根本什麼也看不到。女人隨後又從身上摸出一個琥珀色的小藥瓶子，遞給母親說：「這是雲南白藥，可金貴呢，鎮上有錢也買不到，妳幫小傢伙塗上，保證好得快！」

　　這簡直是雪中送炭！母親一時愣住，不知該不該接受厚禮，要知道一秒鐘前，她還恨不能攆人家走呢。這次搬家走得太急，好多東西都裝得亂七八糟，一時想找點什麼也無處可尋。

　　沒等母親表態，謝亞軍便伸手接了小藥瓶過去，嘴裡連聲說謝謝花嫂。哪知這女人撲哧一聲朗笑，那笑聲又響亮又放蕩，震得屋頂的大梁和椽子都簌簌有聲，那些陳年的灰塵也都落了薄薄的一層。

　　「哈哈哈，好我的傻閨女，妳剛才叫我什麼來著？妳呀，該叫我聲姨才對，花嫂那是妳媽媽叫的！」完了又說，「妳跟我女兒還是同班同學呢！」謝亞軍臉蛋當即就紅得賽過了紅元帥蘋果，她一個勁兒地用指甲尷尬地抓摸自己的裙子。母親這時多少也客氣起來，畢竟人家是好心好意，忙吩咐謝亞軍說：「還不快去給阿姨沏杯糖茶，愣著幹什麼？」

　　打這晚起，這位自稱花嫂的女人隔三差五便來家裡串串門

子，對於母親來說，至少在這裡多了一個能說話解悶的人。要知道這段時間，母親最需要一個能替她排遣寂寞的對象。在稍後的日子裡，謝亞軍也逐漸了解到，這花嫂在鎮上能算得上是一個名人，大夥兒私下裡都管她叫喇叭花，因為她本名裡有個花字，至於喇叭嘛，則是用來形容她那張得理不饒人的嘴，鎮上但凡遇到婚喪嫁娶、鄰里糾紛，從來都逃不過這個能說會道的女人。

　　花嫂家裡只有一個女兒，大名叫白小蘭，就跟謝亞軍他們在國中班上一起念書。那是個黑黑瘦瘦的小女孩，臉蛋上有幾撮頑固的小麻子，像是偷吃芝麻時不小心沾在了臉頰上，又總忘了及時擦去；白小蘭說起話來老是口吃，尤其是人多嘴雜的時候，完全不似她母親那樣靈嘴巧舌，甚至根本不像是花嫂的親生女兒。

　　至於劉火爸爸出門尋子的消息，也是透過花嫂的嘴傳來的。

　　那天，花嫂突然耷下薄薄的單眼皮，長長嘆了一口氣說：「你們說說看，這父子倆日子過得夠艱難的了，怎就偏偏遇上這種事，那個壞小子嚇得不知跑到哪裡去了，害得他爸在家裡熬不住了，一個人顛顛地出門尋找，這茫茫人海的，萬一找不著，該怎麼得了。」

　　聽這個女人的口氣，倒像是謝亞軍一家做錯了什麼，或者，他們壓根不該搬到這個鎮上來，正是他們的忽然到來，一下子打破了這裡原有的安寧與和諧。母親的情緒始終有些低

沉，只是隨便支吾了兩聲，並沒有就此發表任何看法，也許她只是不想得罪剛結識沒幾天的女鄰居。

4

　　鎮上大多數人心知肚明，幾乎隔三差五，喇叭花總要往劉火家裡跑兩趟，消息自然會靈通些。據說，當年喇叭花在婚嫁之前，曾心儀過劉火的爸爸，可造化捉弄，父母之命，陰差陽錯，結果兩個人沒能走到一起。喇叭花最後嫁給了一個長年在煤礦上靠挖煤賺錢的工人。難怪有一晚，白小蘭的母親跟謝亞軍的媽媽聊得起勁的時候，這個女人忽然就抱怨起來，說她這輩子真叫倒了「煤」了，跟個挖炭的傢伙過日子不說，到頭來生個丫頭都是個黑蛋蛋！

　　這話正好讓趴在裡屋溫書的謝亞軍聽到了，她既覺得有些好笑，又莫名地替那個白小蘭難過。怎麼說呢，自從白小蘭的母親來家裡探視過弟弟，又好心好意地送了小半瓶雲南白藥，她就開始關注起班上這個沉默寡言的小女孩了。只要下課時間有了機會，她總是主動去找白小蘭搭話，順便打聽一下這所學校的情況。起初，這個黑瘦的女同學對她總是躲躲閃閃、若即若離，眼神裡閃爍著某種慌怯的光芒，紫黑的嘴唇抿得死緊，生怕自己一開口，就會貽笑大方。

　　慢慢地，謝亞軍發現，白小蘭確實有一顆自卑而敏感的心。事實上，白小蘭的爸爸在礦上挖煤，雖然一年到頭回不了兩次家，可幾乎月月都會寄錢寄信或捎東西給家裡，她家的小日子在鎮上算是過得比較富裕的，這一點單從白小蘭母女倆的衣著和吃喝就能看出來。不過，這些似乎並不能為白小蘭帶來可供炫耀的資本，恰恰相反，爸爸常年不在身邊，讓她總是被深深的思念所糾纏，加上那與生俱來的暗褐色皮膚，以及老愛口吃的毛病，她時常陷入尷尬的境地而難以自拔。

　　國文課上，老師要檢查學生上堂課的背誦任務，說凡是背不下那首領袖詩詞的，統統要到教室外面罰站。謝亞軍早就在心裡滾瓜爛熟了，背誦對於她來說是最拿手的，可就在她準備站起來背書的時候，老師臨時打亂了順序，偏要點名讓低著頭的白小蘭先背。老師們經常會這樣，他們天生一雙慧眼，瞧著誰的神色更慌張就叫誰，就像員警看見可疑的對象，總得上前訊問一番才肯甘休。

　　謝亞軍看見旁邊的白小蘭從座位上慢吞吞地起身，由於來得突然，她一緊張，那臉色就變得越發烏黑難看了。她的嘴巴在空氣中艱難地張了幾張，僅僅標題那幾個字，她就支吾了半天，那些文字像是被很厲害的膠水黏在喉嚨裡，怎樣努力也吐不出隻字片言。同學開始交頭接耳、竊竊私語起來，繼而，那些嘈雜就變成鬧哄哄的很有針對性的嬉笑和譏諷。白小蘭越發地窘迫無助，恨不得找地縫鑽進去，眼淚早已經在眼眶裡打轉

了，眼看就要滴到桌面上。

這一切謝亞軍全部看在眼裡，她實在討厭大家那種幸災樂禍的樣子，更討厭他們將別人短處當作笑料來隨意取樂，把歡樂建立在人家的痛苦上。她幾乎想都沒想就噌地從座位上站起來。

「報告老師，我和白小蘭是鄰居，昨晚我們兩個是在一起背的書，我保證她全都背會了，只是現在，她稍微有一點緊張。」

老師稍稍愣了一下，看看她，又看看白小蘭，眼光中仍舊漂浮著那麼一絲狐疑。不過，老師還是顧全大局地說：「那妳先來背吧，要是錯了一個字，就跟白小蘭一起出去罰站。」

她當然背得行雲流水一般，不光情緒充沛，且滴水不漏，可老師依然讓她跟白小蘭一起到教室外面罰站了。至於理由，老師只是說謝亞軍心知肚明。可她一點都不在乎，相反，她覺得老師很懂自己的心思，她不敢說是替朋友兩肋插刀，在這種場合下，她至少不該像根木頭似的保持沉默，因為她能感覺到這個女孩有多麼需要她。

那天，謝亞軍真就陪著白小蘭站了半堂課。起初，她們誰也不說話，只是靜靜地並排站立，看操場上幾隻調皮的麻雀飛來飛去，看楊樹葉在枝頭晃晃悠悠，看藍天上扯過幾片樣子像牛又像馬的雲彩，一切都是那麼平靜有趣，兩個人都看得有些出神。

後來，竟是白小蘭先側過臉來，很執拗地打量起謝亞軍

52

了，眼神中充滿了歉意和感激。謝亞軍朝她吐了一下舌頭，說：「這可是我這輩子頭一回呢，在大庭廣眾之下撒謊，不過也不完全是謊言，因為我始終堅信，妳一定能背得出來，只是剛才緊張了。」她這樣一說，白小蘭眼裡噙著的淚珠，終於越變越大，奪眶湧出了。

　　謝亞軍假裝什麼也沒看見，只是一字一句地開始背誦剛才老師提問的那首詞，她背完一句，稍作停頓，眼睛卻期待地看向對方，同時點著下巴頦示意，就等白小蘭來接下一句。對方的嘴唇一抿一張，終於發出了比較連貫的音節，如同剛剛學會說話的嬰孩，就是聲音小了點。

　　就這樣，她倆妳一句我一句，幾乎把老早以前許多學過的舊課文都背了個遍，背到最後，實在想不出該背什麼了，兩人才忍俊不禁，相視而笑。這爽朗的笑聲來得突然而美妙，以至於兩個女孩都靦腆得紅了臉。

　　這時，謝亞軍發現白小蘭其實很會笑的，怎麼說呢，她的笑容是有獨特魅力的，很深，很厚，也很有質地，絕不是那種嘻嘻哈哈沒心沒肺的，而是經過深思熟慮後完全放開了的那種，就像雨過天青彩虹乍現，是經得起別人去細細回味的。換句話說，她相信白小蘭這樣的笑容，不是誰都能輕易看得見的，那是基於對一個人的高度信任和由衷的好感，才破天荒地綻放開來的，很是迷人。以至於幾年之後，時過境遷，謝亞軍總是會莫名地想起這一刻的白小蘭，還有她臉上燦爛的笑容，

她甚至覺得，連白小蘭臉上那些細碎頑固的小麻點，也是那麼好看。

自從有了這樣的一次特殊經歷，兩個人彼此便有些心照不宣了，她們倆的友誼進程也就理所當然地突飛猛進。上學的路上，總是妳等著我，我等著妳，一起走；放了學，又是形影不離、有說有笑地雙雙走出教室；後來發展到幾乎每天晚上，不是白小蘭來找謝亞軍做作業，就是謝亞軍去白小蘭家玩那麼一會兒。尤其是謝亞軍，覺得有人陪伴，這陌生之地也就不再那麼荒涼可鄙了。

很快，班上就開始流傳一些閒話：

白小蘭跟謝亞軍是死黨！白小蘭跟謝亞軍穿一條褲子！

後來，有無聊透頂的傢伙竟然在學校公廁的牆壁上，公然用白粉筆歪歪扭扭寫下了類似的怪話。

白小蘭不經意間看到，簡直氣得不行，連忙跑回教室拿了把削鉛筆的小刀，又氣哼哼地闖進公廁，一刀一刀氣急敗壞地全部給劃掉了。

謝亞軍知道了，卻坦然一笑。她勸白小蘭，嘴長在別人臉上，愛說什麼說什麼吧，濁者自濁，清者自清，何必搭理那些無聊的傢伙呢？白小蘭天生性格內向，又不善言辭，但她真的打從心底開始佩服起謝亞軍了。

亞洲的傷勢逐漸好轉了。

這天，白小蘭從家裡過來溫書的時候，很神祕地帶來一個

小牛皮紙盒。打開盒蓋，裡面竟蹲著一隻雪團似的兔子，活的，那兔子才有兩顆拳頭那麼大，毛茸茸的，通體潔白透亮，尤其一對小小的紅眼睛，一眨也不眨的，看著就讓人喜歡得要命。

白小蘭說：「亞……亞洲啊，你要是聽……聽姐姐的話，別……別亂摳……摳小臉蛋，這……這兔子就……就歸你了。」

亞洲聽了忽地從床上蹦起老高，一個勁兒地跳著腳歡呼：「我有小兔子囉！我有小兔子囉！」

白小蘭趁機蹺起小拇指，說：「那……那我們兩個可……可得拉個勾勾。」

亞洲毫不猶豫，爽快地伸出自己的小手指，跟對方結結實實拉在一起了。這個時候，謝亞軍覺得白小蘭心腸真好，很會哄小孩子開心，解決了她眼前的大麻煩。

現在，最讓謝亞軍擔心的人倒不是弟弟，而是自己的母親。

父親原先明明是答應過母親的，說等他人一到大壩工地，安排好工作上的事，一定會盡快趕到鎮上來，跟他們團聚幾天。當然最重要的還有，父親會帶上蓋著相關部門的大紅公章的介紹信，親自去鎮上替母親安排工作。可是，這一晃都快兩個月光景了，父親卻遲遲不歸，母親的嘆息聲幾乎夜夜都傳進謝亞軍的耳朵裡。記得他們搬來小鎮之前，母親為此跟父親拌過幾回嘴，幾乎每回都以母親哭鼻子抹淚告終，而父親總是以公務員的口吻跟母親周旋，那時候謝亞軍已隱約猜到會是這種

結局。

　　白天，謝亞軍要去學校上課，母親只能守著受傷的弟弟待在新家裡。說是新家，其實這房子又破又舊，屋頂上有一圈一圈地圖似的雨水滲漏的痕跡，牆角十分潮溼，地上泛著白鹼粒，牆皮也剝落得很嚴重，門頭窗戶的玻璃碎了一塊，沒來得及更換新的，只好用一片塑膠紙臨時擋了一下；雖說有一個小院子，可雜草長得齊腰深，簡直成了蚊蟲的巢穴。那兩三棵花果樹都不太景氣，大熱天的，枝葉竟枯去了一半多，每天早上母親清掃乾淨，到了傍晚又落了一層樹葉。母親的怨氣便與日俱增，嫌弟弟太淘氣，怪謝亞軍笨手笨腳幫不上忙，又慨嘆自己真是命苦，竟被男人的花言巧語所蠱惑，不顧死活地跑到這個兔子都不拉屎的鬼地方來受罪。

　　說到這個，其實不光坦克要拉屎，現在連弟弟最痴迷的那隻小兔子也要拉屎。母親不讓姐弟倆帶著坦克出門溜達，更不允許弟弟走出院子半步，狗拉得臭氣熏天，一攤一攤都堆在院牆根下。母親看了氣不打一處來，抱怨說：「人都養不活，你爸還有心情養這畜生，依我看，乾脆把牠放了了事。」謝亞軍知道那是氣話，所以一放學回來，第一件事就是，用掃帚和簸箕將那些汙物清理乾淨。女孩子天生是清清爽爽的，做這種事情簡直要吐了，可她只能強忍著去做。這都怪那個劉火，要不是他打傷弟弟，坦克每天都能讓弟弟牽到門外路邊去方便的，可眼下，這些倒楣差事全落到她一個人頭上了。

　　好在院裡的那片小空地，生長著新鮮的嫩草，什麼豬耳朵葉子、銀灰條、蒲公英、艾蒿、稗子，應有盡有。弟弟自從得了這隻寶貝似的兔子，整個人變得勤快能幹起來。趁母親不注意，他就一個人像土撥鼠一樣鑽進院裡的草叢中，用小手一把一把薅那些青綠的草葉，然後拿回來餵給牛皮紙盒裡的小兔子吃。白小蘭也囑咐過亞洲，說只要好好餵養，用不了多久，小兔子就變得又肥又胖又可愛。兔子吃草的時候，亞洲就靜靜地蹲在一旁，兩隻小手托著肉嘟嘟的腮幫子，模樣專注而又可愛，連謝亞軍都覺得，弟弟簡直像一個新社會的養殖能手了。

　　兔子每頓吃得很多，也長得奇快，沒幾天工夫，就大了兩圈，那只小紙盒明顯裝不下牠了。一個早晨天將矇矇亮，弟弟一睜開小眼睛，就像往常那樣爬起來，去瞧他的寶貝了。可是，紙盒子被撐得變了形，盒蓋早已敞開了，只見裡面一攤黑乎乎的兔糞蛋，卻沒了兔子的蹤影。

　　弟弟哇地叫了一聲，滿屋滿院地亂翻騰起來。他邊找邊不停嘴地喊「兔寶兔寶，我的小兔寶呢……」母親在床上迷迷糊糊地張開一隻睡眼，惺惺忪忪地催著謝亞軍快起床去看看。謝亞軍趕忙爬起身下床，弟弟已經哭得像個淚人了，清鼻涕直接渡過了黃河（嘴唇）。她看著又好笑又心疼，忙掏出手絹幫弟弟擦乾淨。

　　姐弟倆找遍了整個院子，就是不見兔影。

　　弟弟哭鬧得好凶，母親怎麼哄也不管用。「有什麼好哭的

嘛，兔子尾巴本來就長不了，又不是你的東西。」母親只好這樣勸說，「算了，丟就丟了，這回倒省心了，還是把狗照顧好吧！」弟弟卻梗著脖頸嚷：「不管，不管，我就要小兔寶嘛，你們賠我兔子。」一面嚷著，又一屁股坐在地上，雙腳亂踢亂蹬，耍起賴皮了。母親見狀也變了臉色，厲聲喝道：「你身上穿的是驢皮嗎？一點都不知道愛惜，要是再弄破了，我可懶得替你縫！」

　　謝亞軍就怕母親一大早發火，她一發火定會牽三掛四的，最後把父親也扯進來。所以，她趕忙把弟弟從院裡抱了起來，說：「亞洲乖，姐帶你去外面找兔子好不好？」弟弟聽了，稍稍安生些，卻又趁機趴到姐姐背上，非賴著讓她背上出門。

5

　在這個寧靜而涼爽的清晨，姐姐默默地背著受傷後的弟弟，頭一回這麼早就走出了院子。

　姐弟倆從輔街一路走到主街上，路過的店鋪幾乎都門窗緊閉，每戶人家的院裡都還鴉雀無聲，那些高出院牆的果樹的枝頭，已經掛了沉甸甸的果子（蘋果或鴨梨），露珠靜謐地包圍著一顆顆青綠色的果實。等走到那個葡萄架高高聳起的小院時，弟弟忽然從姐姐的後背上滑下來，說他想撒泡尿。姐姐就拿指尖輕輕戳了一下弟弟的額頭，說真是懶人屎尿多，示意他快去路邊的樹坑下解決。弟弟聽話地褪了褲子照做了。

　當她回眸凝視這個被翠綠的葡萄藤葉所覆蓋的小院子時，心裡忽然有幾分說不出的悵惘，這種感覺來得毫不經意，卻又猝不及防。她下意識地往前多走了幾步，伸出手試探著推了推那扇未塗油漆的鐵皮院門。大門竟然吱扭一聲，朝裡敞開了，這個不久前她曾進去過一次的小院，就完全呈現在眼前了。

　街門通往屋子的磚墁小道上，落了一層發黃的樹葉；一個破破爛爛的舊臉盆，倒扣在屋牆根下；兩隻蘆花雞瑟縮在門檻

旁,似睡非睡,白花花的雞糞鋪了一地;堂屋門框邊掛一頂發霉的舊草帽;一條晾衣繩上,搭著一條男式灰布褲子,兩隻褲腳都磨毛了邊,屁股上的補丁又裂開了。一切都顯得那麼簡陋和破敗,沒有女主人管顧的家園,到處都瀰漫著荒蕪之氣。

她一邊尋思,一邊繼續緩緩朝院裡走去。唯獨那葡萄藤長勢瘋野,捲曲的藤條竟然已經長長地伸出院牆了,彷彿在向客人招手致意。藤架下,垂懸著一串串晶瑩剔透的綠葡萄,雖說尚未成熟,可亮晶晶的露珠均勻地分布在上面,倒也為這院落增添了幾分少有的靈動和美妙。

她正盯著一串葡萄胡思亂想,堂屋的那扇木門咣噹一下洞開了,那聲音來得突兀而又響亮,以至於驚得兩隻蜷縮成團的蘆花雞同時從門檻旁彈了起來,一面咕咕叫喚不休,一面歪斜著身體拍打翅膀,倉皇地飛奔開去。她簡直被眼前的情景嚇呆了,絲毫沒有防備,原本空空蕩蕩的院子,猛不丁冒出一個大活人來,早知會這樣,就是打死她也不敢貿然進入。

好在那個大活人也僵持不動,沒有直接朝她衝過來,而是木頭人般愣怔在堂屋門口。那人顫巍巍抬起一隻黑腳片子,無聊地去踩磨另一隻腳背,雙眼死死地盯著院裡的不速之客,好像站在面前的不是一個女孩,而是傳說中神祕莫測的外星來客。

四目相對。就在謝亞軍進退兩難、不知所措的時候,身後卻傳來了一陣細碎的腳步聲。她急忙求助似的轉過頭去,是弟弟,不單單是他,弟弟的身旁又多了一個黑瘦的女孩,活見鬼

了，怎麼是她！

白小蘭一手拉著弟弟，一手提著個滿當當的小籃子，籃子裡裝著兩只瓷碗什麼的，上面都倒扣著菜碟，人一走動，那籃子就發出清脆的叮噹聲。謝亞軍一時丈二金剛摸不著頭腦，這麼一大早，白小蘭怎麼會鬼使神差地出現在劉火家的院子裡？這是不是可以說，白小蘭老早就知道劉火回來的消息了，也許是昨晚的事，也許更早一些時候，反正，對方一直都瞞著自己。現在，不用猜了，那兩只碗裡，八成是白小蘭的母親燒好的飯菜吧！她們母女倆是瞞著別人悄悄做好事呢，看來他們都是一夥兒的。

謝亞軍忽然覺得，今天的白小蘭簡直有點沒心沒肺，在自己面前竟然一點也不慌怯，恰恰相反，行為舉止都很自然，好像她倆事先早約好了，要在這個鬼地方見面似的。

「我……我老遠就……就瞧見……見亞洲了，他……他說……說是跟……跟妳找兔子。」白小蘭像平常那樣，只顧結結巴巴地說著，「我媽讓……讓我送……送飯給……給劉火哥，本來，我是……是想早……早上去學校再……再告訴妳……」

不知為什麼，一股無名火陡然在胸口燃起，並迅速地竄遍了周身，血液都被它烤得快要沸騰了。或許，正是對方這種漫不經心、沒心沒肺的樣子，突然激怒了她。謝亞軍幾乎不等對方把話說完，就狠狠地翻了白小蘭一眼，然後，氣衝衝地伸出手去，粗暴地將弟弟扯回自己身邊。

「你這不爭氣的壞蛋，半天死到哪兒去了，還不快跟我回家，當心我告訴媽，讓她揍你！」

亞洲多少有些怕了，男孩忽然覺得，姐姐今天的脾氣好古怪，好霸道，簡直就跟媽媽一樣。

謝亞軍並未急於將劉火回家的消息告知母親。

事實上，她整個人都被劉火的模樣攪得心神不寧。如果說此前劉火給她一種懵懂無知、略帶些頑皮不羈的感覺，而這次的見面，卻注定要給她留下那種既乖戾又淒苦的深刻印象。她在想，這個跟自己年齡相仿的少年，一定有過不同尋常的經歷，這些日子他一個人四處流浪，內心肯定被恐懼和不安激盪著，因為他的眼神太惶惑又太敏感了。當然，還有一個人，更讓她心情鬱悶，魂不守舍。

那天早上，謝亞軍確實對白小蘭發了一通脾氣，幾乎是直接表達了自己的不滿。這事擱在誰頭上都一樣，本來她到這裡就人生地不熟的，好不容易有了白小蘭這樣一個夥伴，不承想在關鍵時刻，對方竟然欺瞞自己，把她當傻瓜了。但是作為一個新朋友，她也壓根沒想到自己那天會發那麼大的火，脾氣來得有點莫名其妙，簡直都不像是她自己了。

接下來的好幾天裡，謝亞軍也沒有心情再去搭理白小蘭，不是不想，主要是不知該如何面對她。儘管白小蘭確實有自己的一番還算合理的解釋，可她還是覺得彆彆扭扭的，有種被好友戲弄的感覺。她甚至在想，自己也許可以原諒那個打傷了弟

弟眼睛的傢伙，卻一時半會兒無法原諒白小蘭。原因就在於，她心裡最在乎的是白小蘭和她之間剛剛誕生的這種友誼。當你真正在乎一個人的時候，可能會讓自己變得有點神經質的。

花嫂又笑盈盈地來家裡串門了。

其實，這個女人一進門，謝亞軍便猜出幾分，她定是為了劉火的事來當說客的。果不其然，花嫂先是拐彎抹角，東一句西一句地跟母親拉著閒話，接著又不厭其煩地關心了一遍弟弟的傷勢，好像她比誰都著急上火。當母親回覆說傷口長得還算好，只要以後眼睛上不留東西就阿彌陀佛了。對方聽罷，馬上換成一副陪笑的面孔，幾乎有些低聲下氣的。

「我就知道，你們大地方來的人不一樣，不像我們這小鎮上的人，老愛記仇，明天我就讓那壞小子過來，好好跟妳磕頭賠禮。」花嫂說。

直到這時，母親才多多少少明白了一些，她不得不重新打量了一下這個有些絮絮叨叨的女人。

「妳是說那孩子已經回來了？」這種時候，對方也就不好再隱瞞什麼了，倒是不好意思地點著頭，表情怪怪地說：「妳大人大量，千萬別跟那孩子一般見識，我早替妳狠狠地罵了他一頓，他也知道自己錯了，後悔得跟什麼似的……」謝亞軍覺得，母親的臉色突然變得陰晴不定，她也許想說點什麼，可嘴角囁嚅著，終究沒能說出口。

這兩天弟弟因為找不到那隻小兔子，小臉成天皺巴巴的，

活脫脫一副小老頭模樣，除了沒完沒了地在家裡嚷嚷鬧鬧，就是噘著個小嘴，都能掛住油瓶子，誰也不肯理。也許，白小蘭的母親瞧著弟弟可憐，便又走到他身邊，蹲下身來小聲嘀咕：「你小蘭姐姐已經捎信給礦上的叔叔了，讓他下次回來時，再帶隻一模一樣的兔子給你玩。」說著，輕輕刮了一下弟弟的鼻子。

弟弟將信將疑地抬眼看看對方，黯淡的眼神漸漸活絡起來，繼而興奮得開始跳腳了，他死纏著花嫂開始問這問那了，是不是白色的小兔子，什麼時候能來啊，明天行不行，後天呢……諸如此類。母親聽到耳裡，突然起身，一手拉起弟弟就往裡屋走，嘴裡很生硬地咕噥道：「亞洲你別那麼煩人好不好，現在該上床睡覺去了……不是答應過媽媽，我們以後不再養兔子了嗎！」

花嫂自覺無趣，起身離開。臨了，又扭頭朝坐在桌邊看書的謝亞軍說：「怎麼，這兩天也不來阿姨家找小蘭了？」謝亞軍遲疑了一下，低著頭解釋說：「主要是功課忙，沒空過去呢！」花嫂突然用手摸了摸她的肩頭，語氣不無沉重地說：「小蘭這孩子天生可憐，打小連個話也說不周正，這地方也只有妳能瞧得起她。」謝亞軍心頭忽然一沉，覺得被人猛不丁摑了嘴巴似的，臉蛋頓時火燒火燙的難受。她終於明白了，自己真不該好端端地疏遠小蘭，要知道她是那麼可憐。

花嫂沒頭沒尾撂下這句話，便徑直走出屋去了。院裡立刻傳來坦克那種火冒三丈的汪汪聲。狗這東西瘋咬起來，可真夠

煩人，好像天要塌了似的。

　　謝亞軍實在悶得慌，一個人悄悄溜到院子裡透口氣。外面黑漆漆的，唯獨牆角那裡閃動著兩束泛綠的光，那是坦克正滿懷期待地望著主人。她若有所思地走過去，在坦克身邊默默地蹲了一會兒。這條大狗對她表現出前所未有的親暱，雖然被那根結實的繩索牢牢拴著，可牠依舊不遺餘力地爬過來，把身體拉得扁長扁長的，活像一條可憐蟲，溼涼的鼻頭蹭著她光裸的腳踝，喉嚨裡發出嗚嗚嗚嗚的委屈聲。

　　這時，謝亞軍聞到狗身上的氣息，鮮活的帶著怦怦心跳的皮毛味，她的心忽然就軟了。失去自由後的坦克，吃喝拉撒全都在院牆下那個陰暗的角落裡，要是換成一個人，八成早就瘋掉了。狗始終在拚命用力向她腳下爬動，可那繩子毫不留情地勒緊了牠，使牠永遠也不能達到自己的目的，儘管她和狗之間只剩下不足一拃的距離，狗卻始終無法逾越。囚禁真是種生不如死的苦難。身為狗只能苦苦掙扎，眼裡全是哀求的神色。

　　半晌，狗見人有些無動於衷，只好又騰起身不甘心地蹲坐下來，兩隻前爪用力耙地，尾巴像魚一樣在後面甩來甩去，眼巴巴地望著謝亞軍，唯有舌頭伸得老長，間或發出嗚嗚的幽怨叫聲。這種聲音太折磨人了，她覺得自己不能再這樣殘忍，誰也沒有權力這樣殘酷地對待一條家犬，不能成天把牠拴在這裡，好像牠真的犯了十惡不赦的大罪，必須繩捆索綁等著受刑。

　　她又莫名地想起父親離開時再三叮囑過他們，要善待這條

軍犬。父親說牠比一般的人都警醒，過去在部隊上立過功勞
的，只是後來在一次執行任務中，不幸受了重傷才被迫退役。
父親還說家裡有坦克看護著，他在外面也就可以放心了。想到
這，她急忙起身，快步走到拴著繩索的樹坑前，俯下身來，三
下五除二，解開了繩套，然後就自作主張地牽著坦克，悄然走
出了院子。

6

　一旦來到外面，坦克便獲得了空前的解放，毛皮不時地蓬蓬亂顫，蹄爪也飛燕般輕盈極了。可以說一路上，幾乎都是這條大狗牽引著謝亞軍不停地往前奔走。偶爾，狗也會稍作停留，警惕地站在路邊，頭顱高高聳立，兩隻耳朵倏地支稜起來。不遠處誰家的狗漫不經心地叫了幾聲，讓這朦朧的夜色突然變得開闊而又深邃，迷茫而又陌生。像所有的狗那樣，坦克也會適時地跟著叫上一兩聲，「汪汪——，汪汪——」，彷彿很深情地在跟那邊的狗對話。

　這時，謝亞軍才發覺這地方簡直荒涼得有些嚇人，周圍影影綽綽的幾處零星的燈火，乍看之下，猶如鬼火在幽幽跳動，而更遠處的地方卻一片漆黑，黑到了極致，像是到了世界的盡頭。唯獨頭頂上的天空顯得璀璨異常：點點繁星在高遠處閃耀，它們太稠密了，幾乎密密麻麻的，壓得地上的人快透不過氣來。

　她心頭不由得一陣潮湧，有如在無盡的沙漠中發現了一片水草肥美的綠洲，冥冥中，她覺得老天真是有眼，竟恩賜給這片荒涼的土地如此繁密明亮的星辰，否則，生活在這裡的人們，夜間簡直像是待在地獄裡。星光彷彿點燃了想像，而想像

又喚醒了沉睡的心靈，也帶給了她一線希望。她任由坦克牽引著自己，在這無邊無涯的瑩瑩輝光映射的星空下踽踽而行，不知不覺走過了高聳夜空的老榆樹，轉眼走出了鎮街，一直走向西面那片黑漆漆的楊樹林。

沒料到，她一隻腳還沒踏進樹林，坦克就失去理智般地吠跳起來。動物最原始的凶猛，在黑夜中透過那條繃緊的繩索立刻傳入她的體內，手裡的繩子已被狗扯得死緊死緊，幾乎勒進了她的皮肉深處，繩子快要斷開了似的，手心早已火辣辣的一陣劇痛。她顧不得痛，整個人也跟著狗警覺起來。坦克那黑黝黝的鼻頭，正朝著樹林深處猛烈翕動，也許是星光的緣故，幾顆露出的牙齒亮得像鋒利的鋸齒。她一連叫了數聲坦克，希望牠別那麼用力扯繩子，因為她手勁實在太小了，狗拚命往前衝撞的蠻力，是她無法控制的，眼看快要將她拉翻在地了。

忽然，一團什麼東西，一下子就從林中猛躥出來。幾乎同時，坦克決絕地掙脫了謝亞軍手裡的繩子，不顧一切地迎頭撲將而去。她的耳膜立刻被家犬怒不可遏的叫聲震住了，這突如其來的吠叫聲裡有坦克的，還有她所不知道的另一條狗的，也同樣的震耳欲聾，同樣的淒厲狂躁。她從來沒有這樣身臨其境地觀摩狗之間的對峙與瘋狂撕咬。她嚇得渾身亂顫，嘴巴不聽使喚，喉嚨裡像被什麼東西攫住，想張嘴喊叫，卻發不出一絲聲音，恐懼完全占據了她的身體。千鈞一髮之際，從林中飛奔出一條瘦長的黑影，同時一個略帶沙啞的男聲陡然響起。

「聽話，大黃蜂！快給我回來！當心我收拾妳啊！」

也許是夜色掩映的緣故，也許是今夜的星輝太過明亮，這聲音就如同一股清風忽然響徹林間，甚至帶著嗡嗡的擴大了無數倍的回音，一股腦兒地鑽進謝亞軍的耳朵裡。她恍惚覺得，自己像是身處方圓百里的深山幽谷中，不知天上人間，不知今夕何夕，就那麼一個人孑孑而孤立地站著。好在，那通喝斥聲奏效了，那條淺色的大狗乖乖地回到主人身邊，只是喉嚨裡還發出不滿不服的哼鳴，似在抱怨什麼。

她見狀，也急忙大聲呼喊坦克。父親教過她和弟弟，呼叫軍犬口令要簡練清晰：「回來，坦克！回來坦克！」果然，這條狗還算懂得服從命令，但牠並不是立刻掉頭往後跑，而是壓低自己的頭顱，謹小慎微卻又虎視眈眈地朝著敵方那邊，一步一步緩緩後撤。她等坦克終於退回自己身邊時，趕忙低頭撿起拖在地上的一截繩頭，並來來回回在自己手上套了好幾圈，唯恐牠再次掙脫。

儘管險情已被解除，可她仍舊餘悸未消，感覺心跳潦草、手心發燙、火燒火燎的，她顧不上察看自己的手，因為對方正一眨也不眨地盯著她看呢！這時，兩條狗各自蹲守在自己的主人身旁，一副不依不饒、伺機而發的仇敵模樣。

直到這一刻，她才依稀看清對面那個人。怎麼說呢，他的樣子再也不是課堂上坐在自己身後的調皮男生，也不是那個很唐突地朝她問無聊問題的劉火，他更像是一個孤獨而落寞的流

浪漢、一個無家可歸的少年、一個只能跟自己的大狗相依為命的窮光蛋。

「喂，黑燈瞎火的，你為什麼一個人跑到這裡來？」她終於忍不住向他發問了，口氣多少有些生硬和膽怯，但質問的架勢毋庸置疑，好像她才是這個領地唯一合法的主人。也許，她最該問的問題是「你為什麼要打傷我弟弟」，可她沒有。

「對⋯⋯對不起，我⋯⋯我⋯⋯我那天不⋯⋯不是故意的！」對方似乎猜透了她的心思，儘管所答非所問，卻又是她最想聽到的道歉。他一定緊張極了，一張嘴便語無倫次，甚至結結巴巴的。她忍不住抿嘴一笑。

「奇怪，這種病也會傳染嗎？你吃了人家的飯，就變得跟白小蘭一樣結結巴巴的了？」說完，她自己竟咯咯地笑了起來。

對方想必已是面紅耳赤、無地自容了，她覺得自己好像有點過分，因為她又看見他尷尬地蹺起一隻腳脖子，在另一隻小腿桿後面來回磨蹭，那樣子有點像金雞獨立，既窘迫又滑稽。他的一隻手也在後腦勺上抓來撓去，顯得那麼懵懂無知又憨態可掬。他這樣一蹺一撓，讓她忽然覺得他整個人一下子變回到原先那個少年模樣了，她甚至感到這傢伙其實很好玩，甚至有點呆傻。

「喂，那天你為什麼要逃跑？」

「我⋯⋯我⋯⋯我怕——反正都是我的錯，我該死！」

「老師經常告訴我們，知錯能改善莫大焉！」

「我向上天發誓，以後再也不會跑了！」

「那就是說，你以後還會做壞事囉？」

「不……不……不是的……」

「劉火同學，你還沒有老實交代，為什麼偷偷摸摸躲在這樹林裡，難道是來搞破壞的？」

「不是，不是，我就是帶大黃蜂出來遛遛，回家後一直把牠鎖在一間小黑屋裡，生怕牠亂叫，這兩天可把這傢伙憋慘了。」

「哦，原來牠跟坦克同病相憐呀！其實，我媽也不許我和弟弟把坦克放出來，怕坦克老惹禍。」

「誰是坦克？」

「真笨，當然是狗了，難道是你？」

「你是說這傢伙叫坦克？」

「對啊，因為牠以前是條軍犬嘛，我爸說牠可是立過赫赫戰功的狗英雄呢，可後來好像受了什麼傷，不得已退役的。」

「難怪牠樣子那麼凶！對了，妳弟弟的眼睛，好點了嗎？」

「應該沒事，就快全好了。」

「我……我想當面向他賠禮道歉。」

「這還差不多，不過，我媽好像還很生氣呢！」

「那就讓她罵我好了，就算挨一頓打，我也樂意，真的！」

「看不出來，你這個人還很勇敢！」

他倆你一句我一句，說了好一會兒話，其實多半都是她問

他答，氣氛倒是越來越緩和融洽了，她也多少了解了這個少年的些許身世：

劉火是老劉家三代單傳的獨子，基本上算半個孤兒。他母親很早就離世了，現在連他父親也不知去向。這世上除了父親，只有那條黃毛大狗是他最親密的夥伴。

不知不覺間，兩個人不知是誰率先往前走了一小步，或兩步，距離一下子縮短了，說話聲也漸漸低沉下去，最後變得有些竊竊耳語，像久別重逢的好友在隨意聊天。

至於那兩條狗，起初牠們還互相警惕地觀望著，目光有些疑神疑鬼，嘴爪躍躍欲試，可沒過多大工夫，牠們就默默地相互靠近了，開始輕輕地試探著嗅吻對方的身體。狗的世界不像人，牠們靠的是嗅覺來分辨彼此、認同彼此，這種分辨一旦達成共識，就像是人和人之間氣味相投了，可以化干戈為玉帛，可以睦鄰友好，從此不離不棄。

母親三天兩頭在她耳畔敲邊鼓，說沒事別總往外面瞎跑，這鎮上沒一個看得順眼的人。謝亞軍覺得，母親的話有點危言聳聽。

7

　　沒過多久，一股比秋老虎還要灼燙的浪潮，頃刻間就鋪天蓋地席捲了這個原本偏僻寧靜的西北小鎮。街上的高音喇叭不分白天黑夜，反覆播講著什麼「興利除害」、「大幹快幹」的最高指示。很快，鎮上的養殖場、衛生所、國營飯館、生資日雜鋪、糧油店、車站的員工，紛紛舉行誓師大會，就連鎮中心學校的師生們也都排著整齊的隊伍，雄赳赳氣昂昂地走上街頭，大夥兒扯著嗓門喊了一上午口號。

　　鎮上要求每戶至少要出一名精壯勞力，統一派到工地上去搬石頭、背沙子、和水泥，上面一天配給半斤口糧給每個人，說是一定要趕在今冬明春之前，把那條攔河大壩修築起來，因為他們要用它向即將到來的國慶日獻禮。有上千人，潮水一般從四面八方湧上大路，浩浩蕩蕩朝著幾十公里外的河灣工地進發了。人們背著鋪蓋捲，腰間斜背著水鱉子，肩頭扛著鐵鍬或洋鎬。走在隊伍最前面的人，還高舉著一面鮮紅鮮紅的旗子，旗面上用油漆新刷寫了「發動群眾向水要糧」的金黃色標語，風一吹，獵獵直響。

　　這時，左鄰右舍才發現，劉火爸爸還沒有回來的跡象。有人說，那天劉火爸爸往鎮子西南方向走下去，一直走進毛烏素沙漠裡迷了路，結果被沙子活埋了；也有人說，他根本沒去過什麼沙漠，而是進了小鎮西面的大山裡，在山中遇到了餓狼，狼把他給吃了；還有人說，他是被一輛大卡車載到山裡炸石頭去了⋯⋯總之，誰也說不清楚這個男人究竟去了哪裡。家裡沒有大人，只有一個半大男孩，孩子也是人，這年頭是人就得為集體出點力氣，社會主義可不養吃閒飯的人。

　　少年劉火倒是意氣風發得很，他挺著一副雞胸脯，對上門來參與動員的工作幹部說：「我爸還沒回家呢！要不，你們就讓我頂替他，去工地參加勞動吧！我身上有的是力氣呢，讓我做什麼都可以。」

　　穿四個口袋的工作幹部，背著雙手在他家屋裡轉了一圈，徑直來到院子裡，然後探頭探腦地瞧了瞧劉火家那架葡萄，隨手摘了一顆塞進嘴裡，嚼了一口，酸得直齜牙，忙又呸啊呸地吐到地上，綠汪汪一攤，像剛拉下的雞屎。工作幹部拍著腮幫子說：「這些葡萄就快熟了，到時候你把這些好東西全部摘下來，都送到工地上，給大夥兒嘗個鮮，就算是你為大壩建設出力了。」

　　按照規定，這次花嫂也得上工地，理由是她家男人不在鎮上工作，而攔河大壩修好了，那可是造福全鎮人民，大夥兒都要沾光得實惠的，花嫂家當然也不例外。花嫂就哭喪著一張

臉，跑到謝亞軍家裡訴苦。謝亞軍的母親不用上工地，因為她的丈夫幾個月以來，整日整夜都奮戰在施工第一線，而且，人家男人還要負責指揮工程和管理建設隊伍，這樣的人才在鎮上怕是打著燈籠都找不到第二個。花嫂羨慕得一個勁兒地咂舌頭。

學校裡的老師多半都被派去參加勞動了，基本上無課可上。學生們也不能閒著，他們決定號召一批有文藝細胞的骨幹，到工地上去表演節目鼓舞士氣，這樣也算是為偉大的大壩建設添磚加瓦了。

謝亞軍國語講得最標準，大夥兒就建議她來擔任這次演出的報幕員。她極其爽快地答應了，因為只要能到工地上，就能見到自己朝思暮想的父親了，這讓她激動不已。她還自告奮勇地說，到時候她還要朗誦那首家喻戶曉的《憶秦娥·婁山關》：……雄關漫道真如鐵，而今邁步從頭越，從頭越，蒼山如海，殘陽如血。

每每讀到最後兩句，謝亞軍都感到渾身上下一陣戰慄，詞中的豪邁氣勢幾乎將她整個人裹挾住，讓人不能不感到激情澎湃，而她也最最嚮往那種蒼山和殘陽共存的輝煌景致。

約莫一個禮拜後，由二十一人組成的學生文藝隊，就要步行到工地上慰問演出了。

謝亞軍從櫃子裡挑出自己平時最喜歡的那件連身裙。母親在一旁哼了一聲，說：「臭美，不就是個報幕的嘛，穿那麼漂亮幹什麼？妳還是穿白襯衫和藍長褲比較好。」她不理睬母親，自

己對著掛在牆上的那面鏡子，認認真真地綁了馬尾，還用雪白的手絹紮了漂亮的蝴蝶結。這種白蝴蝶結，在鎮上只有她一個人這樣紮。

母親又開始嘟囔：「那麼老遠的路，你們真是胡鬧，我敢打賭，走到中途半道就走不動了，有你們這些小鬼頭哭鼻子的時候。」

「媽，妳怎麼滿腦子都是這種懶惰的想法？」謝亞軍終於忍不住開口還嘴了。

「工地上那麼多人，不都是那麼走著去的？難道我們學生就比他們脆弱，腿比他們短一截？妳別忘了，革命不分先後，更不分男女老少，團結就是力量！」

她說得慷慨激昂、頭頭是道，母親一時竟無言以對了，也不知道女兒哪來的那麼多大道理。

弟弟卻不管三七二十一，硬是死皮賴臉地纏磨過來，抱住謝亞軍的一條腿半天不肯放手，說什麼也要跟她一起出去玩。她沒好氣地胡亂支吾了兩聲，弟弟依舊不依不饒，她只好向母親求助。

「媽，妳能不能把這小東西弄開，我要遲到了。」

母親冷冷地說：「亞洲聽話，姐姐可不是去玩，她是要去那邊受罪的。」小傢伙根本聽不進去，死活抱緊姐姐的腿，說他也要去受罪。母親聽了又好氣又好笑，最後硬把他抱走了。

謝亞軍覺得，母親總算是做了一件利國利民的大好事，就

興高采烈地把家裡那只軍用水壺斜背在左肩上，又將早已洗得發黃的書包背在右肩上。這樣的裝備讓她覺得，自己活像個即將奔赴戰場的年輕女戰士，鏡子裡的那個人簡直有點英姿颯爽了。

照完鏡子，她又隨手在書包裡塞了條擦臉毛巾和更換的衣裳，然後轉過身，對著母親雙腳併攏，立正，敬了一個像模像樣的軍禮。

「家長同志，如果沒有其他指示，本報幕員現在要出發了！」母親一愣，真被女兒這種怪樣子給怔住了。

「記著，見了妳爸，催他快回家一趟，妳就說媽生他氣了，說他是天底下最大最大的騙子。」

「媽，妳真是一派胡言，我爸可是大壩工地的謝工程師，是革命幹部，可不是什麼大騙子！」說完，她又朝母親吐了個粉紅的舌尖，便飛也似的衝到外面去了。

母親佯裝生氣，追到門口，朝她的背影自言自語：「妳和妳爸一樣，全都是沒良心的，說走就走……」

隊伍已經在家門口等了半天了。謝亞軍剛鑽進他們中間，大夥兒就迫不及待地邁開大步前進了。前面有人領頭唱起了軍歌，起初歌聲十分嘹亮，唱著唱著，就有些變調了，拖拖沓沓的，你一句我一句，七上八下，稀里嘩啦，唱到最後，乾脆個個都偃旗息鼓了。

謝亞軍無意中一回頭，就瞧見白小蘭正形單影隻地站在路

邊的一小片樹蔭下，蹺著雙腳朝隊伍這邊熱切地觀望呢！謝亞軍稍微猶豫了一下，離開隊伍朝那邊跑過去。

白小蘭看見她過來了，忙從褲子口袋裡掏出一只雪白雪白的圓玻璃瓶，說：「這……這是……是……是我媽的雪……雪花膏，她走……走得急，忘……忘記帶了。」

謝亞軍有些好笑地接在手上，說：「妳就為了這件事等我，可真有妳的呀！」

沒等謝亞軍說完，白小蘭又跟變魔術似的，另一隻手裡又捧出一塊嶄新的手絹，圖案是蘭花草的那種，疊得四四方方的。白小蘭說：「這……這個送……送給妳用。」謝亞軍看看手絹，又瞧瞧她，竟不知說什麼好了。白小蘭見她無動於衷，就一把拉過她的手，把蘭花草圖案的手絹款款地放在她手心裡了。

謝亞軍心頭一熱，這才把兩樣東西都小心地塞進自己的書包裡，又拿手指在白小蘭的鼻子上輕輕刮了一下，說：「真有妳的。」白小蘭的臉紅撲撲的，好像剛剛做了一件驚天動地的大事，那些頑固的小麻子星星點點好似天幕上的繁星。她樸實的樣子實在讓人忍俊不禁。看來，她在太陽底下已經站了有一會兒了，又被謝亞軍這麼不經意一刮，反倒兩腮起了潮紅，害羞似的低下頭去。

謝亞軍忽然想起了什麼，忙說：「小蘭，我走後妳要多去家裡陪陪我弟弟，他一個人也怪可憐的。」

白小蘭聽了，用力朝她點點頭，一副絕對保證完成光榮任務的樣子。

8

　　亞洲的眼傷基本好了，紗布也讓醫生拆掉了，小孩子恢復
起來就是快。幸好，那隻眼球水晶體上並未留下一絲一毫劃
痕，這讓做母親的懸了很長時間的一顆心總算團團圓圓又咽進
肚子裡，至於眼角邊上些微的痕跡，時間長了自然也就淡了，
不必太擔心。

　　白小蘭一來家裡，亞洲就像見了大救星似的纏上她了，嘴
裡叨叨說，姐姐最壞，只顧一個人去外面玩，不帶他去。白小
蘭忙讓他寬心，說姐姐可不是去玩的，他們是替建築工人們慰
問演出去了，又說，她現在就可以帶他到外面玩一會兒。

　　正好這陣子母親被亞洲鬧得心神不寧，見白小蘭說得誠心
誠意，當即就點頭應允了。鄰居花嫂在上工地勞動之前，倒
是向謝亞軍的母親託付過，說她家小蘭一個人在家，有點不放
心，請她好歹關照關照。於是，謝亞軍的母親就說：「別玩得
太久了，反正亞軍也不在家，晚飯妳就來阿姨家，我們一起吃
吧！」

　　這個明亮的下午，白小蘭緊緊拉著亞洲的小手，兩人一起

去了那家生資日雜鋪。從裡面出來的時候，男孩的腮幫子就
一鼓一鼓地動起來，嘴皮子也咂得吧唧吧唧響，一股股清澈甜
蜜的水果糖汁，正源源不斷地鑽進孩子的喉嚨和胃裡。這感覺
真好！

轉過冷清的街角，白小蘭一眼就瞧見那條大黃狗，那麼忠
實地蹲在街角，舌頭伸出老長，呼哧呼哧朝她這邊喘著氣；
狗旁邊濃濃的樹蔭底下，一條瘦長的人影正一動也不動地盯著
他們。

不知為什麼，白小蘭突然就有點不喜歡那個人了。不對，
簡直就是厭惡！要不是他，這個小傢伙的眼睛會很漂亮，長
大了定是個美男子。可是，現在她都不敢長時間注視他那隻受
了傷的眼睛，儘管傷疤退卻，可眼角附近依然留下星星點點的
印記，這總讓她感到心驚肉跳。她不明白自己為什麼會那麼在
乎這些，就像她莫名其妙地在乎謝亞軍一樣，愛屋及烏吧！反
正，她就是不願意看到誰傷害謝家姐弟倆，那樣的話，就等於
傷害了她自己，她絕不允許。此刻，她裝作什麼也沒看見，急
忙拉起亞洲的小手快步走開。

劉火到底還是從後面追了上來。亞洲一看見那條大黃狗，
頓時嚇得直往白小蘭身上緊貼。

「你……你想幹……幹什麼，快把……把狗弄……弄開，當
心嚇……嚇著孩子！」白小蘭一邊拿身體掩護亞洲，一邊很不客
氣地說。

劉火白了她一眼，又朝狗打聲呼哨，大黃蜂就原地趴了下來。他逕自走到小男孩身邊，彎下腰盯著對方的眼睛，仔細地看了又看，當他伸出手想摸一摸那張圓臉蛋時，亞洲突然哇的一聲哭了。

　　孩子的哭聲猝不及防，小嘴巴張得老大，嘴裡的糖塊都要順著眼淚和鼻涕淌出來了。劉火的手就硬石一樣停在半空中，孩子一定很怕他，那一彈弓讓他變成了驚弓之鳥。

　　白小蘭見狀，猛地推開劉火，眼裡全是憤然和牴觸。隨即，她蹲下身去，把亞洲摟在自己懷裡，像母雞護崽似的，摟得緊緊的，生怕對方會搶走孩子似的。

　　「不……不哭，亞洲最……最乖，最……最聽姐的話。」哄完孩子，她又義正詞嚴地對劉火說，「你……你快走……走開，別……別碰他，好……好不好？」劉火覺得，白小蘭今天的情緒很不可思議，這個平日裡口吃嚴重的女孩，此刻的口氣竟那麼堅定有力，好像她是這個男孩的親姐。

　　於是，劉火盡量放緩語氣說：「小蘭，妳別那麼緊張好不好？我沒別的意思，就是想瞧瞧，他的眼睛好了沒有，還有這個……」他一面說，一面伸手往口袋裡摸索著什麼東西。「妳看，我是想把它送給亞洲玩的。」說完，他把自己親手做的那把漂亮的彈弓大大方方地遞到亞洲面前了。

　　孩子起初還相當警惕，一個勁兒地瑟縮在白小蘭屁股後面，等見到那把神氣十足的彈弓之後，情況就大大改變了。他

開始死死地盯著夢想已久的玩具，眼睛裡流露出那種十分豔羨的光芒。亞洲當然知道這東西有多好玩，他早就想擁有一把了，可是爸爸總是太忙，又常不回家，至於媽媽和姐姐，根本不用指望能幫他製作的。白小蘭也看出了劉火的誠意，就有些尷尬地抿了抿嘴唇，半晌欲言又止。

劉火早趁機往亞洲身前移了幾步，「你想不想要？想要就拿去玩吧！算是我跟你正式道了歉了。」

「他……他給你的，你……你就收下吧！」

白小蘭終於露出了燦爛的笑容，她蹲下身去，替亞洲接過那把用很粗的五號鐵絲彎成的漂亮彈弓。其實，她心裡最清楚不過，這東西可是劉火的最愛呢！

這注定是一個幸福美滿的好日子。

要知道，幸福美滿的好日子，是不會天天都有的，甚至一年當中也遇不到一兩次。口袋裡有那麼多好吃的糖塊，額外再加上一把心愛的玩具，亞洲的心情可想而知了。但是，比起那種甜滋滋的水果糖，彈弓畢竟是一個十分凶猛的東西，何況這孩子在剛剛過去的夏天裡，曾挨過它致命一擊，險些弄瞎了一隻眼睛。可孩子畢竟是孩子，他們似乎都有一個共同的特點，那就是──好了傷疤忘了痛。有時候，這種情況恐怕連大人也不例外，人們過去犯下的一些錯誤，有時候還會繼續再犯，而且是變本加厲的，就像人們常說的，歷史的車輪有時還會倒轉。

在劉火的提議下，白小蘭和亞洲歡快地跟著他一起去了西

面那片楊樹林。

楊樹葉子已經開始大面積泛黃了，泛了黃的葉片隨風簌簌晃動，林地中的各種野草也都已開完了花，結上飽滿的籽粒。人的腿腳一踩踏進去，立刻就能聽見那種劈劈啪啪的細微響聲。那些草稈被踩得支離破碎，黑黑的草籽簌簌地落個不停，彷彿雨點似的。植物到了應該收穫的季節了。

劉火想要手把手地教亞洲用彈弓射擊。白小蘭多少感到有些不安，她勸過劉火兩次，對方似乎又恢復到以前的樣子，對她的話不過是左耳進去右耳出。至於亞洲，正在興頭上，劉火只需稍微展示一下自己的射擊技術，就深深吸引住這個小傢伙了。可以說，劉火的射擊幾乎是指哪兒打哪兒，彈彈命中目標，孩子興奮得手舞足蹈，躍躍欲試，可一連試射了幾次，都很不成功。劉火抬頭指了指不遠處的樹枝上落著的一隻麻雀，小聲說：「我們把牠打下來好不好？」沒等孩子點頭呢，白小蘭就咬著嘴唇直晃腦袋，連連擺手說：「別……別胡鬧了，當……當心教……教壞……壞了他。」

劉火一聲不吭，雙膝跪在草地上，左手幫孩子穩住彈弓的手柄，右手抓著他的小手指，一起用力來拉膠皮彈囊，嘴裡有條不紊地講解著：「你要想打中目標，得先學會閉上一隻眼，兩隻眼往往是瞄不準的；你還得讓手裡的子彈，正好穿過彈弓的兩支丫杈中間，就像對準靶心；再有，你還要瞄準你想射擊的東西，等牠們三個正好在同一條線上的時候，你就立刻鬆開手

指，叭——石子就這樣飛出去了。」

　　果然，樹枝上的麻雀應聲落地，在草叢裡撲稜撲稜地掙扎著，孩子一蹦多高，嘴裡嚷嚷著：「打中囉！打中囉！」劉火忽然打一聲響亮的呼哨，大黃蜂便箭一般躥向前面的草叢裡，很快，這狗就快快活活地搖著大尾巴，狗嘴叼著那隻奄奄一息的麻雀，顛顛地跑回主人身邊。

　　這天晚上，母親是在洗衣服的時候，從亞洲的褲子口袋裡發現了吃剩的兩塊水果糖和那支彈弓的。男孩在外面瘋野了一下午，衣服褲子都髒得不成樣子了。

　　「瞧瞧，把這身驢皮造的！」母親一邊嘮叨，一邊端來半盆清水，又讓亞洲去幫她拿門後立著的那塊洗得發白的搓衣板。這時，她的手習慣性地去一個個掏口袋，那些東西就被截獲了。

　　「我問你，這些都是哪來的？」母親將截獲的物品攤開在手掌上，目光嚴厲地射向小男孩。

　　亞洲磨蹭了半天，總算是把那塊搓衣板放在母親面前了。「這個嘛，是小蘭姐姐買的。」

　　母親板著臉說：「跟你說過多少次了，別老讓人家買東西給你吃，拿人家的手短，吃人家的嘴短，你的嘴巴怎麼就那麼饞？當心你爸回來，我告訴他狠狠揍你。」

　　亞洲一面抬手摳著自己的後腦勺，一面不以為然地嘟嘴說：「又不是我拜託她買的，是小蘭姐姐非要給我吃的。」

　　「你還知道嘴硬？那這個彈弓呢？」母親步步緊逼，眼睛狐

疑地盯盯彈弓，又瞧瞧孩子。

「這個、這個嘛……是我在路邊撿的。」

彈弓的事，劉火特別交代過他，說誰要問起就說是自己撿的。孩子不知道那個劉火哥哥為什麼不讓他說實話，不過，他也不想出賣對方，他實在是覺得，能跟劉火哥哥一起玩，真的很過癮。孩子想問題總是往簡單處想的，不像大人們老把簡單的事情搞得那麼複雜。

「真的是你撿的？」母親疑惑地望著兒子。亞洲猶豫了一下，不再說話了，而是用力點了點小腦袋。以往的經驗告訴他，這種時候最好不要說話，說多了就會漏洞百出。

「那我也不許你玩，這東西太危險，萬一傷了別人怎麼辦，媽媽沒收了！」

母親這樣說的時候，早就順手將彈弓擱在一只很高的五斗櫥的頂上去了，這個位置以亞洲現在的身高是搆不著的。孩子立刻哭喪著臉，小嘴嘟得老高，過不了一會兒，一顆明晃晃的淚珠子就開始在眼眶裡打轉轉了。

母親不再理他，而是將那兩塊水果糖擱在桌角，就坐在地當間的小馬扎上，開始嘩啦嘩啦洗孩子的髒衣服了。她用力搓洗的時候，房間裡顯得又莊嚴又沉悶，孩子忽然打從心底覺得，大人都是非常殘忍的。

到了白天，母親總要在廚房忙乎一陣子，亞洲就趁這個機會，悄悄地搬來一把椅子，椅子上再擺一張小馬扎，把它們立

在那只斗櫥旁邊。他跟作賊似的，慢慢地跪著爬到椅面上，再小心翼翼地站到馬扎上，腳尖盡量用力踮起，然後伸出小手去摸櫃子頂上的彈弓，儘管兩隻小腿顫顫巍巍的，可幾乎每次都能得手。

　　隨後，亞洲就像放出了籠子的小鳥，歡實地飛出院子，一口氣跑到街邊去尋找小石頭，一下子撿上十幾顆，都寶貝似的揣在口袋裡，然後就按劉火哥哥教他的方法，一下一下去練習射擊了。可以說，自從有了這把彈弓，孩子覺得白天的日子很好打發了，打打樹葉，打打牆壁，再打打天上偶爾飛過的麻雀，儘管他還連一片羽毛也射不著呢！

9

　　街上的大喇叭又沒完沒了地聒噪起來。一群工作幹部開始挨家挨戶上門來，說是要收走那些鐵鍋、鐵鏟、菜刀和鍬頭了。起初，大夥兒還都蒙在鼓裡，覺得這件事有點莫名其妙和不可思議，那些鍋啊鏟啊盆啊勺啊都招誰惹誰了，幹嘛都要統統收走？要是收走了，家裡還拿什麼燒飯炒菜呢？存心不讓人吃飽肚子了吧？可是，經過那些工作幹部一番頭頭是道的鼓動和宣講，大夥兒終於恍然大悟。

　　原來，這都是為了響應最新的號召，聽說外面好多地方一座土熔爐從開始修建到投入生產，只需兩三天時間就能實現了，而且，人家興興頭頭地辦什麼人民公社和集體大食堂，說是有了這些大食堂，大夥兒再也不必為吃喝發愁了，肚子餓了，你就背著手去吃食堂，食堂裡有的是白米飯和大饅頭，還有雞鴨魚肉蛋，管你個個吃得肚兒溜圓。

　　快吃晚飯的時候，亞洲興沖沖地從外面跑進來，正好趕上鎮上的工作幹部來家裡徵收鐵器。

亞洲見母親臉上陰沉沉的，嘴裡不住地長吁短嘆，把菜刀遞給人家的時候捨不得，把菜鏟交出去的時候也捨不得，等把那口黑油油的大鐵鍋端出來的時候，她忽然就吧嗒吧嗒地抹起眼淚來了。

母親怯生生地問：「同志啊，這些家什都交出去了，往後還能拿得回來嗎？」工作幹部聽了，齜著黃板牙嘿嘿笑了，煞有介事地向她描繪起美麗壯闊的前景來了。

「妳這個女同志，怎麼說起傻話了，還拿回來做什麼，往後我們全都跑步進入那個共產主義了。共產主義，妳懂不懂？就是要吃有吃，要穿有穿，到那時候，妳還要這些破鍋爛鏟做什麼，樓上樓下電燈電話，大夥兒就等著享共產主義的福吧！」母親聽得一頭霧水，半懂不懂，卻也不敢再胡亂發問了，因為對方明顯有些不耐煩了。

亞洲根本無法聽懂這些幹部說的話，可他分明看見母親發紅的眼睛和那發亮潮溼的鼻尖了，這些傢伙好討人厭，跑到別人家裡搶走了那麼多好東西，惹得媽媽又哭鼻子又抹淚的，他們心腸可真壞。於是，亞洲沒有跟母親打招呼，就一個人自作主張溜出了院子。

那夥兒人得勝了似的，他們推著一輛平板車，車上擺著一口口黑黑的大鐵鍋，感覺是剛從集市上採買東西回來的，每個人的屁股都左一擰右一擰的，走起路來有些驕橫，好像占了多大的便宜似的。

亞洲躡手躡腳地從後面跟上去，同時從褲子口袋裡摸出心愛的彈弓，小石子路邊都是現成的，隨便一弓腰就撿了一顆大的。這時，他的小胸脯氣得鼓鼓的，渾身上下似乎有用不完的力氣，彈弓的皮條被他扯得老長老長，他簡直跟勇敢的小八路似的，或者，像個小男子漢，很專業地瞇縫著一隻眼來瞄準，隨後，幾根小手指輕輕一鬆，只聽嗖的一聲哨響，黑石頭像一支利箭，飛射了出去。

那個剛才還跟母親誇誇其談的工作幹部一聲慘叫，雙手很誇張地抱住屁股，滿地亂蹦，活像一個跳大神的。亞洲就咧開嘴咯咯地笑了。這是彈弓平生帶給孩子最大的一次快樂，他總算替媽媽報了仇。不過，孩子很快就知道自己闖了大禍。幾個工作幹部扔下手裡的推車，氣勢洶洶、大呼小叫地朝孩子飛奔過來。

母親簡直嚇傻了，她早就知道彈弓是很危險的東西，可她做夢也沒想到，不到七歲大的兒子，能闖下這麼大的禍來。那個帶頭的工作幹部痛得齜牙咧嘴，屁股剛坐在椅子邊角上，又痛得火箭炮似的躥起來，他發起火來更是上綱上線，讓孩子母親聽得脊梁直發冷汗。

「我告訴妳，這可是破壞『大躍進』和大食堂啊，妳這當媽的怎麼管教孩子的？」

母親簡直跟瘋了似的，不容分說就把亞洲拉過來，死命摁在一條板凳上，隨手掄起笤帚把子就往小屁股上狠抽，一下、

兩三、三下⋯⋯亞洲痛得哭爹喚娘亂叫，工作幹部們在一旁冷眼觀望，個個不露聲色，好像在看一條活該挨揍的小野狗。

後來，那把笤帚都被打得開花了，枯黃的秫秸稈碎落了一地，那夥人才不依不饒罵罵咧咧地離開了。臨走前，當然沒有忘記沒收那支十惡不赦的凶器，還理直氣壯地強調：「這小小彈弓也是鐵啊，能煉出社會主義的鋼！」

失去心愛的玩具，亞洲哭得簡直死去活來，母親只能死死地將他抱住，生怕他再跑出去給大人闖禍。

臨時學生演出隊終於回到鎮上。這些少年人看上去，一個個都跟散了架似的，走起路來，腰來腿不來的，像是在外面吃了敗仗的散兵游勇，一路逃竄，亡命天涯，差一點就走不回來了。

謝亞軍美美地在家裡睡了兩個大懶覺。這次，她的皮膚被秋天的日頭晒黑了，嘴唇起了厚厚的一層乾皮，身上還長出了好多小紅疹子，用手一抓，馬上就紅起來一大片，像彎彎繞繞的地圖，而且越抓越刺癢，嘴裡整天吱吱亂叫。

母親撇著嘴說：「活該，誰叫妳跑出去顯擺，這回知道什麼叫苦了吧！」嘴裡這樣埋怨著，卻連忙從抽屜裡翻找出半盒爽身粉，這是弟弟以前用剩下的，搬家時沒捨得丟。

謝亞軍冷瞅了一眼，說：「小孩子家的東西，我才不稀罕用。」母親沒好氣地把她推倒在床上，讓她平平地趴下，又捲起她的背心後襟，開始在她身上塗抹那種香噴噴滑膩膩的白色粉

末了。

「哼，笑話，難道妳不是個孩子？」

聽母親這樣戲謔，謝亞軍剛想再頂一句什麼，弟弟卻嘻嘻笑著湊過來起鬨：「不害羞，不害臊，這麼大人還用小孩的東西。」氣得謝亞軍真想下地揍他一頓。

這時，白小蘭悄無聲息地進屋來。才幾日不見，這個臉上長著細碎麻點的女孩好像又瘦了一圈，兩隻黑黑的眼睛，顯得奇大而幽深，目光中始終流淌著一種叫人很擔憂的東西。白小蘭的父親在外地礦上工作，母親最近又被調去了工地做飯，家裡就只剩她一個人。工作幹部上門收那些鐵家什的時候，幾乎把這個小女孩嚇了個半死，以她的年紀和閱歷，根本無法理解這種荒唐事情的發生，可是胳膊擰不過大腿，人家硬要拿走家裡的那些東西，她又有什麼辦法呢？她是無論如何也阻止不了的。於是，白小蘭的內心就背負了太多太多的難過和自責。母親的脾性誰都知道，白小蘭暗想，等母親從工地上回來，一定會狠狠收拾自己一頓的，家裡那麼多好東西她都沒能看得住，母親一定會狠狠地奚落她：真是白養妳到這麼大，沒出息的東西，連個家都看不住！

此刻，謝亞軍見到白小蘭，甭提多親多近了，好像分別了很久似的，兩個女孩緊緊拉著彼此的手，互相端詳了好半天。

謝亞軍說：「妳怎麼瘦了？」

白小蘭說：「妳……妳黑多了。」

說完，四隻黑亮的眼珠相對，兩個人額頭頂著額頭，像兩隻乖巧的小母雞互相簇擁著，忽然就咯咯地笑開了。

好容易笑夠了，謝亞軍才一本正經地告訴白小蘭，說這回在工地上見到小蘭媽媽了，她現在每天都跟一群女人替工人們蒸饅頭、熬稀飯，做得可起勁了。

謝亞軍又說：「聽說她們每天要蒸一千多顆饅頭呢，妳媽說她揉麵揉得呀，手腕子都快折了。」

白小蘭聽謝亞軍這麼說，眼淚就簌簌地垂下來了，她實在是心疼母親了。

「不過，妳也別太擔心，我覺得阿姨她人性格活潑，又能說會道的，那些幫廚的女人都歸她管，大小也算個頭頭，很受人敬重呢！」謝亞軍盡量想辦法為白小蘭寬心打氣。

「妳媽讓我回來把妳管好，妳要是掉了一根頭髮，到時候她都饒不了我。所以，從現在起，白小蘭同學，妳就正式歸屬本人領導了，明白嗎？妳得好好聽我的話，現在不是都去吃大食堂了嗎？所以從今天開始，每頓飯妳都要好好地跟我一起去吃，能吃多少我們就吃多少，不吃白不吃，等妳媽回來的時候，我要爭取讓妳變成一個大胖妞，看她還有什麼話講！」

聽謝亞軍說得這麼熱鬧，白小蘭眼神裡的憂鬱淡去了一半，她抿著嘴，無聲地笑了。她一笑，臉頰上的小麻點也跟著動了，像是花瓣褪去後，花托上留下的小籽粒，被誰輕輕一碰，就都歡樂地散開了。

10

也就一眨眼的工夫，劉火家的那架葡萄就熟透了。

成熟的葡萄每天都閃著綠瑩瑩的亮光，一串一串沉甸甸地垂懸在藤葉之間。最先嘗到葡萄的是謝亞軍，其次是白小蘭，謝亞軍的弟弟自然也是近水樓臺了，劉火特地挑了最大最沉的兩串，讓謝亞軍帶回去給她弟弟嘗嘗。女孩們在葡萄藤下盡情分享新鮮水果的時候，劉火煞有介事地說，他打算把剩下的幾十串葡萄都送到大壩工地上去，讓那些辛辛苦苦勞動的人也嘗嘗鮮。

謝亞軍說：「你傻呀，路途那麼遠，怎麼送？再說等到了工地上，這點葡萄還不夠那些人塞牙縫的，那麼多人你給誰吃不給誰吃？你要知道，他們每天光饅頭就要吃掉上千顆呢！」

劉火想了想，說：「反正我早就答應鎮上的幹部了，不能說話不算話，這次我家沒有出半點勞力，修大壩人人都有責任，我爸又不知跑到哪裡去了，我總得做點什麼吧！哪怕只是這點心意呢？」

謝亞軍聽他說的倒也有幾分道理，工地上幾百號人在日夜

95

不停地勞作，就拿她父親來說，每天只能在簡陋的帳篷裡和衣迷糊兩三個鐘頭，天未亮就開始指揮大夥兒做事，晚上往往還得帶著工人加班加點。父親要操心的事太多太多，水泥沒有了工人向他要，石頭沒有了工人向他要，鋼筋沒有了工人向他要，吃的喝的沒有了同樣向他要。上次學生演出隊離開前，父親跟她說過，大壩上的工期緊任務重，估計一時半會兒他還不能回家。他囑咐謝亞軍千萬別再出來瞎胡鬧了，好好在家裡待著，幫幫媽媽，照顧好弟弟。那天，謝亞軍可是含著眼淚答應父親的。

劉火站在葡萄藤下眼珠子亂轉，一副苦思冥想的樣子。

這時，白小蘭像是要下什麼大決心似的，長舒了口氣，兩隻手突然攥成小拳頭，來回看看他倆說：「我……我家有……有輛車子，要……要是騎上它去送，就快多……多了。」劉火一聽，躥天猴似的蹦起來，腦袋就撞著了一串葡萄，葡萄搖晃起來，他不好意思地吐了吐舌頭。

「可……可車子被……被我……我媽鎖著。」劉火剛剛激起的鬥志，一下子又被澆滅了。「我以為是什麼好點子，妳這不是跟沒說一樣嗎？」他沮喪地再次蹲下身，半天不再言語了。

謝亞軍想了想，問：「小蘭，妳能找到那門的鑰匙嗎？」白小蘭黯然地搖了搖頭，說那間耳房的鑰匙她媽媽一直帶在身上，平日誰也不給，也從來不讓她進去。劉火徹底洩氣了，索性一屁股坐在葡萄架下面，氣呼呼地抓撓腦袋，頭髮野草樣

毛亂。

　　大黃蜂很體貼地爬過來，拿黑亮的鼻頭蹭他的身體，這裡聞聞，那裡嗅嗅。他像是沒睜眼，理也不理牠。狗就嗚嗚地叫了，那叫聲聽起來像個女孩子，帶著擔憂和不安。

　　還是謝亞軍比較機靈，想了想說：「車到山前必有路，我們別光站在這裡望洋興嘆，還是先去小蘭家看看再說嘛！興許能有什麼好主意呢！」

　　白小蘭家那間耳房坐東朝西，是單獨蓋起的一間小庫房，只有一個單扇木門，而且還是那種暗鎖。僅有的一面小窗戶，是被安在門框正上方的，關鍵是那扇窗也就臉盆口那麼大，想爬進去似乎不太可能。

　　劉火皺了皺眉頭，突然抬起腿，作勢要去踹門，謝亞軍立即制止：「少來，你想害人家小蘭嗎？」劉火只得無奈地收起腿腳，將後背懶懶地靠在門板上，屁股一撅一撅去撞門，好像用他的屁股就能解決一切問題。

　　就在這時，亞洲樂顛顛地從外面一溜煙跑進來，小傢伙定是在隔壁聽到他們三人談話的聲音，便興沖沖地跑過來湊熱鬧了。謝亞軍一見弟弟，當即便有了好辦法，說：「對了，讓我弟爬進去，他身子小、靈活，幫我們從裡面打開門，好不好？」白小蘭有點緊張地問：「他這麼矮怎麼爬上去？再說窗戶上還有玻璃擋著呢！」劉火一下子來了精神，說玻璃我可以敲碎一個小角，只要手能伸進去，拔開裡面的銷子不就成了。

白小蘭還是有些犯難，生怕玻璃砸碎了，母親回來又要怪罪自己。劉火說：「捨不得孩子，套不住狼，玻璃到時候我從家裡拆一塊，替妳家補上就是了。」白小蘭將信將疑：「那……那你說話，可……可得算數啊！」謝亞軍也在旁邊幫腔道：「他敢不算數，我們倆往後誰都別再理他！」

　　劉火立刻找來半塊磚頭，站在凳子上很容易就敲碎了門頭窗的玻璃一角。他從那破碎的玻璃口伸手進去，摸索著拔開了鐵銷子，再用力往裡一推，窗戶就開了，一股涼颼颼的陰風從裡面旋出來。劉火探著身子試了試，窗口的確太窄了，他的肩膀頭根本鑽不過去，看來只有讓亞洲來試試了。

　　亞洲死活不肯幫忙，頭搖得像支撥浪鼓。小傢伙直嚷害怕，又說要是媽媽知道了，定會揍爛他的小屁股。要知道，不久前為了那把心愛的彈弓，他可是剛挨過一頓揍的。謝亞軍和劉火又輪流好說歹勸，甚至許諾只要他肯爬進去，待會兒就買好吃的糖果給他。

　　亞洲聽了，多少有點動心，小眼珠眨巴眨巴的，舌尖不停地舔著嘴唇，已經開始憧憬那種甜蜜的糖汁穿過喉嚨的美好滋味了，但他還是遲遲下不了決心。最後，劉火說：「要是幫了這個大忙，我再為你做一把好玩的彈弓，跟以前的一模一樣。」亞洲這才點著小腦袋答應了。

　　所謂無利不起早，小孩也一樣，只不過，他們往往是看不到任何危險的。

咚咚。

咚咚咚。

咚咚咚咚咚……

三個人的拳頭，幾乎同時擂在那扇破舊不堪、中間畫有紅十字符號的木頭門板上。

「醫生快開門啊！」

「醫生救命啊！」

「醫——生！」

直到這時，幾個孩子才都猛然清醒過來，這裡僅有的兩名赤腳醫生，早就被幹部們調派到大壩工地上去了。醫生們臨走的時候，還背走了衛生所那只最寶貴的醫藥箱。那藥箱裡裝著珍貴的針管針頭，成捲的白色紗布和膠帶，還有昂貴的青黴素和一些應急必備的藥品；那只被拇指寬的牛皮帶繫掛著的百寶囊一樣的箱子，正面印有鮮紅的十字架，那是白衣天使的神聖標識，是救民於危難之際的神器。

亞洲的兩隻小腳都光著，為了方便攀爬門窗，他聽話地脫掉了小鞋子。孩子的左腳被劉火用女孩們的兩塊手絹連結起來，湊合著臨時包紮起來，其中一塊手絹，還是白小蘭不久前剛剛送給謝亞軍的禮物。那腳底的傷口好嚇人，就像嬰兒嘟起的嘴巴向外翻開，血流出來。她倆嚇得看都不敢多看一眼。這時候，兩塊淺色的手絹早已烏黑烏黑的，幾乎跟那隻小腳片子融為一體了，看著就叫女孩們心驚肉跳、淚眼婆娑。

先前是劉火站在凳子上，用力托舉著小傢伙的屁股蛋，硬把他從白小蘭家的耳房門頭的小窗口塞進去的。本來，一切進展得都相當順利，亞洲不負眾望，像個靈巧的小猴子慢慢爬進屋去。可是，正當孩子雙腳自上而下重重地著地時，卻鬼使神差地踩到了一塊豎著的玻璃碴子上，那是劉火先前砸窗時掉進去的一堆碎玻璃。那玩意兒真是太鋒利了，小孩落地的一剎那，玻璃碴就像尖刀一般，深深地插進孩子的左腳心裡了。孩子一開始真的哭得歇斯底里，跟要了他命似的，現在也許是疼痛漸漸變得麻木了，也許純粹是被嚇暈乎了，哭聲倒不再那麼響亮，而是嚶嚶嗚嗚、斷斷續續，活像隻沒滿月的小奶貓有氣無力。

「怎麼辦？」

「怎麼辦呀？」

「這到底該怎麼辦啊！」

「你啞巴啦！快說話呀，你不是辦法最多的嗎？」

「這樣下去，我弟弟他會死掉的！」

嗚——嗚。

嗚嗚……

白小蘭一哭，謝亞軍也跟著哭了起來。兩個女孩的哭聲疊加在一起，比那火車汽笛聲都嘹亮都刺耳。好在這陣子街上沒有什麼人走動，大人們都在忙著燒火煉鐵呢。劉火眼底早充了血，那血色忽然漫上了瞳仁，他的樣子就像隻困獸，眼珠子猩

紅猩紅的，模樣著實有點嚇人。

「別哭了別哭了，妳們都別哭了好不好！別著急，讓我想想，讓我想想……有辦法了，有辦法了……我知道一個老獸醫，他就住在我們鎮西頭的那個莊子上，我們現在就去找他想辦法吧！」

這話似一道銳利的閃電，突然刺開了這個兩手一抹黑的世界。

「騎……騎車子去，那……那樣快……快一點啊！」白小蘭抹了一把眼淚說。

「對對對！就騎上車子去！」謝亞軍也跟著附和。

於是，他們三人又慌慌張張背起受傷的孩子，急匆匆地原路返回白小蘭家裡。

三個人幾乎同一時間衝進那間陰暗的耳房。劉火讓謝亞軍抱好她弟弟，自己跑過去推起那輛半新不舊的腳踏車就往外走，可是車子死不愣瞪的，跟八百年沒動過似的，鏽住了，根本不聽人使喚。劉火也顧不得這些，咬著牙使出吃奶的力氣，總算把這個鐵傢伙狠狠地拖出了耳房。劉火一哈腰就猴到車座上，他雙手扶住車把說：「快，亞軍，妳快抱著妳弟弟上來吧，我們趕緊出發！」

沒等謝亞軍屁股坐穩呢，白小蘭突然怪叫一嗓子，那叫聲突兀得像一隻母烏鴉在嘶鳴，不光難聽得要命，還在關鍵時刻帶來了莫大的不祥。

「媽呀，這……這怎麼上……上鎖了，我……我媽把車子給……給鎖上了！怎……怎會這……這樣啊，嗚——！」她一面著急地叫著，一面又嗚咽起來。

謝亞軍已經茫然失措了，她簡直不敢相信自己的耳朵。劉火憤然地跳下車子，低頭死死地瞪著車座下方的那把環形車鎖，簡直跟有深仇大恨似的。突然，他抬起腿就是一腳，狠命地把那車子踹翻在地上。「這破玩意兒！白小蘭，妳媽她害死我們了！」他已暴跳如雷了，像隻走投無路的公獅子，一把從謝亞軍懷裡搶過孩子，彎了腰負在背上，兩隻手從下方用力拖住孩子的屁股，頭也不回地就往院外飛奔而去。謝亞軍稍一愣神，也緊跟著追隨而去。

出門前，白小蘭最後看了一眼那輛躺在地上、前輪還在吱吱旋轉的車子，一股前所未有的愧疚和恨，緊緊攫住了這個黑瘦黑瘦的憂傷女孩，她真恨不能找把鐵錘，砸爛了眼前這鬼東西。她這輩子還從來沒有像此刻這樣痛恨過自己的母親。

11

　　天空早已經蒙上了一層半黑不黑的薄幕帳，空氣中飄蕩著乾燥嗆人的煙火味。遠方的樹林和村莊變得朦朦朧朧，間或有一叢一叢的火光，在一片片零散的村莊上空閃動。火光下面就是各村新建起來的土高爐，那裡不時傳來鼎沸的人聲和牲口的吼喊，人們都在為一個共同的偉大目標日夜不停地忙碌著。

　　腳下的路變得彎彎曲曲，又坑坑窪窪，時不時踩踏在堅硬的石塊上，硌得人腳心生疼。他們誰也顧不得這些，哪怕前面是萬丈深淵、刀山火海，也要奮力向前奔跑。傷口在流血，孩子在啼哭，只有老天爺面孔漆黑，一言不發。

　　也許跑得太急促了，劉火一不留神，腳下打滑，趔趄著跌倒了，好在他是身體向前趴跪著著地的，不然恐怕會把孩子摔出老遠去。謝亞軍跑得上氣不接下氣，她想把劉火從地上攙扶起來，可手伸出去碰到的卻是自己的弟弟。小傢伙似乎奄奄一息了，姐姐的手摸著他的時候，像是摸在一隻沒了生命的軟綿綿的死羊身上。謝亞軍的手彷彿被針尖刺痛般猛縮回來，嘴角抽顫不已。

「亞洲、亞洲亞洲、亞洲亞洲亞洲！快醒醒快醒醒快醒醒！好弟弟，你別嚇唬姐姐好不好！」謝亞軍一面痛心疾首地呼喊，一面雙手不停地拍打孩子的小臉蛋。

劉火一個激靈，猛地翻身從地上坐起來。他意識到問題的嚴重性了，忙把孩子放在自己的兩條大腿面上，讓小人兒平躺著。劉火也用力搖晃孩子的小肩膀，他們一個拍打，一個搖晃，一個搖晃，一個拍打，好像不是在喚醒一個孩子，而是在夜空下舉行一場古老而神祕的救贖儀式。

「他不會死吧？他不會死吧？他不會死吧？你快告訴我啊！你啞巴了嗎？你為什麼不說話呀！你這個壞蛋，你這個害人精，都是你害了我弟弟，我要你賠我弟弟！你告訴我，你為什麼要一次一次禍害我弟弟呀？他招你惹你了？這回我弟要是有個三長兩短，我非殺了你不可！」

謝亞軍完全變得瘋狂了，她的謾罵聲如瓢潑大雨，聲音也變得越來越刺耳。

就在這時，白小蘭從後面趕上來了，路太崎嶇了，她完全是被謝亞軍的聲音吸引過來的，否則，她在黑暗中真不知要往哪裡去呢！她在趕上他們之前，倒是去過一趟謝亞軍家裡，或許是坦克的吠叫提醒了她。她靈機一動，竟撒了一個謊，這是她長這麼大第一次主動跟一個大人撒謊。她結結巴巴地對謝亞軍的母親說，亞軍帶弟弟去楊樹林那邊玩了，可能會晚點回來，讓阿姨在家別著急。想到剛才著急撒謊的情景，她仍感到

手心一片溼涼。

「別……別哭了，快……快……快看，他……他睜……睜眼了！」

果然，小傢伙正轉動著黑黑圓圓的眼珠，看看這個，又瞧瞧那個，感覺剛才只是做了一場夢。現在夢雖醒了，目光還有些迷離恍惚，身體虛弱。也許疼痛真的過頭了，也許這孩子只是生性比較剛強，像他那當過多年軍人的爸爸，他不想嚇唬姐姐和另外兩個替他著急的人。

謝亞軍悲喜交集，她溫柔地摸了摸弟弟的小臉蛋，又急忙去摸他的左腳，血似乎是止住了，只是裹在腳上的手絹依舊黏糊糊的。

「我們快點走吧，一刻也不能再耽誤！」她聽見劉火在一旁急促地喘著粗氣說。

真不曉得，到底是怎樣跌跌撞撞找到那個地方的，這本身就是一個奇蹟。黑夜中的孤注一擲，似乎帶有一種宗教般的味道，虔誠是人世間最大的動力，心中一旦有了這種神祕的力量，世上沒有越不過的溝溝坎坎。劉火還是老早以前跟他母親來過兩趟，不過那時候他還很小很小，比現在的亞洲還要小，是讓母親一路這樣背過來的。一間黑乎乎的黃泥小屋，同樣煙燻火燎的黑灰色牆壁上，晃動著一個老婦人顫顫巍巍的身影。

老獸醫不在家。他老伴嘟嘟噥噥地講，公社那邊的土熔爐燒炸了，傷了好多人呢，今天一下午老獸醫被幹部們叫去療傷

了，到天黑也沒看到他回來。三個人立刻像是被針尖戳破的皮球，撲通撲通全癱軟在老人面前了，一時間竟欲哭無淚。

過了好半天，這老奶奶才磨蹭著站起身，嘆了口氣，捋了捋鬢角散亂的銀絲，像是在自言自語：「唉，這年頭到底怎麼了，鬧得大人小孩都不得安生，真是作孽喲！」說罷，老人佝下乾乾癟癟的身骨，去察看孩子的那隻傷腳了。

「哦，哦，莫怕，莫怕，被玻璃刺傷了，讓奶奶好好瞧瞧。」

老人轉過身去，從一只油黑的矮櫃子裡拿出半瓶燒酒，仰臉喝了滿滿一大口，卻不咽下去，鼓在兩邊皺巴巴的腮幫裡。她一隻手抓住孩子的腳踝，另一隻手果決地扯開了裹在上面的手絹。

孩子整條腿頓時痙攣起來，像隻蚱蜢似的開始亂蹬亂踢了，他們三人趕緊在一旁抱手臂、摟腿、摁腦袋，不許他動。老人趁機把噘起的同樣皺巴巴的嘴唇靠近那受傷的腳心，猛地用力噴出含在嘴裡的燒酒，孩子一個激靈，哇的一聲號出來。接著，老人又往自己手指上噴了一次酒，藉著昏黃的煤油燈，在孩子傷口處悉心摸索起來。

老人的指尖又長又硬，活像老鷹的爪子，或是謝亞軍在童話書中讀到的老巫婆的長指甲，被燈光那麼一照，每一根指甲都閃閃發亮。謝亞軍他們全都屏住氣息，恨不得連心跳都要喊停。忽然，又聽到孩子一聲慘叫，老人已用她三根手術刀一樣

的指尖，果決地將一片帶血的玻璃殘片拔了出來。

「莫哭，莫鬧，好了，這就好了，這就不痛了。」老人嘴裡始終老母雞般咕咕叨叨，隨後，她又將燒酒再一次噴灑到孩子的傷口上。

整個過程，三個人看得心驚肉跳，大氣都不敢出。每個人都暗自慶幸，多虧了老人家，他們誰也沒勇氣做這些事情。過了一會兒，等那酒氣乾爽了，老人才又從灶膛裡抓來一把乾爐灰，輕輕地敷到傷口上，再把原先那兩條手絹結起來，繞著傷腳緊緊地纏了兩圈。

回去的路上，他們三人輪換背著可憐的小傷患。

天幕上的星星好稠密、好鮮活，一顆跟一顆都牽著手挽著臂，好不親暱。唯獨大地始終保持沉默，大地一塊連著一塊，跟睡著了一樣，彼此冷漠，無聲無息。

鎮上猛不丁來了兩個陌生男人，瞧他倆相貌，有點幹部樣子。

其中一個臉膛黧黑的中年男人，頭上周周正正地扣著頂藏藍色滌卡布軍帽，帽檐跟鍬頭一樣挺直，肚腹明顯發了福，四個口袋的制服將圓鼓鼓的身體繃得緊緊的。這人習慣性地將雙手背在身後，腆著肚子往前走，一步一頓，腳步遲緩，有些邁不開腿似的，或者，他只是在用力思考什麼重大問題，以至於影響了走路的流暢性；另一個年輕點的，戴著副眼鏡，文謅謅的，正一溜碎步緊跟在黑臉膛男人身後，臂彎裡緊緊夾著一個半新不舊的帆布公事包。

他們是被一輛黑乎乎的卡車直接載進鎮街上的。

街上那群孩子，像是被巨大磁鐵吸住的碎鐵屑，緊緊地跟在卡車屁股後面瘋跑。跑著，跑著，他們就發現，那卡車戛然煞死在了白小蘭家門口了。

過了好大工夫，白小蘭終於領著那兩個幹部模樣的男人，慢慢地走出院子，一起往鎮委會的方向去了。大夥兒注意到，

白小蘭始終低著頭，好像她的頭有千斤重，重得再也抬不起來，重得每走上一步，都要耗盡她全部體力似的。她還不時地要用袖口抹一下眼睛，抹完左邊，再去抹右邊，抹完右邊，又去抹左邊。後來，她乾脆把一隻手背摁在自己眼圈下，好像那裡有什麼東西，需要她不斷地用手去接住，否則會掉落一路。

孩子們就這樣無所事事地一路跟隨而去。

這個不平常的白天，就在唧唧喳喳的吵嚷聲中過去了。臨近傍晚光景，白小蘭的媽媽被那輛載著棺材的卡車，從幾十公里外塵土飛揚的工地上接回家來了。如果說此前白小蘭偷偷抹淚的樣子是屢屢弱弱、不聲不響的，那麼隨著這個一向能說會道的女人的突然歸來，白小蘭家就實質性地炸開了鍋。

那女人洶湧澎湃的號啕聲，就跟母狼一般淒厲，著實有點驚天動地的氣魄。彷彿，整個小鎮都在女人的哭號聲中搖晃起來。

「老天爺呀，我怎麼這麼命苦啊！你個沒良心的，你連一句話都不留就走了！你這狠心腸的，撇下我們孤兒寡母，往後這日子可怎麼過啊？我是真的不想活了，活著什麼意思都沒有，不如讓我也跟你一起去吧！蘭蘭呀蘭蘭，我苦命的女兒啊！從今往後，妳就再也沒有爸了……」

眼下，就連孩子們都清楚得很，各隊各社都在大煉鋼鐵。煉鐵當然需要燒更多的煤炭，礦工們沒日沒夜加班加點地下井去挖煤，他們發了誓要為社會主義多採煤，採好煤。可是，老

天不作美，就在礦工們連天連夜鏖戰的時刻，漆黑的礦井突然塌了，白小蘭的父親被一段沉重的鋼梁砸破了後腦勺，再也沒能站起來，再也不能為這場轟轟烈烈的運動挖更多更好的煤了。

這晚的夜幕，就是在女人那種哀號聲中拉開的。好心的四鄰八舍來了又去了，「人死不能復生啊，就讓亡人早早入土安息吧！」可怎樣苦口婆心的勸說都毫無意義，所有人的撫慰都顯得蒼白無力。

謝亞軍跟著母親一起去了白小蘭家裡。她還不太懂得這些，只是緊緊地近乎本能地依偎在白小蘭身邊，遠親不如近鄰，她倆本來就是好同學好朋友，這個時候她只想默默地陪著白小蘭，跟對方一起流眼淚。

靈前擺放著一只小鏡框，裡面有張很模糊的黑白人像。遺像的旁邊，並排擺放著另一副大一號的鏡框，跟遺像顯得格格不入的是，明亮的玻璃板下面壓著一張紅通通的大獎狀，嶄新的紙頁上，黑色墨跡似乎還未徹底晾乾：

白更生同志：

在礦領導和職工群眾的幫助下，能夠發揚一不怕苦二不怕死的共產主義風格，特別是在夏秋兩季的「大躍進」會戰中，吃苦最多、流汗流血最多、採煤產量最多，榮獲三多榮譽稱號。同時，礦委會決定追授該同志為本年度先進生產個人。

特發此狀

……

那些蠅頭小字盯著看久了，人的眼前就會漸漸地模糊起來，彷彿一大團蚊蟲嗡嗡地飛來飛去，一切都變得那麼虛幻和不真實。

　　等亡人下葬之後，白小蘭依舊是不吭一聲，靜得像塊石頭。

　　不再說話的白小蘭，一味地沉寂在時間的曠野裡，好像父親的突然離去，帶走了她想說的一切，任憑別人勸說什麼，她都無動於衷。這種近乎絕望的悲傷，自然也感染到了謝亞軍。最初的那幾天，她除了回家吃飯，或躺在床上睡覺，幾乎不跟自己的母親和弟弟多說一個字。她總是盡量抽出更多的時間，過去陪白小蘭。

　　死亡留下的巨大陰影，始終在這對孤兒寡母的家庭中四處彌漫。有時，謝亞軍會恍惚地感覺到，眼前的白小蘭再也不是過去那個小女孩了，以前那個帶點口吃、說起話來有點羞赧和慌怯的白小蘭，如今變得像條毫無聲息的魚兒，唯獨那雙大而黑的眼睛，變得更加深邃，也更加憂傷了。每次，謝亞軍滿懷溫情地來到白小蘭身邊，白小蘭總是不置一詞地看著她，繼而，眸子一閃，就輕輕地越過了她，虛迷地望向窗外，或更高遠處的天空。

　　姐姐謝亞軍成天忙著去隔壁陪伴白小蘭，弟弟亞洲則顯得百無聊賴。這時候他的腳傷基本痊癒，可走起路來還總是謹慎地一顛一顛。

　　起初，母親並不十分在意，以為那不過是傷口帶來的疼痛所致，可這樣不知不覺過了很長時間，連孩子腳心的那道紫褐色結痂都脫落了，小傢伙走路還是微斜著半邊身子，眉頭緊皺，嘴裡吱吱作響，腳下突兀地一顛一跛，這就讓做母親的擔心起來。

　　這天下午，母親和姐姐都去了白小蘭家裡，小傢伙總算是逮住空了，他竟自作主張，解開了拴狗的繩索，牽著坦克顛顛地走到街上。這段時間，坦克也比孩子好不到哪兒去，總是被牢牢地拴縛在院裡，像個失去自由的囚犯，牠的叫囂和惱怒根本沒人理睬。

　　從十字路口那邊，突然傳來一陣響動，孩子停住腳步，疑惑地張望了一會兒，循著聲音走過去觀望。果然，有一群大人正手持斧頭砍一棵老榆樹呢！幾把亮閃閃的斧頭起起落落，新

鮮潮溼的木屑就像朵朵浪花，從粗壯的樹幹上迸濺出來，轉眼之間，樹坑裡就聚集了厚厚的一層，看上去很像剛鋪了一圈嶄新的氈毯。

丁丁丁丁！丁丁丁丁！

砍樹的雜沓聲響招來了一大群孩子圍觀，劉火也在其中，他本來是要牽著大黃蜂去樹林那邊散步的。亞洲一瞧見劉火，便遠遠地招了招小手，興高采烈地湊了過去。兩個人像兄弟一樣站在人群裡，劉火情不自禁地伸出手去，揉搓了一下亞洲的小腦袋，孩子的短頭髮茸毛般柔軟，摸著會讓人心裡產生一種類似長輩對晚輩的撫愛之情。

平心而論，劉火現在已經喜歡上這個叫亞洲的孩子了。那天，他背著小傢伙去尋醫求救的時候，一種兄長般的責任就自然而然地肩負起來了。白小蘭家出事的那些日子，他一直忙前跑後，在那裡幫忙，支桌子，搬凳子，為前來弔唁的人端茶遞水，甚至還去了墳地搭手抬埋。在他印象當中，白小蘭的父親是個很溫和的男人，雖然父女倆一樣不善言辭，但都有一顆善良的心。當年母親還在世的時候，大人們之間好像隨口說過，將來要把白小蘭嫁給他當老婆的。那時候他倆還穿開襠褲呢，自然什麼也不懂得，而今都漸漸長大了，男女有別了，生分是免不了的，可在關鍵時刻，他會毫不猶豫地伸手相助。

坦克和大黃蜂很有點一日不見如隔三秋的樣子，此刻，牠們在主人的眼皮底下開始親密接觸了。狗和狗之間的交流遠比

人來得更直接,也更感性。牠們習慣於湊上鼻子,搭上嘴唇,這裡聞聞,那裡嗅嗅,轉眼就熟絡了,彼此身體親暱地偎靠在一起,前爪不時抬起來趴一趴對方的脖頸或腰胯,像是人和人之間最動情的擁抱,眼神裡流露出犬類特有的興奮和默契。

不過,隨著砍伐聲越來越響亮,聚集的人也越來越密,狗的片刻歡樂很快就被嚴重驚擾了。關鍵是那棵老榆樹,似乎已經開始搖搖欲墜,那巨傘般遮天蔽日的樹冠簌簌作響,那些發黃先枯的樹葉,隨著幾把斧頭的咚咚剁砍聲紛紛揚揚散落下來,有些落在狗的皮毛或鼻尖上。

大黃蜂不由得打了個噴嚏,黑油油的鼻頭用力抽動著,飄浮在空氣中的一團乾燥的灰塵蒙了牠的眼鼻。坦克則高高地舉起頭顱,眼神警醒地朝那聳入天空的樹冠張望。就在這時,黑乎乎的一團東西從高處稀里嘩啦砸下來,人們哄的一聲,往後退了好幾步,好像白日裡撞到了鬼。一個喜鵲巢被震落了,柴草絮中有五六顆蛋落地摔得稀巴爛,惹得那隻孵蛋的母鵲懸在半空中,驚魂未定地喳喳哀鳴。

兩條大狗再度警覺地豎起雙耳,整個背脊下意識地收縮緊繃,顯得十分有力,像是一觸即發的強弓硬弩。牠們幾乎同時鑽進人群之間,對著散落在地上的那團喜鵲巢大聲汪汪起來,叫著叫著,大黃蜂似乎終於意識到,一直以來自己最為迷戀的老榆樹所在這片古老的領地,將要發生致命傾覆了。那些沒頭沒腦的傢伙正用力猛砍,好像跟這棵老樹有著什麼深仇大

恨，眼看著老榆樹已經痛得吱吱叫了，身體正朝向一邊微微傾斜著，就要永遠地翻倒下去了。像是幡然醒悟，大黃蜂不再傻乎乎地朝那鳥巢瞎叫喚了，而是忽然轉向，朝那幾個罪魁禍首——高舉斧頭的傢伙吠跳撲咬。

此時，鎮上的那群狗也像是收到了緊急密令，牠們不約而同地在第一時間趕奔現場，少說也有十來條呢！紛紛加入大黃蜂的隊列，躁動的狗群發出雷暴般的吠鳴，汪汪汪汪，簡直有些同仇敵愾的氣勢，剎那之間，就將砍伐老樹的幾個男人團團包圍起來。一大群狗突然聚集起來圍攻幾個工作的男人，這種情形在鎮上實屬罕見，惹得那些砍樹者極大不滿和惱怒起來。

「喂，這都是誰家的瘋狗，快點弄走！」

有人嚷著甚至高高地舉起了斧頭，朝帶頭吠咬不止的大黃蜂示威似的晃動著。旁邊圍觀的認出帶頭吠叫的大狗是劉火家的，還說這條狗經常在鎮上為非作歹，一定要給牠點顏色瞧瞧。

「劉火人在不在？要是再不把狗趕走，我們可真的要往死裡砍了！」

很顯然，大黃蜂被那道斧刃的銀光險惡地刺了一下，牠立刻憤怒地齜出幾顆白牙，喉嚨發出嗯嗯哼鳴，眼神異常凶悍，腰胯和兩條後腿忽然向後拉伸，尾巴低垂，鼻頭幾乎觸到了地面。

當那個耀武揚威的傢伙再度作勢朝狗群晃動斧頭的時候，大黃蜂已怒不可遏，噌地從地上一躍而起，兩隻前爪閃電般襲

向對方。所有孩子都怔住了，先前的喧鬧聲突然中斷，大夥兒屏住氣息，甚至用手捂住嘴巴，好像一場生死之戰一觸即發。

隨著一聲慘叫，那把銀亮的斧頭咣噹墜地，大黃蜂準確無誤地咬住了那人的手腕，一串血水順著袖口殷殷地滴落到地面上，孩子們跟著傷者尖叫起來。其餘那幾個砍樹的男人，雖然有點驚慌失措，不過，他們仗著手裡都有鐵傢伙，個個不甘示弱，一面大喊大叫，一面用力比劃著斧頭。

「豈有此理，簡直反了天了！」

「砍死這條瘋狗！快砍死這條瘋狗！」

「同志們一起上啊！」

坦克一開始似乎只是按兵不動，冷眼觀望著眼前混亂的局勢。但牠絕非膽怯，絕非想袖手旁觀，牠只是在暗自遵守著某種決鬥規則，剛才一對一地單打獨鬥，牠還毋須衝動，牠相信大黃蜂可以對付得了。可一旦四五個壯漢叫囂著都撲向大黃蜂的時候，情況就變得複雜而危急了。狗最忌諱被手持利刃的人突然圍攻，這條過去在部隊裡受過嚴格訓練的灰褐色的軍犬不得不伺機而動了。

劉火完全驚呆了，事情來得太過突然，他低估了大黃蜂的戰鬥力，以為牠不過是隨便叫喚幾聲，嚇唬嚇唬那些人罷了。

「大黃蜂，大黃蜂，快給我鬆開，快給我鬆開啊……」

現在，他的叫喊聲徹底被狗群的狂吠聲淹沒了，尤其是當坦克縱身撲上去助陣的時候，在場所有的狗都變得瘋狂了。牠

們一起汪汪汪汪地搖旗吶喊，而坦克的凶猛和凌厲程度，遠遠超過了其他狗。牠似乎更善於戰鬥，撲上去幾乎一爪子就把一個男人擊翻在地，隨即又果決地掉轉方向衝向另一個。那人還沒來得及舉起斧頭，坦克早一口咬住了對方的腳脖子，再用力往回一扯，那人便四仰八叉倒在地上了。剛才還耀武揚威的幾把斧頭，頃刻間全都繳了械。

亞洲在一旁早看得興起，小嘴哇哇直叫，還不停地拍手叫好。

「坦克，咬他！坦克，咬他！狠狠上去咬啊——我的好坦克！」

砰——！砰——！

起初，誰也不知道究竟發生了什麼，因為頭一聲槍響完全淹沒在人喊狗吠的喧囂聲中。直到第二記槍聲清脆地響起時，在場的孩子才反應過來。

「開槍了！開槍了！民兵來了，快點跑啊！」

那一刻，場面徹底陷入混亂，狗在逃竄，人在奔跑，一時間街面上腳步雜沓，塵土捲揚。

亞洲因為腳下總使不上力，跑起來更是顛得厲害，眼看著就要被人逮住了。還是劉火眼疾手快，一把拉住亞洲的手臂，用力拉起這個孩子，拚了命往輔街那邊跑下去了。

這時，一個尖嘴猴腮的民兵已經從後面追了上來，黑洞洞的槍管突然對準了少年的後腦勺，空氣陡然變得凝滯了，一股

險惡的火藥味呼之欲出。

　　「都別動！再敢動一下，老子就崩了你！」

　　就這樣，一大一小兩個孩子，被民兵推推搡搡帶了回去，雙雙被關進鎮委會後面的一間小黑屋子裡。

出了這麼大的事，家裡人不可能不知曉，可現在知道了也無濟於事。

謝亞軍和母親東奔西跑找了一圈人，後來就差給那個工作幹部跪地磕響頭了，對方卻始終擺出一副公事公辦的樣子。

「同志啊，這是小事嗎？這是小事嗎！縱狗行凶，攻擊民兵，簡直是狗膽包天，弄不好要掉腦袋的！」對方說到這裡，猛地用手掌做出一個菜刀砍下去的架勢。

「妳說他們兩個都是孩子，哪吒不也是個孩子？可照樣把活生生的龍太子的筋抽了當紅綾子耍！所以，這件事絕不能姑息，要讓小崽子們好好反省，長長教訓！妳們當大人的也要配合一點嘛……」

母親嚇得腿肚子都轉了兩圈筋，眼前這位耳朵大得誇張、眼睛又小得出奇的工作幹部，說出的話字字珠璣，且針針見血。尤其是對方那幾顆跟發了霉的玉米似的門牙始終往外齜著，口腔裡源源不斷地分泌出一股股嗆人的臭氣，讓人望而生畏。

後來還是謝亞軍勉強把母親攙回家的，人還沒進屋，她一屁股跌坐在院裡，大聲地哭起來。她邊哭邊含混地嘮叨著，這件事自然又牽扯到父親頭上，說早知道會這樣，當初就算是鐵了心跟父親離婚，也絕不來這個鬼地方活受罪。謝亞軍從來沒見到母親這樣撒潑似的號哭，很想把她扶起來進屋去，可她軟得像根麵條，怎麼也弄不起來。

　　謝亞軍的心裡同樣難過，她恨弟弟不聽話，總是給母親惹禍，也恨那個劉火有事沒事老摻和進來，要不是他帶著弟弟，也許一切都不會發生。她想，一定要找機會當面質問他。母親如泣如訴的號啕聲，終於把隔壁的那個花嫂召喚來了。丈夫的屍體被埋葬後，這個女人並沒立刻返回大壩工地，而是在家居喪，她還是這段時間頭一回來謝亞軍家裡串門。至於白小蘭，幾乎把自己包裹得像顆堅硬的蠶繭，任憑誰也休想讓她開口說一句話。父親的不幸離世，讓白小蘭噤若寒蟬，她簡直跟丟了魂似的，再也不是以前那個小女孩了。

　　花嫂畢竟是花嫂，這麼大的一次打擊，居然也沒能將她摧垮。恰恰相反，她還能像往常一樣，又熱心熱腸談笑自如地來到謝亞軍家裡，發揮她能說會道的優勢，苦苦勸說謝亞軍的母親。

　　「他們也就是嚇唬嚇唬小孩子，過了今天一定會放人的。實在不行，我豁出去找他們評理去，殺人不過頭點地，再說是狗咬傷人的，又不是孩子們咬的，說破了天我們也不怕！」

　　花嫂的話果然擲地有聲，幾乎震得屋頂都簌簌作響了。母親的哭聲就變得有點斷斷續續，後來便有氣無力了。她終於恍恍惚惚，像大病初癒的人，讓花嫂從地上連哄帶勸攙了起來，兩個女人雙雙進屋去了。

　　謝亞軍一個人留在院裡，默默地待了一會兒。平時拴著坦克的院牆根下，此刻變得靜悄悄的，彷彿那隻狗從來都不曾存在過，甚至連牠過去高亢的叫聲，都變得不真實起來。狗到現在也沒有回來的跡象。聽街上的人說，事發之後民兵們來回奔突，到處搜捕咬傷人的惡狗，想必坦克也是不敢回來了。或者，牠只是不想給主人帶來更大的麻煩，才不得已在外面躲了起來。民兵後來也上家裡找尋過一兩次，他們窮凶極惡的樣子，既讓謝亞軍感到驚恐，又有幾分說不出的快意。

　　「想抓住我家坦克，做夢吧！坦克可不是一般的笨狗，牠警醒得很，要抓牠，你們還太嫩！」她在心裡這樣說。

　　白小蘭看見謝亞軍皺著眉頭，一個人悄沒聲地走進她家屋裡來。白小蘭的眼神中不由得浮起一層動盪不安的東西，彷彿是一個人大病初癒後的孱弱目光，她依舊一聲不響，只是關切地盯著對方。很顯然，這個黑瘦的小女孩什麼都知道了，兩家原本一牆之隔，她的臉上自始至終掛著那種揮之不去的焦慮和忐忑。

　　謝亞軍什麼也不跟她講，進屋後就在白小蘭對面的一張椅子上直挺挺地坐了下來。她甚至連看也不多看白小蘭一眼，一

味地低下頭去，十指交叉在一起，輕輕揉搓著、絞結著，兩腿慢慢伸直，腳背互相疊擺起來，唯獨腳尖還在一動一動的，一副漫不經心的樣子。昏黃的燈光恰好從她倆中間傾瀉而下，兩團渺小的影子就那麼一聲不響地蜷縮起來，或者，刻意填充著彼此間那片無聲的空白。太長的空白讓整個屋子靜得有點不可思議了。

　　大約有一頓飯的工夫，她們誰也沒有開口說話，兩個人的嘴巴都像是被膠水封住了。既然說話是一件艱難痛苦的事情，謝亞軍也就不打算多說什麼。這樣一來，白小蘭緘默的特權似乎被對方不知不覺給撼動了。世上的事情就是如此，對於無言者最好的辦法，往往是比對方更加沉默。儘管現在兩個人都選擇緘默不語，但彼此又似乎都在期待著對方能說點什麼，能夠率先打破這種無奈的僵局。而這種心理上的微妙變化，隨著時間的推移，在她倆之間就變得越來越急切，越來越明瞭了。

　　「亞……亞洲他……他沒……沒事吧……」終於，白小蘭怯生生地開口了。她的聲音小極了，小得簡直像蚊子輕哼了一聲，生怕被旁人發覺似的。

　　謝亞軍稍一遲疑，話到嘴邊又止住了。她只是抬起頭望著白小蘭，好像根本不認識她似的，又好像是第一次見到這個眼睛大而黑的憂傷女孩，可她隨即又垂下頭去了。

　　屋子裡靜得叫人發懼，沒有語言的長時間的面面相覷，讓彼此都感到萬分尷尬和痛苦。

「妳……妳怎麼也不……不說話啊？」白小蘭再度吃力地張
開嘴，這一次她的聲音比剛才略高了一些，也比剛才顯得更加
焦躁和急切。

謝亞軍多少有點激動，她暗想：「我一定會讓妳開口的，妳
不能再這樣下去。」當她再次抬眼望向白小蘭時，她發現對方臉
頰上那些細密的麻點都開始泛紅了，定是急火所致。於是，她
微微抿了抿嘴唇，似乎給出一種想要說點什麼的信號，但僅此
而已，半天她依然什麼也沒說。

「快……快說啊！妳……妳啞巴啦？」

白小蘭的臉色真難看，鐵青鐵青的。謝亞軍從來沒見過她
這副表情，像是要跟她徹底翻臉了似的。同時，謝亞軍也注意
到，那兩汪淚正在白小蘭眼眶裡快速匯聚、打轉、湧動。興許
那眶體太小了，再也存不住它們了，兩滴很大很亮的淚珠撲地
迸出，像兩顆很嫩很嫩的白葡萄，順著面頰慢慢滑下來。

謝亞軍一眨也不眨地注視著，那淚珠怎樣在那張悲戚的小
臉上從無到有，從小到大，再到直線滑落，這個過程淒美得叫
人心碎。她終於禁不住起身，猛地撲過去，緊緊地把白小蘭摟
住了。霎時，又有兩股新鮮的淚水加入，彼此糾纏在一起，眼
淚與眼淚凝視，眼淚與眼淚相逢，眼淚與眼淚擁抱，眼淚自己
開始說話了。

「小蘭，我好怕，我還以為妳……妳再也不會跟我說話
了……嗚嗚。」這時，謝亞軍才嗚咽著說出了這幾天心裡一直想

說的那句話。

白小蘭破涕為笑，她用手輕輕地拭去對方臉上的淚水，像個跟孩子久別多日的母親似的，一味地哄著寵著謝亞軍。

「別⋯⋯別哭，妳⋯⋯妳一哭，就不⋯⋯不漂亮了⋯⋯」

「我知道妳心裡太難過，可妳知不知道，人家同樣難過得要死。妳要答應我，以後別再那樣嚇唬人了，要知道我在這裡可就妳一個好朋友！妳不理我，我覺得自己活得一點意思也沒有。」

謝亞軍一面動情地說著，一面也像白小蘭那樣，抬起手去抹她臉上的淚水。兩個女孩都哭得鼻尖通紅通紅的，好像馬戲團裡的一對小丑。

小丑望著小丑，終於擠出了難得一見的笑臉。

15

　　小土屋裡別無一物，四壁光禿禿的，只有黑暗顯得無邊又無際，叫孩子們難以抗拒。蚊子和跳蚤是自然不會少的，牠們早就餓紅了眼。兩個人剛一被推搡進來，這些陰鷙下作的小蟲子就沒有閒著，牠們使出渾身解數，一群一群哼哼唧唧地圍上來，又咬又吮，個個都吸得肚滿腸肥才肯甘休。

　　亞洲開始又哭又鬧，孩子的哭鬧聲簡直快把劉火折磨瘋了，小傢伙口口聲聲想回家，要媽媽，要姐姐，儘管這裡到家沒有幾分鐘路程，可他卻愛莫能助。劉火唯一能做的事，就是盡量摟著他，叫他別害怕，哄他說過一陣子那些人定會放了他們。可是，從下午關到黃昏，再關到天色都黑盡了，也沒有人來搭理他倆。

　　這個時候，肚子早咕咕叫了，飢餓如狼似虎，劉火似乎還能忍受一會兒，亞洲卻餓得不行了，先是嗚嗚地抹眼淚，哭著哭著又開始打嗝了，身體一抽一抽，小臉漲得通紅，眼神變得淒迷。劉火手忙腳亂，他從來不曾覺得，把一個小孩哄乖不哭，竟然是這世上最難的事情，他覺得自己從來沒有這麼無能和愚笨過。

小屋內越來越黑，恐懼遠比飢餓更折磨孩子，劉火覺得自己的神經一度崩潰，整個人都要發瘋了。也不知都是怎麼熬過去的，後來亞洲緊緊依偎在他胸前睡著了，飢餓和恐懼總算鬆開了它們的魔爪，亞洲暫時獲得了解脫，劉火也跟著迷迷糊糊睡了過去。

　　睡著，有時比醒著更可怕。

　　劉火幾乎很快就被黑暗拖入無邊的夢境，飢餓的身體變得軟綿綿的，活像一條灌足了空氣的麻袋，讓風吹得鼓鼓作響，在曠野上來回滾動；忽然一陣暴風驟雨襲來，轉眼間麻袋就被雨水淋透了，沉重地扁扁地趴在一地爛泥中喘息。無邊的泥濘就像命運的深淵，人一旦陷入其中，便難以自拔了。

　　在夢中，劉火叫天天不應，叫地地不靈。他想起多年以前，因分娩失血過多而離開人世的母親，那一天就是他自己的世界末日。他一直想為母親做點什麼，可他太小了，一點忙也幫不上，只能眼睜睜地看著母親痛苦而絕望地離開這個晦暗的世界。那一年，五尺鋪洪水滔天，全鎮的男人幾乎都去防洪壩上幫忙了，家裡只有他和年邁的爺爺奶奶。現在，家裡只有他一個人，父親也不知去向，就像母親一樣忽然從他身邊消失了。別人都說父親出門是為了尋找他，可他一直感到疑惑。很多時候，他似乎覺得父親並不是去找他，而是像大多數人那樣，也熱火朝天地去工地上幹活出力去了。要知道修築水壩也是父親多年的夙願，聽說只要有了堅固的大壩阻擋，再大的洪

128

水也不會再淹到家門口了。而當年若是洪水不來，父親就不用去抗洪救災，母親也就不會那麼輕易地撒手離去。這樣的想法讓他感到溫暖，產生一絲希冀，他就為這種想法堅強地活著。

劉火昏昏沉沉地翻了一個身，那顆毛茸茸的小腦袋瓜就從他的胸膛上輕輕滾落下去了。他的衣衫上留下一攤熱乎乎的口水，不管怎麼說，這種感覺同樣讓人覺得溫暖。

外面傳來一陣響動，沙沙沙，沙沙沙。起初是輕微的、不經意的，後來就越來越響了。好像是誰在用力扒門，門板發出嘎啦嘎啦的響聲。

「是誰？」劉火猛地從地上翻身坐了起來。「誰在外面？」沒人回答他，也許只是自己的錯覺。他朦朦朧朧朝那扇可憐的小窗口望了一眼，那道世上最狹窄的月光正漫不經心地傾瀉進來，地上同樣映出一道狹窄的光亮，他的心頓時涼了半截。唉，這深更半夜的，哪會有什麼人呢……

可是，嘎啦聲又一次響起來，而且，比剛才更猛烈更迫切更瘋狂了。他彷彿聽到了嗚嗷嗚嗷急切的叫聲。他急忙跪爬過去，將一隻耳朵緊緊地側壓在門板上，竟是狗在叫呢！沒錯，是牠，「大黃蜂！大黃蜂！」他連著叫了兩聲，內心激動得無可名狀，外面立刻就有了十分強烈的回應，嚇嚇，嗚嗚，簡直像個孩子在隔門而泣又急不可耐。

「老天爺，真的是我的大黃蜂啊！」

130

狗的兩隻前爪始終在拚命摳門，嘎啦啦，嘎啦啦……這種門板跟小黑屋一樣年代久遠了，似乎經不起狗的這通執著的奮力摳抓，靠近底部的那一塊薄板，後來硬是被鋒利的狗爪摳開了一道細縫。劉火又驚又喜，忙將右手的四根手指伸進去，木板的縫隙粗糲而刺人，他忍著劇烈的刺痛，兩隻腳死死蹬住門檻兩邊，同時身體猛地向後靠去，幾乎使上吃奶的力氣去扳動木板，一下、兩三、三下……整扇門都晃動起來。

大黃蜂在外面欣喜若狂地叫著，只要裡面的人再加把勁，相信牠就可以從扳開的一個豁口鑽進去，然後伸出熱乎乎的舌頭猛舔主人的臉了。

這個節骨眼上，劉火突然聽到一陣雜沓的腳步聲由遠而近，有人開始高聲嚷叫：「快快快，狗東西跑到這裡來了，這回可千萬別讓牠溜了！」緊接著，砰砰兩下，槍聲頓時在夜晚的空氣中迴盪起來，聽起來有些震耳欲聾。與此同時，門外的狗吱嗚吱嗚尖叫了兩聲，那聲音淒厲而悲愴。一定是大黃蜂中彈了，劉火的心幾乎快跳撞出嗓子眼了。

「大黃蜂，大黃蜂大黃蜂，妳沒事吧大黃蜂？」

「再敢黑更半夜瞎叫喚，有你娃娃好果子吃！」回答劉火的不是他心愛的大黃狗，而是那個尖嘴猴腮的民兵。此刻，他們因為被大黃蜂攪擾了美夢，正氣急敗壞地從外面衝進來……

後半夜，劉火是被硬生生烤醒的。

至於那通暴風驟雨般的拳腳，幾乎把少年人給打暈了。劉火一直平展展趴在地上，像條死狗，氣息奄奄。

整個過程，亞洲一點也不知道，他睡得死死的，好像什麼也沒發生過。

直到虛弱的身體越來越熱，越來越燙，燙得像一支嗤嗤燃燒著的火把，劉火終於從昏迷中慢慢甦醒。外面的大火是怎麼燒起來的，他一點也不知道，他只知道自己是被那灼人的熱浪燙醒的。他醒來的時候感覺渾身上下都在冒火。

那時候，整個鎮委會的院子已經被滔天的火海重重包圍，罪魁禍首好像就是垛在土熔爐旁邊新砍回來的大樹幹。那些粗壯的東西垛得比山丘還高，眨眼之間就燒成了一座火焰山。火力的狂野又喚來了溜尻子風，它們也呼呼叫著，跟來湊熱鬧了，數百條火蛇正好藉著風的淫威，朝四面八方一通狂撲亂咬，很快大火就蔓延到關著孩子們的那間小黑屋子來了。

開初，巨大的火舌恣睢地舔舐著窗戶和門板，那些露在屋簷下的椽子和草席，率先嘩嘩剝剝地燒了起來，嗆人的濃煙凶猛地倒灌進屋內。接著，那扇單薄的門板也被燒著了，木頭板劈劈啪啪的炸裂聲大得驚人。

劉火一骨碌從地上翻坐起來，忘了自己身上散架一般的疼，第一個想法就是——趕快伸手去喚醒躺在一旁的孩子。

「亞洲、亞洲、亞洲、亞洲！」

「快醒醒、快醒醒啊！」

「著火啦！我們快起來跑呀！」

……

趕在天亮前，大火終於被撲滅了。

整個場院被燒成一片烏黑焦炭狀，大食堂的軍用帳篷以及裡面的百十張桌椅板凳，全都化為灰燼了，唯獨那座孤絕僵挺的土熔爐，依舊趾高氣揚地矗立在瓦礫場中央。

大家普遍認為，土熔爐的溫度實在太高了，連明晝夜地燃燒著，硬是把它旁邊的大木柴堆也烤起來了。可也有不同聲音，有人發現兩隻大狗在場院裡來回亂竄，其中一隻跑去使勁扒門，另一隻就在土熔爐周圍閒晃。

「興許，這把火是那狗放的？」那人煞有介事地說。

人們頓時唏噓不已：「哎呀呀，神了神了，簡直神了！狗都能放火了，這世道真是癲狂！」

負責司爐的老鐵匠像往常一樣打著哈欠，摳搓著眼屎，他也是無意中那麼一抬眼，就見爐膛裡靜靜地躺著一團黑色的物件，那彷彿是一塊黝黑圓潤的隕石從天而降。當時爐火基本熄滅了，四周靜悄悄的。老鐵匠揉了揉眼睛，又遲疑地拿手中的火棍往爐膛裡捅了一捅。篤篤！篤篤！那黑物件竟硬得有些出

奇。要知道前些日子，爐膛裡還盡是一堆被敲得零七八碎的鐵塊呢！老鐵匠一面思忖著，一面又抬起自己的手背，為了能夠看得分明，他又用力抹了抹渾濁的老眼，身子也往爐膛跟前湊了兩步，繼續細細端詳著，當他手指顫抖著再度拿火棍去碰觸那團奇異的硬物時，一行清亮的老淚唰地滑出了乾癟的眼眶。

「成了！成了！我的老天爺啊，可算是煉成了！」

人們都說，這才叫「有心栽花花不開，無心插柳柳成蔭」呢！還有人說，一夜大火竟燒出這麼大一個副產品來，真是得來全不費工夫啊！不管怎麼說，人們日夜鏖戰，忙乎了幾個月，鎮上總算是弄出了一塊硬邦邦的大鐵錠。

婦女們看問題總是更簡單一點，她們早唧唧喳喳圍過來，用事先準備好的兩條鮮豔的紅綾子，左一道右一道，五花大綁一般攔腰裹了好幾道，生怕這個怪力亂神造就的奇怪物種會突然復活並當眾逃走似的。最後，女人們又別出心裁地在鐵錠正中央繫挽出一朵姿態奔放的大紅花來，好比老早以前在新郎新娘身上披紅掛彩一樣，這樣看起來，一下子就喜色多了。

很快，這首塊巨型的鐵錠就被眾星捧月般，小心翼翼地抬到了卡車上，然後被穩穩妥妥地安放在車廂最中央的位置，但不知怎地，怎麼看都有點像一口黑乎乎的生鐵棺材。這時，工作幹部往自己手心猛唪兩口，跟嫁女兒人家的長輩一樣，動作笨拙地猴爬到車廂裡去了。

在眾人的一大片萬歲萬歲的附和聲中，鑼鼓咚咚隆隆敲打起來，整個場面立刻變得空前的熱烈和奔放了。汽車已然發動了，車尾嗚嗚嚕嚕地噴出一股股瘴煙，招惹得一群孩子歡天喜地地跟在車後瘋跑起來。

　　亞洲是後半夜裡突然回來的。那時，謝亞軍並沒有闔眼，母親在裡屋床上唉聲嘆氣，母女倆整晚都在替小亞洲擔驚受怕呢！外面的院門被誰猛地用力砸響了，動靜好大，咚咚幾聲，兩個女人都嚇得縮進被窩裡篩抖著，半天也不敢露頭，她們起先以為是那些民兵又上家裡抓狗來了。

　　這樣靜靜地等了一會兒，再沒什麼響動了，她倆才戰戰兢兢下了床，趿拉著鞋，走到院裡。外面並不是很黑，深暗的天空竟泛著一片奇異的紅光，空氣中還飄蕩著一股股焦糊嗆人的氣味。院門那邊又傳來嚶嚶嗚嗚的一陣哭聲，再仔細分辨，似乎還有叫媽媽喚姐姐的聲音，不過那聲氣聽起來就像月子裡的小貓似的有氣無力。兩人喜出望外，真的做夢也沒想到竟是亞洲回來了。

　　事實上，這個半夜三更回到家裡的孩子，幾乎一直處於夢遊和昏迷狀態之間，恐怕連他自己也說不清，怎麼會出現在家門口的。母親和姐姐發現他的時候，亞洲斜倚著門板坐在冰冷的地上，疲倦的身體跟一隻逃亡中受了重傷的小獸相似，不停地發抖。母親流著眼淚，一遍一遍疼愛地叫著他的乳名，用力將他從地上抱起來。謝亞軍抓著弟弟無力垂下來的一隻小手，

136

發覺他正在發燒，小手臂燙得像塊火炭。謝亞軍不由得縮回手去，腳下稍一遲疑，母親已經抱著弟弟瘋野地衝進院裡，一口氣跑回屋去了。

猛不丁，一團黑茸茸的東西出現在謝亞軍眼前，嚇得她渾身緊縮，差點沒喊出聲來。好在那團黑茸茸的東西迫不及待地撲上來擁抱她、舔吻她了，那種柔軟而溼熱的感覺倏地傳遍周身。謝亞軍立刻醒悟過來，「天哪！是我們的坦克！」她嘴裡近乎狂喜地叫著，張開雙臂深情地將牠緊緊抱住了。

「坦克坦克，我的好坦克，你讓人擔心死了！」她無法想像狗和弟弟竟能一同歸來，這讓她興奮得簡直無可名狀。「這兩天你到底跑去哪兒了，你這個調皮搗蛋的傢伙！」她這樣詢問的時候，甚至忘了牠只是一條狗。她又想，也許正是坦克把弟弟弄回來的，要知道坦克可不是一般的狗，她相信牠什麼都做得到。

就在她轉身準備關閉院門的時候，坦克卻一反常態，急匆匆地搶先一步躥到門外面去了，好像這裡充滿了危險，不再是牠的家。她驚訝地追出去，連聲呼喊著：「坦克聽話，坦克你快回來呀！」但坦克只是朝她汪汪地叫了兩聲，就毅然決然地轉過身去，箭一般消失在茫茫夜色中了，似乎是不遠處的黑暗中有什麼更重要的事情等著牠。

這時，謝亞軍不由得想起了劉火。弟弟是跟劉火關在一起的，現在弟弟平安歸來，那他人呢？是否也該回到家了？說不

定剛才就是劉火送弟弟回來的，他只是不想再惹她母親生氣，所以他在幫弟弟敲響了大門後，又匆匆離去了。這個男孩身上總有那麼一股子勁兒，他心地善良，做事沉穩，又敢作敢當，想必他是不會眼睜睜地看著弟弟在那種地方受罪的。這樣想著，她的心裡便得到了莫大的寬慰，她想等弟弟身體好點了會告訴她們的，到時候就會真相大白。

從昨天下午到現在，也就十來個鐘頭，弟弟簡直就成了一個病入膏肓的小病人，迷迷糊糊，暈暈乎乎，甚至有點奄奄一息，好像他的魂兒已經不在他的身體裡了。正當謝亞軍淚眼婆娑、苦思冥想的時候，母親突然含著淚抬起頭，異常冷靜地對女兒說：

「明天一早，我就帶上妳和妳弟，離開這該死的地方，要是再多住一天，媽真的要瘋了！」

「那……那我爸怎麼辦？」

「哼，那個野人！他根本不顧我們母子三人的死活，往後他愛幹什麼就幹什麼去，反正我們誰也指望不上他……」

「媽，妳——？」

母親壓根不再搭理她了，而是逕自起身去櫃子那邊找尋什麼。母親的動作多少有些神經質，她開關櫃門和抽屜的聲音大得驚人，好像跟這屋裡的一切都有著不共戴天的深仇大恨。終於，母親找到那顆雪白的阿斯匹靈，用力掰開弟弟的小嘴，用溫開水灌了下去。

　　這時的謝亞軍，完全不知道該做什麼好，幫忙不是，不幫忙也不是，她覺得自己礙手礙腳的。最後她只是選擇近距離地躺在弟弟身邊，臉對著臉，一隻手輕輕拍撫著孩子的身體，像是非要與小傢伙一同呼吸才能徹底心安。或許是終於把弟弟盼回來了，心思一下子鬆寬多了，她迷迷糊糊地闔上了疲憊的眼皮。

　　好像剛打了個小盹，天就一下子亮起來。

　　朦朦朧朧中，白小蘭雙手托著下頷，靜靜地趴在謝亞軍面前，樣子多少有些悽楚和迷茫。

　　一開始，謝亞軍完全以為自己在一場夢裡，所以她只是懶懶地瞇著眼，像看電影一樣盯著白小蘭那雙不停忽閃著的黑眼睛發呆。

　　「我進……進來時，見阿……阿姨她……她抱著亞洲，著……著急出……出門了。」直到看見白小蘭開始張嘴說話，謝亞軍才猛地清醒過來，果然，夜裡一直躺在她身邊的弟弟已不見了蹤影。她急得一個打挺就翻身跳下床，「糟了，糟了！妳為什麼不叫醒我啊？這下可怎麼辦呀！」白小蘭有點丈二金剛摸不著頭腦，半晌，只是呆愣愣地看著謝亞軍張驚慌失措的臉。

　　謝亞軍顧不上再跟她囉唆什麼，便一路飛也似的奔出院子衝到街上。白小蘭雖然不知道發生了什麼，可還是緊跟著跑了出去。

　　就這樣，一個在前面跑，一個在後面追，她們來來回回找

遍了主街和輔街，始終沒看見謝亞軍母親和弟弟的影子。最後，她倆又一口氣跑到車站，停車場的土院子空蕩蕩的，鐵柵門上分明還纏著條粗鐵鍊子，上面掛著黑鐵將軍，臨街的那扇軍綠色的小售票窗口還沒開放。白小蘭發現謝亞軍的眼圈開始微微泛紅了，像是馬上就要哭了，她可從沒見過謝亞軍這樣。

白小蘭本能地想來安慰一下對方，她默默地把手伸過來，伸到謝亞軍的後背那裡，想用力將她攬向自己。但是，謝亞軍沒有順從她，而是下意識地掙脫開，像是要極力逃避什麼，撇開臉去，看也不看她。白小蘭的心往下一沉，一種不好的預感猛地像冷水一般浮上身來，她不由得打了個寒噤。

往回走時，那輛軍綠色的大卡車正好雄赳赳氣昂昂地從她們身邊飛駛而過。車上立著幾個男人，他們正在拚命地敲鑼打鼓。鑼鼓聲像一陣悶雷，震耳欲聾，幾乎讓腳下的道路都跟著顛顫起來。一條鮮豔奪目的紅綾子，如同巨大的紅蜻蜓，正迎著風在車廂裡招搖著，舞動個不休。

兩個女孩就那樣茫然地站在路邊，卡車揚起的塵煙幾乎遮住了她們矮小的身影，而她倆根本看不清那車廂裡究竟裝的是什麼東西。事實上，她們知不知道並不重要，全鎮人都已經觀摩過了，個個歡天喜地、亢奮不已，好像三天三夜也不用吃飯睡覺了。

那群沒事總喜歡追著車子跑的孩子，他們一邊追趕卡車，一邊嘰嘰喳喳不停。有人說那塊大鐵錠裡有他家的炒菜鍋，有

人說他家的洋鎬頭肯定也在裡面，還有人說鐵錠裡發著銀光的東西，一定是他家的大鋁盆被融在裡面了……每個孩子都無比自豪地認為，自己家為鎮上的大煉鋼鐵立下了汗馬功勞，個個都有足夠的理由興高采烈、誇誇其談。

直到車子都跑得老遠老遠了，他們還在路上一邊聒噪著，邊翹首眺望早已經消逝成遠方一個小黑點的卡車。卡車變得那麼渺小，比黑豆還小，太虛幻了，簡直不可思議，至於車廂裡的大鐵錠，他們休想看清，孩子們先前的萬丈豪情，忽然就變成一顆顆無聲的小黑豆，悽悽惶惶地灑落了一路。

　　那群野孩子趁著夜色悄悄地翻過牆頭，神不知鬼不覺地摸進了劉火的家裡。

　　每個人手裡都捏了一根短木棍，或半拉青磚頭，他們其實更想拿上堅硬的鐵棍或鋒利的刀子，可如今家家戶戶所有鐵的家什，統統被收繳去煉鋼煉鐵了，一時半會兒根本找不到這樣的好物件。在此之前，誰也沒再見過劉火的影子，都知道他被關了禁閉。可是，有一種較為模糊的說法開始悄悄流傳起來，那還是在火災發生後，他們說劉火和那個小不點八成是被燒成灰了，反正活不見人死不見屍。值夜班的民兵確實向上頭匯報過這一重要情況，但問題是，工作幹部當時正猴急著拉上大鐵錠去縣城邀功請賞，哪還有心思搭理這些。

　　這所沉寂在夜色中的宅院，著實靜得叫人有點發憷，原先喧鬧密實的葡萄藤架，在秋後就變得異常疏落和蕭瑟了，由於藤上的葉片幾乎褪盡了，那些長長的藤條就呈現出彎曲的蛇形，在黑暗中張牙舞爪迴旋盤繞，彷彿真的成精成怪了；院裡黑漆漆死寂寂的，地上到處都是枯黃了的落葉，踩上去嚓啦嚓

啦作響；院裡沒有一絲燈光，兩間屋子空空蕩蕩的，秋風又專挑那些門縫子嗖嗖地灌進去，在空無一人的屋內嗚咽迴旋著，還不時地拍打著窗戶，哐啷、哐啷，聽起來陰森恐怖，叫人不由得頭皮發麻，兩腿直打顫。

　　闖入者們早已噤若寒蟬，儘管他們每個人手裡都牢牢地抓著用來揍人的木棍和磚塊，可一旦進入這座毫無生氣的空宅，立刻變得手腳不聽使喚，牙齒格格打架，只能自己給自己打氣，小心翼翼地靠近堂屋的那扇門。當有人伸手試探著想推上一把，卻兀自傳來吱扭的一記怪響，堂屋的門朝裡緩緩地滑開了，一股難聞的陰鬱氣味撲鼻而來。

　　「劉火！」

　　「劉——火！」

　　「是……劉……火嗎？」

　　「姓劉的，你別窩在家裝神弄鬼了！」

　　「有種的話，你快滾出來呀！」

　　「我們大家早就看到你了，別想再躲著了……」

　　堂屋門扇洞開，裡面始終鴉雀無聲。外面的一夥兒人都不敢輕舉妄動，好像要面對的是一個多麼凶狠恐怖的龐然怪物，任憑木棍和磚塊在手心裡攥得出了汗，它們的主人幾乎都快抓不住了。

　　忽又聽見咣噹一聲巨響，在場所有人嚇得幾乎要尿褲子了，他們身後那扇院門原先明明是關閉著的，這時不知何故突

然就兀自敞開了，兩片門扇還咣噹咣噹地來回擺動，一股生猛的夜風緊跟著灌進院內，呼啦一下，又將地上的乾樹葉吹得打起旋來，沙塵緊跟著彌漫開來。

「鬼，有鬼！鬼來啦！快跑，快跑，快跑啊！」

無論平時多麼凶頑不羈的少年，此刻都無法掩蓋內心的脆弱與驚恐不安，不管在何年何月，鬼這玩意兒實在是太虛無又太強大了。

如此一來，劉火家鬧鬼的消息便不脛而走。劉火幾乎一夜之間成了無所不能的神，火神下凡，他家的屋院也就成了一片別人不敢隨意跨入的神祕禁區。

鎮上的老年人都是很迷信的，生怕孩子們不懂事冒犯了神靈，導致家裡惹來什麼災禍。於是，等到晚上，他們就偷偷摸摸地帶一點食物，像饅頭啦、瓜果啦、煮豆啦、炒花生啦，甚至還有藏了多年捨不得喝一口的半瓶底燒酒，敬請火神大人慢慢享用。同時，也捎去了老年人的虔誠和歉意，算是悄悄地祭拜祭拜已故亡靈。

事實上，這種民間自發的類似悼念的活動，卻也暗含著另外一層意思，就是當所有人對鎮上砍樹的事情熟視無睹的時候，似乎只有劉火一個人肯挺身而出，當然還有他家的那條大黃狗。這些老輩人提起大黃蜂來，總有說不完的話，都暗暗誇讚這狗仁義，通著靈性呢！說不定這傢伙正是二郎神的哮天犬下凡。

鎮上人心惶惶。

有關劉火的神祕傳言還沒休止，又有野狼下山傷人的惡性事件傳開。如此一來，天色稍一擦黑，人們再也不敢隨便出門走動了，家家戶戶鎖門閉窗，主輔兩條街道空蕩蕩的，連個鬼影都見不著，只剩西北風裏挾著沙粒，嗚嗚地來回亂竄。

謝亞軍的日子可想而知，母親突然帶著弟弟不辭而別，把她一個人孤零零地丟在家裡，如果再沒有白小蘭這個好朋友相陪，她連想死的心都有了。白小蘭總是盡可能地在她耳邊多講一些寬慰的話，說：「阿姨一定是帶著亞洲去工地找妳爸了。」她勸謝亞軍千萬別太著急上火。儘管謝亞軍內心一片茫然，但在白小蘭面前，她還是表現出少有的鎮定，她不想讓白小蘭看出自己滿腹的憂慮和恐懼，更不願意孩子氣地哭鼻抹淚。她倆曾在白天的時候，先後結伴去過劉火家裡兩次，但那個空空如也的院落，正如人們傳說的那樣，空蕩、死寂，人去屋空，無聲又無息。她們甚至也壯著膽子，摸進火場的廢墟中，斷壁殘垣，到處都是火災留下的灰燼，沒有她們想找的那個少年的影子。

難道說劉火真的讓大火燒沒了？這個問題一直困擾著她們，但誰也不願意相信。若真是那樣的話，又是誰把亞洲從那場大火中救出來，好心好意地護送到家門口的？或者，真的像人們傳說得那麼神，是那兩條通人性的大狗，一個去放火，一個去救人？這未免也太離奇了！坦克自從那晚跟弟弟在家門口

露過一面之後，連續好幾天都沒有見到牠的影子了，就像母親和弟弟那樣，一去便杳無音訊。

有時，謝亞軍會忍不住記恨母親，覺得母親真是個不折不扣的逃兵，還有她那怨婦般沒完沒了的抱怨，讓做女兒的總是替父親感到難過。可有時，她又分明覺得母親怪可憐的，自從她帶著他們姐弟倆來到鎮上，可以說沒有一件順心的事：生活條件艱苦，地理位置偏僻，又失去了自己的工作，淪為一名灰頭土臉的家庭主婦，弟弟還三天兩頭給家裡闖禍，父親更是好幾個月連個影子也摸不著，害得母親幾乎連一個囫圇覺都睡不踏實。

謝亞軍總是能在夜深人靜時分，聽到母親那一聲聲長吁短嘆，儘管有些事情她還不太明瞭，或者懵懵懂懂的，但有一點似乎可以肯定，那就是母親越來越沉重的憂傷情緒，已經傳染到了她。她覺得自己再也不是過去那個無憂無慮的小女孩了，這個支離破碎的家讓她感到心痛不已。她不明白這一切為何要落到自己頭上，就像她同樣無法理解，跟自己最要好的朋友白小蘭的命運竟那麼悲慘。她們兩個都不過十二三歲，可生活卻突然一反常態，非要拿她們做一次次無情的實驗。

一切忍耐都是有限度的，當它超過了一個人所能承受的最大限度，哪怕是最柔弱的小女孩也不會坐以待斃。考慮再三，謝亞軍終於決定親自去一趟大壩工地，因為再這樣無所事事地耗下去，她怕自己遲早會發瘋的。但是，偏偏這時候，野狼在

街上把那兩個無辜的孩子咬傷了，人們如臨大敵，惶惶不可終日。

一開始，白小蘭也想極力阻止，說謝亞軍不要命了，狼會活活吃了她的。又說，鎮上那兩個小女孩如今生不如死，爸媽都快急瘋了，狼雖然沒有吃了她們，可那下場比吃了還可怕。事實的確如此，遭狼襲擊的兩個女孩據說都在昏迷中，尤其是那個脖頸受傷的，醫生說即便能苟活下來，將來又能怎麼樣呢？但是，謝亞軍分明是鐵了心要去，任憑誰也無法阻攔。

「我不怕，大不了一死。」當謝亞軍幽幽地說出這番話的時候，白小蘭正一眨也不眨地盯著她。謝亞軍眼神中透出的那股子剛毅和執拗，一時間讓白小蘭有些不寒而慄。

自從父親的屍體從礦上運回家以後，白小蘭的內心經歷了人生最為苦痛的大殤，她在同齡孩子當中雖然天生怯懦，但那次天崩地裂般的洗禮，應該說徹底改變她了，起碼讓她過早地知道有些人一旦失去，就再也見不到了，留下的只有無盡的哀思之外。她雖然無法說服謝亞軍，但她也能理解對方此刻迫切的心情，而她自己似乎也別無選擇。

「那我……我跟妳去，正……正好也能看……看我……我媽。」謝亞軍聽見白小蘭非常肯定地說，倏忽間淚水模糊了視線，她上前一步，將白小蘭緊緊摟住了。她很想說「妳真是我最好的姐妹」，可囁嚅了半晌，終究連一個字也說不出。

以前父親就跟謝亞軍講過，說狼雖凶狠無比，可是最怕

火，晚上出門，只要手裡舉著火把，那畜生就不敢輕易靠近。所以，趕在出門之前，謝亞軍找來幾根粗短的木棍，又從櫃子裡翻出父親的兩條補丁摞補丁的舊褲子，再用母親縫衣用的剪刀鉸成一寸來寬的長長的布條。然後，把這些布條一圈一圈緊緊地纏繞在木棍的頂部，這樣就製作出了幾根火把。

白小蘭又從自家廚房的灶坑裡搜騰出小半瓶香油。那還是大食堂開辦前夕，母親偷偷藏下的，說擱在灶坑裡最安全，一般人是不會注意到的。當時，白小蘭聽母親邊藏油瓶邊嘀咕著：「這點油金貴得很，是妳爸去年從縣城辦回來的年貨，我們可不能傻乎乎地都交出去，萬一哪天食堂沒飯吃了可怎麼辦？」

現在，她們自作主張，把這些無比金貴的香油一點一點地都塗澆在纏好的布團上，那些青灰色的滌卡布條浸透了香油，看上去油光鮮亮，像是某種別出心裁的美食，只要咬上一口準能滿嘴流油。她們還是有點不放心，又取出一盒火柴擦著一根試了一下，果然一點就著。這時，兩個人的手指上都沾上了厚厚的油汁，聞起來香噴噴的，看起來亮汪汪的，叫人直眼饞，嘴角流口水。她倆相視一笑，趕緊把手指頭塞進嘴裡，像喂香甜的奶嘴一樣，嘖嘖有聲。

兩個女孩手裡各拿了兩支火把，肩上背著自己的書包，背上灌滿了熱水的鱉子，書包裡揣著從食堂打回來的幾個黑麵饅頭和玉米麵花捲。

自從那場大火之後，食堂的帳篷桌凳統統燒沒了，飯菜品

質也是每況愈下，白麵饅頭和米飯幾乎半個月也沒碰過一次，稀飯都是玉米碴子熬的，清湯寡水，碗面都能照出人影，弄得大夥兒吃食堂的熱情也沒剛開始那麼高了，後來也就允許眾人把飯菜打回家吃了。

很意外地，白小蘭竟然從家裡的食櫥裡找到幾塊難得一見的核桃酥，這都是母親悄悄藏著的美味，也是父親生前最後一次從外面捎回家的，母親一直都捨不得吃，只有在白小蘭生了病不肯吃飯時，才會變魔術似的，拿出一小塊來哄哄她。

18

兩個女孩幾乎一口氣，走到小鎮西面那片幽寂的楊樹林裡。

這時節，林中的雜草和各類灌木都已經開始衰敗了，唯獨那些惱人的棘針蒺藜遍地叢生，這使得兩個女孩腳下的道路非常不好走，幾乎每走一步都磕磕絆絆的。秋陽從疏落的林木上方傾瀉下來，光點穿過樹葉的罅隙，讓落在地面上的黃樹葉和衰草變得陰晴不定。唯獨那種土褐色方頭方腦的蚱蜢，還在遍地亂蹦，彷彿在做冬天來臨前的最後掙扎，牠們那並不好看的翅膀和彈力十足的腿腳，總是發出吱嘎吱嘎的響聲，有些刺耳，聽起來很不舒服，卻為這種單調的徒步行走帶來了一絲樂趣。

穿過寬闊的楊樹林，前面就橫亙出一道黃土梁來。

上一次，謝亞軍隨學生演出隊去大壩工地，走的是鋪了石子的大道，那條路相對平坦筆直，可路程卻十分遙遠，這回她倆選擇走小路，可以節省不少時間。

白小蘭也是聽母親講的，這條小路比走大路能近一半多路程呢！到時候只要能在河邊搭上那種過河的渡輪，用不了多

久便能到對面的工地上了。可白小蘭多少有些猶豫，她擔心這條路不太好走，更怕遇上狼。謝亞軍因尋母心切，說大白天的有什麼好怕的，我們就走這條小路，趕在天黑前，應該能到那兒呢！

眼下，她們必須爬過這道黃土梁。山梁雖說不十分陡峭，但上面長滿了半人來高的酸棗刺和野枸杞叢，這兩種野生灌木渾身上下都是刺，人的手腳皮膚稍一碰觸，就會被尖細鋒利的木刺戳破流血。她們沿著曲折迂迴的小徑，作「之」字形攀援而上，同時，還得不停地用手中的火把去扒拉開樹枝和蒺藜，可是越往上爬坡度越陡，灌木叢也越發生長得密實了，幾乎連下腳的空隙也沒有。

不知爬了多久，兩個人終於氣喘吁吁地站在了一個可以遠眺的高度上。從這裡放眼朝身後望去，那片楊樹林已經變得十分矮小了，僅有巴掌那麼小一片，遠處的鎮街更是比火柴盒子還要小。她們一時都啞然無聲，這是兩人頭一回站在高遠處審視自己生活的地方，每個人的內心都產生了一種蒼茫而又孤絕的感受，尤其是那些剛剛發生過的事情，如同繚繞在天邊的迷霧一般，誰也無法一眼望到盡頭，誰也無法說清自己所在的這個小小的天地是怎麼了。一切的一切，都讓她倆深深地感到不安，感到迷茫，感到浮萍般無依無靠，就像對眼下即將行走的前途毫無所知一樣，只能聽天由命，漫無目的地走下去。

這一整天幾乎都在爬坡下坡匆匆趕路，腳底已經磨出了幾

顆水泡，汗水濡溼了單薄的前胸和後背，飢渴與疲憊暫時代替了心中的憂愁，當兩個女孩望眼欲穿地站在河岸邊，焦急萬分地等待那艘遲遲未露面的渡輪時，日頭已經開始斜墜往下沉去。鐵鏽色的河面被風犁出一道道水痕，又無聲地推向無邊的盡頭，魚腥味很重的水浪，不斷地衝擊著河床，發出嘩啦嘩啦的單調響聲，一切都使人感到絕望。

兩個人早已筋疲力盡了，大河擋道，前途未卜，除了一陣無奈的嘆息之外，誰也不想再多說一句話。她們隨便找塊石頭背靠背地坐下來，默默地摸出隨身帶來的一點乾糧，就著鱉子裡的水吃起來。這個時候，耳中只有牙齒咀嚼食物的聲音，食物慢慢滑過喉嚨的聲音，還有腸胃緩緩蠕動的聲音。除此之外，這天地間好像再也聽不見什麼了，靜得有些不可思議。

不知不覺間，女孩們就被這罕見的寂靜所吸引，自身的那份孤獨和惆悵反而被減輕了沖淡了，好像她們此行的目的已經達到，在經歷過沿途的那些磕磕絆絆後，尤其是留在手背和腳腕上的梅花斑點樣的血跡，讓此刻有種苦盡甘來的味道，就連啃的這種乾巴巴的黑麵饅頭，也都變成難得的盛宴。她們那並不算強大的胸懷，對這個傍晚也有了前所未有的體驗，由此，她們也對各自的遭際產生了某種含混不清的體悟，甚至覺得這前不著村後不著店的地方，竟比成天鬧哄哄的鎮街都要好，如果可能，她們真願意一直在此待下去。

白小蘭故意多遞給謝亞軍半塊核桃酥，那是從她自己的那

塊掰下來的。當白小蘭怯生生地說妳要多吃點的時候，她的模樣已經傷感起來，好像渡輪不來全都是她的過錯，而她只能以這種方式傳達給謝亞軍這份歉意，友情在這種時刻真的比金子還要珍貴。其實，謝亞軍一點也沒朝那方面想，父母和弟弟都不在身邊，只有白小蘭一路死心塌地陪伴著自己，她已經很知足了。

「傻瓜，別光顧著我，妳也要好好吃，吃飽了肚子不想家嘛！說不定今晚我們要在這裡過夜呢……」說著，謝亞軍又將那半塊核桃酥原封不動地送回白小蘭嘴邊。

提到過夜，像是在暗夜中忽然瞥見了點點鬼火，兩個人面面相覷，都禁不住打了個寒噤。荒郊野灘，黑漆模糊，還有可能遇上可怕的狼，這可不是鬧著玩的。

謝亞軍故作鎮定地說：「瞧妳嚇成那樣，好像我們真的要大難臨頭了。」她雖然這樣大大咧咧地說著，還是伸手過去攬住白小蘭的肩頭。這個黑瘦的小女孩已經開始發抖了，顯然是被剛才的話鎮住了。謝亞軍趕緊安慰道：「別擔心，我們再等等，渡輪要是還不來，我們就原路往回返。」

白小蘭用力嗯了一聲，盡量用那種堅定的目光看著謝亞軍，但謝亞軍能感覺到，她分明是在打退堂鼓了。

這時，一陣排山倒海般的轟鳴聲乍起，跟連珠炮似的，震得人頭皮發麻，兩腿發顫，那是對岸的山谷裡又在點炮炸石了，西面天空隨即騰起一股濃厚的煙塵。那煙塵順著陡峭的山

崖和石壁，如恣睢的巨蟒般迅疾地躥躍起來，接著又張牙舞爪
地扭曲攀升，最後在赭紅色的天幕中，極盡能事地變幻出妖魔
鬼怪，還有夜叉的樣貌。

　　兩個女孩完全驚呆了。她們還是這麼近距離地聽到隆隆的
炮聲，看到天幕上浮現出如此陰森恐怖的圖景，儘管隔著一條
奔流的大河，可山那邊的動靜太大了，大得讓人快要窒息了。

　　「要……要是他……他在，該……該多好啊……」

　　「妳是說劉火？」

　　「嗯。」

　　「可他不是已經那樣了嗎？」

　　「他……他沒。」

　　「妳怎麼知道的？」

　　「就……就沒！」

　　「我跟妳一樣，但願劉火沒事好好的，可是那場火……」

　　「妳沒……沒忘吧？那天定……定是他揍那……那幫壞蛋
的，只……只有他……他的彈……彈弓是最準的！」

　　兩人你一句我一句說到這裡的時候，白小蘭的臉上露出了
少有的自信笑容，這對她而言是很難得的，尤其是在她父親去
世之後。謝亞軍也若有所思。其實，她也不太相信鎮上那些傳
言，事情的確很蹊蹺，白小蘭剛剛說的那些好像也沒錯，還有
弟弟那晚莫名其妙地回家來，一定是有好心人暗中幫忙，那這
個好心人不是劉火，還能是哪一個呢？反正在這個鎮上，她想

154

不出第二個人。這樣反覆思索著，心裡倒釋然了，比先前好受多了，像吃了顆定心丸，她不無親暱地摟緊了白小蘭。

　　白小蘭呢，趕緊小鳥一樣倚過自己的身體，兩人親姐妹一樣靠在一起，這樣一來，似乎彼此都不感到那麼害怕了。

19

那條瘦骨嶙峋的母狼，是攜著自己的幼狼泅水過河的。

一上岸，狼便迅速遁入這片幽靜的灌木叢中，悉心地觀察一陣子，再悄悄地翻越這道黃土梁子，伺機朝最東面的村莊和鎮街上進發。為了謹慎起見，母狼早就在山梁附近草木最茂密的地方找到一處棲身地，牠用利爪刨挖出一個又深又長的黃土洞，下雨天或遇到對手獵殺時，可以就近鑽進去躲藏起來。

原先山裡的炮聲每天只響一次，後來增加到兩次、三次，甚至更多了，進山的車輛和人流絡繹不絕，現在又新來了一夥兒荷槍實彈的男人。炮聲已然讓狼嚇破了膽，如今又添了這夥兒背著步槍、專門漫山遍野打狼的人。狼的日子越來越不好過了。那些人不光打狼，見了什麼兔子啦、山雞啦、岩羊啦，還有天上樹上的鳥雀，統統不會放過。就在兩天前，母狼眼睜睜地看著相濡以沫的公狼中槍倒下，剩下牠們孤兒寡母。為了活命，只好從深山老林裡逃竄出來，母狼也是為了自己的小狼考慮，於是，就趁著蒼茫的暮色涉險過河來了。

母狼和小狼先在土洞子裡窩了一會兒，此刻天色越來越昏

暗，渾身溼漉漉的，肚子咕咕直叫，到了牠們該出去覓食的時候了。母狼的眼神在灌木叢中閃出兩道綠瑩瑩的光芒，那綠光射到哪裡，哪裡的草木都會微微顫伏一下；緊跟在母狼身後的小狼還不滿一歲，但牠的牙齒已經非常鋒利，對付那些野兔和黃鼠子綽綽有餘。不過，每當聽到轟隆轟隆的山炮聲，小狼還是會感到十分恐懼，像個膽怯的孩童似的，盡量把自己單薄的身體貼向母親，以尋求庇護。在野外覓食時，母狼通常不會太嬌慣牠的，只要沒有發生什麼險情，牠會一如既往地向前奔馳。

嗜血成性的母狼邊走邊嗅，不時張望，或豎起耳朵狡黠地聆聽。靈敏的嗅覺，加上超強的聽力，讓牠很容易捕捉到其他動物的生命氣息。當牠們一前一後爬上那道山梁的時候，母狼居高臨下，忽然一驚，那是從反方向傳來的細小聲音，細聽，竟是人語，幾近竊竊私語，但母狼卻聽得非常真切，絲絲入耳。母狼迅速調轉身去，果決地循著人的聲音一路小跑起來，小狼完全沒有弄明白什麼，只是懵懂地緊隨其後，邊跑邊向四處張望。

眼前的獵物讓母狼大喜過望，簡直是老天格外開恩，意外的獎賞。這個時候，母狼用那種警惕性極高且很嚴厲的眼神告誡小狼，牠們要立刻匍匐下來準備設伏目標，而且不能發出一絲聲響。母狼自己死死盯住獵物，用兩隻前爪一點一點交替著往前爬行，身體幾乎擦著地面，像隻沙漠上的大蜥蜴。小狼卻原地不動，牠本能地要替母親把風放哨。而母狼需要全神貫

注地注視著前方的獵物，一點也不能鬆懈大意。很快，牠就徹底窺探清楚了，眼前那兩個是人，可是跟進山去的那些人是有區別的，不像那些傢伙，咋咋呼呼、幹勁衝天，動不動愛喊愛唱，搞得飛禽走獸沒有寧日。更恐怖的是，他們還會把山裡那些粗壯的大樹伐倒，把堅硬的石頭炸裂，然後用車輛任意挪移。最可恨的是，新來的那夥人手上配了槍，砰砰砰，槍聲一響，狼的末日就來了。

一步，兩步，三步……離目標越來越近，獵物就在眼前了。

那兩個人個頭不高，身體羸弱，相互依靠著，饒有興趣地說著什麼，間或發出銀鈴般的笑聲，完全不知一場凶險正在迅速逼近，就像母狼自己的幼崽那樣，總是懵懵懂懂、不知深淺。此刻，母狼已經處於高度的警戒狀態，一觸即發：牠那兩隻有力的前爪暗中出力，抓得地面上的黃土沙沙作響，牠那瘦長的腰身弓得像一條貪婪的巨蟒，獠牙幾乎全部齜出來，在越來越重的暮色中閃著點點白光。

突然，母狼眼前驟然一亮，這讓牠大吃一驚，一團火焰平空升起，撲獵獵燃燒著，沒等母狼反應過來，另一團也跟著跳閃升騰了，火苗鬼魅地跳躍，光芒異常刺目。而那兩個獵物也因為這明亮的火光歡呼雀躍起來，聲音清脆而響亮，在空蕩蕩的河灘地飄來飄去，聲音很快就傳出好遠好遠。母狼一時僵住了，趴在草叢裡一動也不敢動，看來牠低估了這兩個孱弱的獵物。當然，牠也忽略了自己身後的小狼，因為小傢伙完全被乍

158

起的兩團火焰唬住了，繼而開始驚慌失措，吱吱嗚嗚叫個沒完。

正是這串不合時宜的狼嚎驚動了前方的獵物，那兩團火焰頓時尖叫著，揮舞著，搖晃著，翻轉著……不顧一切地朝遠處奔逃而去。

母狼回過頭，朝小狼發出恨鐵不成鋼的一聲怒吼之後，隨即便帶頭朝獵物追趕下去。小狼稍一遲疑，也立刻投入抓捕狀態，牠沒有跟隨在母狼後面，而是很狡猾地兜了個圈子，朝著側翼狂奔，這樣就能跟母狼形成一次強有力的圍攻和包抄，這種行為似乎與生俱來。但是，離獵物越近，小狼越感到恐懼，因為那兩團燃燒的火焰就像一對剋星，無時無刻不讓牠心驚肉跳、蹄爪遲疑。與小狼相比，母狼就沉穩多了，不會因為膽怯而放棄即將到嘴的獵物，儘管追逐那兩團可怕的火焰，本身就意味著挑戰，但生性凶殘的母狼絕不會因此放棄獵物的，不到最後一刻絕不甘休。

暮色籠合，夜晚降臨了，空氣中飄蕩著野性的氣息，獵物並沒有母狼想像中那麼難對付，追上去抓捕已勢在必得了，對方的腳步凌亂倉皇，完全失去了方向，像兩隻驚弓之鳥在嗚嗚啼哭，東奔西竄，毫無章法，而河灘上密實的灌木和惱人的蒺藜，也讓兩隻獵物的腳步磕磕絆絆。母狼竊喜，放慢了追趕的速度，因為牠看到自己的狼崽已經上道了，小狼悄無聲息地繞到獵物的後方去了。獵物的哭叫聲越來越響，幾乎到了聲嘶力竭的程度，母狼警惕地一點一點地靠近目標。

火。

如果沒有那兩團讓牠望而生畏的火焰，母狼完全可以猛撲過去，咬斷獵物的喉嚨了。可是，就在母狼為火焰困擾和猶豫的片刻，猛不丁地，一陣狂暴的犬吠聲從母狼身後乍起；與此同時，兩道黑影猶如閃電一般，頃刻間朝母狼衝刺而來。母狼驚愕不已，失去主張。牠不得不扭轉方向選擇後撤，先高高地聳起脖頸，發出一聲嚎叫，那是在告誡小狼不可輕舉妄動，大麻煩來了。

汪汪汪汪汪汪！

汪汪汪汪汪汪！

狗一出現便猖猖狂吠，不是一條，是兩條，牠們的叫聲摧枯拉朽般響徹黑夜。眨眼之間，那兩條大狗就疾風暴雨般殺上來，圍住了忐忑的母狼。狗的利齒一點也不比對手遜色，進攻廝殺，勢不可擋。母狼已無路可退了，只好破釜沉舟迎上去奮力撕咬。一時間，狼牙、狗牙、狼爪、狗爪、狼尾、狗尾……完全糾纏在一處，黑漆漆的野草大片大片倒伏下去，血水雨點般向四處迸濺，咆哮聲、嘶鳴聲、哀號聲、撲打聲混為一團。

這兩隻大狗的凶猛程度超乎了母狼的預料，很快牠的腹部和脖頸上都被對手撕裂了，有兩片皮肉淒慘地耷拉下來，血水如注，母狼再也無心戀戰，只能節節敗退。那兩隻大狗似乎也無意置母狼於死地，而是速戰速決要去救人了。

那條黃毛大狗佯裝繼續追趕落荒而逃的母狼，另一條灰褐

色的大狗則去對付已經喪魂落魄的小狼了，母狼在逃竄中已然聽到了來自幼崽的淒厲的慘叫聲，但牠已經力不從心了。

起初，那兩個手持火把的人，還在拚命往前奔逃，但跑著跑著，她們發覺惡狼並沒有追上來，卻意外地聽到了一陣陣狂怒的狗叫聲，汪汪汪汪，那聲音對她倆來說似乎並不陌生，尤其是在這萬籟俱靜的曠野裡，她們很快就辨識出來了。

「沒錯，是狗在叫呢，快聽呀！」

「好……好像是……是大黃蜂？」

「還有坦克。」

「對對對！就……就是牠……牠們兩個！」

「坦克，坦克，坦克，坦克！」

「大黃蜂，大黃蜂，大黃蜂……」

女孩們雖然心有餘悸，可依舊無法壓抑那種絕處逢生的狂喜，兩個人暫時忘了恐懼，爭先恐後地大呼小叫起來。剛喊過沒幾聲，就聽到不遠處傳來嗚嗚嗚嗚的動情叫聲，那種興奮的聲音越來越近，越來越親切，兩條大狗一眨眼就出現在女孩們眼前了。這個時候，人忘情地抱住狗脖子盡情歡呼，狗就拿熱乎乎的舌頭不停地舔人的臉和手，恰似劫後餘生，又像久別重逢，這一切簡直就跟在夢裡一般。

早在鎮上失火那晚，大黃蜂確實中了一槍，但牠並沒有立刻趴下，也沒有被那場大火吞噬。當時，子彈擊中了牠右側的肩胛骨，也就差那麼一丁點就打到脖頸一命嗚呼了。

那一刻鮮血從傷口處汩汩湧流，半拉身體都被黏稠的血水浸透了，皮毛很快就板結成一個大大的殼，變成厚重而潮溼的累贅，加之肩胛骨痛得鑽心，叫牠幾乎舉步維艱。儘管這樣，牠依然沒有倒下來，救主心切，牠知道主人還在裡面受罪，牠不能扔下他不管。牠原本想用盡全身的力氣抓破那扇木門救出主人的，不料被值班民兵發覺了。後來牠就在黑暗中不慎挨了一彈，當時情況萬分危急，子彈深深地嵌進骨頭縫裡，牠一時半會兒動彈不得，好在那條軍犬及時趕到了。

　　多虧坦克用了聲東擊西的方法，巧妙地引開了值班民兵，大黃蜂後來才得以平安脫險。再後來那場大火忽然就燒了起來，剎那間將整面天空都映紅了，那時大黃蜂已經變得十分虛弱，抓門時用力過猛，槍傷讓牠失血太多，牠漸漸陷入了昏迷狀態。這個時候，牠終於意識到自己已無能為力，不可能再有力氣去救出主人了。牠已自身難保，只能選擇暫時逃離了。傷口在不停地流血，牠搖搖晃晃行走在黑暗中，感到四肢癱軟，渾身開始抽搐，終於走不動了，才無可奈何地倒下去，身後留下了淅淅瀝瀝的一道血水印，在路上拖出好長好長。

　　不知過了多久，大黃蜂模模糊糊聽到一串淒涼的嘁嘁聲，潛意識告訴牠，那是另一條狗在牠耳邊難過而又焦急地哼叫著，間或是那熱乎乎的舌頭不停舔舐皮毛的吧唧聲。那時，牠正躺在西面那片楊樹林裡，早在牠的意識還清晰的時候，牠就決定要遠離家門。一來那些民兵絕不會輕易放過牠的，回家意

味著自投羅網；二來即便是死也不能慘兮兮地趴在家門口，渾身上下落滿了綠頭蒼蠅，化了膿的傷口長出密密麻麻的一堆白蛆，那樣會讓全鎮大大小小的狗為牠感到不安的。

聰明的坦克一定是循著牠留下的那些血印子一路找過來的，身為同類和不打不相識的夥伴，這條狗主動擔負起臨時醫生的責任，牠用靈巧的舌頭像母羊為小羊羔舔掉身上的羊水那樣，盡心盡力地為牠止血並清潔傷口。這個看似簡單的舉動，對於當時的大黃蜂來說，難以完成（嚴重的槍傷讓牠的脖子根本無法自由轉動），更如雪中送炭般彌足珍貴。

後來在樹林裡靜臥養傷的日子裡，坦克就像一個忠實的伴侶，自始至終都在身邊悉心照料著牠。坦克還想方設法去附近的莊子尋找一些食物，然後大老遠地叼回來給牠吃，自己則靜靜地蹲在一旁，用那種長輩般溫和的目光慈愛地看著牠慢慢吃下去。

有一次，坦克竟然不知從哪裡弄來一隻半死不活的老鼠，當牠把那可憐兮兮的小畜生遞到大黃蜂嘴邊的時候，大黃蜂簡直要大吃一驚了：這輩子還從來沒有對一隻老鼠產生過興趣呢！牠甚至想到了狗拿耗子那句老話，覺得坦克真是別出心裁，虧牠怎麼想出來的！

大黃蜂實在是不想吃這種東西，就皺著眉頭用前爪執拗地把老鼠撥拉開。可是，坦克似乎比牠還要固執，又用同樣的方法把那老鼠扒拉到牠面前。同時，瞪著一雙黃褐色的大眼睛，

嘴裡一本正經地汪汪著，像是在說：快吃吧！別挑肥揀瘦了，這是我能找到的最好的滋補品，妳身體太虛弱，這對妳大有好處。可牠怎麼也下不了口，活生生地吃掉一隻老鼠，這簡直太瘋狂了。

於是，牠們兩個就用爪子推來推去，倒是弄得那隻老鼠越發地生不如死，老鼠一會兒閉上眼睛，肚皮朝天一動也不動，一會兒又眨著眼皮，吱吱亂叫著想奪路而逃，可每次都被坦克用牙齒給叼回來，吧嗒一下丟在大黃蜂面前。最後，坦克用近乎激憤的腔調汪汪起來，大黃蜂立刻明白牠真的要生氣發火了，這種時候自己也只好硬著頭皮齜著牙，惡狠狠地去對付那隻醜陋的老鼠了。

在外面養傷的日子，就是這樣一天一天捱過來的。

通常，牠們兩個一個想方設法去外面搜捕獵物，一個安心躺在林中享用靜養。等大黃蜂能勉強爬起來活動的時候，兩條狗就可以結伴往更遠一點的地方找食物了。兩條大狗就是在這土山梁附近發現了狼的蹤跡，還有那些畜生挖下的洞穴，這讓牠們產生了濃厚的興趣。

後來一連幾夜，牠們都會跑到這邊來靜靜蹲守，最終，把狡猾的獵物等來了。

　　直到第二天上午，一艘鏽跡斑斑的渡輪，才慢吞吞地從河對岸碼頭駛出，突突突突的機輪聲單調而聒噪著，老遠就從河面上飄過來了，船尾還不時地噴出一道道蛇狀的藍煙。

　　好不容易等那渡輪慢慢靠了岸，謝亞軍簡直連做夢都不敢去想，她竟然在剛剛走下渡輪的人群中，發現了自己父母的身影，當然，還有弟弟亞洲。

　　一家人就這麼奇蹟般地團圓了，幸福似乎來得過於突然。

　　謝亞軍的心裡跟撞翻了五味瓶似的，酸甜苦辣鹹什麼滋味都有了。若不是母親和弟弟在場，她幾乎不敢辨認那個陰鬱的男人就是父親。怎麼說呢，他鬍子拉碴，像個熬煎了多年的苦役犯，兩隻眼窩深陷發青，凸出的顴骨晒得黝黑放亮，透過兩個厚厚的近視鏡片而來的目光，多少有些陌生和蒼茫。父親整個人好像瘦了兩圈，衣衫和褲子都顯得肥大而空蕩，腰身很疲倦地向前佝僂著，顯示出一種身體已有諸多不適的病態。一側的臂彎裡夾著一只花布包裹，另一側手裡則拎著他那只總不離身的軍綠色帆布提包。謝亞軍幾乎一眼就認出來，那只花包裹

正是母親離家的前一夜忙著收拾好的東西。在看到謝亞軍的那一瞬間，父親忽地撇過頭去，不敢相認似的，又像是非要刻意摘掉那副眼鏡，好好揩抹一下昏花的眼睛，重新戴好了再來細細打量自己的女兒。

母親背著弟弟，緊跟在父親身後走下船來，見到謝亞軍，滿臉都是驚訝和迷惑，嘴裡一連聲問著：「怎麼？妳知道我和妳爸今天能回來？」謝亞軍竭力仰起臉來，莫名地搖頭又點頭，眼眶裡已滿是熱淚，她不敢開口說話了，生怕自己情緒失控，當眾出醜。

倒是站在身邊的坦克，十分踴躍得撲上前去，一下子就把父親那清瘦的身體抱攏了，狗的兩條有力的後腿最大限度地直立起來，粉粉潤潤的舌頭忙不迭地上下瘋舔，喉嚨間發出孩子般委屈的嗚嗚聲。牠跟主人分別的時間太久了！父親就地扔下行李，很動情地拿一隻手掌不停撫摩坦克的腦袋和脊背，咕咕噥噥跟家犬說著什麼話。弟弟興奮地從母親背上跳下來，一顛一顛地跑過去，伸開一雙小手，熱烈地去擁抱狗的脖頸，嘴裡「坦克、坦克」叫個不停。這一幕真有點夢中的感覺。謝亞軍半天才回過味來，忙湊上前蹲下身去，幾乎是抽噎著抱住了弟弟──姐弟倆的臉蛋溼乎乎地蹭磨在一處。

白小蘭很知趣地叫上大黃蜂，悄悄地朝一邊躲開，人家的歡樂來之不易，這種時候她是不應該隨意攪擾進去的。昨夜那場磨難驚心動魄又刻骨銘心，留給白小蘭心頭最難以磨滅的印

記是，她陪伴著謝亞軍度過了她人生當中最不可思議的一宿時光，憂愁、恐懼、絕望、希望，還有生和死，當然，如果沒有大黃蜂和坦克整夜忠實地守護左右，漫長的黑夜將會變得更加不可思議。

　　或許是觸景生情，白小蘭又開始默默地思念起已故的父親了——要是父親還在這世上該有多好！曾經，父親每到年關便風塵僕僕地從外面歸來，她老早老早地就守候在車站口，望眼欲穿地等那搖搖晃晃的公車順著大路駛來。車門終於吱嘎一聲打開了，乘客們一個一個大包小件地從車廂裡擠出來，第一個不是父親，第二個不是，第三個也不是，第四個還不是他，她等得好辛苦啊……好像公車故意要拉長他們父女的久別重逢，又好像父親生怕她會接站遲到似的，故意那樣磨蹭著遲遲不肯走出車廂來。而每回見面，父親總是先站立不動，他定會先伸出他那用來挖煤的大手掌，用力朝她揮動兩下，她便跟愉快的麻雀似的迫不及待地從人群中飛奔過去，三步併作兩步撲向父親，像隻小猴靈巧地一蹦三高，兩隻小手結結實實地攀上父親恰好彎下來的脖頸，把整個身體吊上去。父親便丟開手上的行包，嘿嘿笑著把她滿滿當當抱在懷中，一個勁兒地拿下巴上的鬍渣蹭她粉嫩的小臉蛋。她咯咯地笑個不停，他嘿嘿地樂個沒完，父女倆就那麼一路嘻嘻哈哈走回家去，惹得母親總是在一旁撇著嘴，嫌他們父女倆太張揚，還說他們可真是一堆蒜皮——又輕又賤。

昨晚的確有那麼一刻，兩個女孩睡在一對暖呼呼的大狗中間，彼此相依相偎，親如姐妹。白小蘭一直出神地凝望著頭頂上方那方深邃的夜空。到處都是點點繁星，星星稠密得令人喘不上氣來，好像有那麼兩顆異常明亮，一閃一滅，像是在朝地上的她們眨眼說話。

　　躺在她身邊的謝亞軍忽然說：「天上有多少星星，地上就有多少人，每一顆星星都代表一個人。」她覺得謝亞軍說得很有道理，想了想，才指著天空說，那兩顆很明很亮的星星，大概就是她們兩個了，因為它們在天上靠得近近的，好比現在她們兩個的樣子。謝亞軍突然撲哧笑了，說：「沒想到妳還挺浪漫的，那它們如果是牛郎星和織女星呢？我們兩個不就好玩了，白小蘭妳將來可得嫁給我當老婆囉！」她聽了禁不住害起羞來，臉上竟一陣燒熱，好像真的會有那麼一天一樣。

　　怎麼說呢，很多時候，謝亞軍的確給她某種錯覺，因為對方的性格裡多少有點男孩子氣。就拿這次她們徒步遠行這件事來說，換了她，是萬萬不會這麼一意孤行的，就是再借她兩個膽子，也不會輕舉妄動的。所以，白小蘭半開玩笑回應道：「那妳就變成一個真正的男子漢吧！」哪知謝亞軍聽了一時興起，連連稱好好好，還忽然翻過身來，很調皮地亂搔她的胳肢窩。白小蘭被她搔得左右打滾，只好嚇唬她說：「再亂鬧，狼要來了。」謝亞軍這才收手。

　　人一旦躺在無邊的曠野裡，入眠其實並不容易，總是擔心

著，總會想這想那。謝亞軍後來就提議，乾脆我們來背詩詞吧！白小蘭怕自己磕磕巴巴背不好，就說：「還是妳來朗誦，我當聽眾吧。」謝亞軍閉上眼睛沉思了一會兒，就開始深情地朗誦那首七律：「紅軍不怕遠征難，萬水千山只等閒。五嶺逶迤騰細浪，烏蒙磅礡走泥丸。金沙水拍雲崖暖……」當謝亞軍朗誦到最後兩句時，白小蘭也跟著輕聲地附和起來：「更喜岷山千里雪，三軍過後盡開顏。」那一刻，兩個人情不自禁轉過臉來互相對望著，兩隻緊貼著的手也用力抓在一起，就好似一雙剛剛翻過雪山爬過草地的女戰士，劫後餘生，苦盡甘來，她們發誓這輩子再也不會分開了。

此時想著她們兩個在密密麻麻的星空下度過的那個特殊的夜晚，白小蘭心裡陡然升起一股暖意，無疑，這是一個少女最純真最靜好的心境，之前她好像從來沒有這樣深切地體悟過生活的意義。

回去的路上，白小蘭變得有些落落寡合，這種情緒絲毫不以她的意志為轉移。她甚至再也沒有跟謝亞軍多說什麼，而是盡量避開他們一家，她搞不清自己是不是有點小妒忌，反正她就是想一個人安靜地走回去。這次沒能如願去工地上看望母親，也許並不是最重要的。究竟什麼才是最重要的，她自己一時也說不清。不過，等下午回到鎮上的時候，白小蘭那紛亂的思緒似乎平復多了，心裡也明朗了，至少有一件事情是她現在最想做的。

目送謝亞軍一家四口走進院門，白小蘭沒有回自己的家，而是跟著大黃蜂，逕自朝劉火家的方向去了。她的腳步始終有些蹣跚，腳底的血泡磨破了，又鼓出新的來，這一去一回少說也走了百八十里，其實人早就累垮了。昨晚露水太重了，早上醒來身上都溼漉漉的，像被雨打溼了，每個關節縫子都痠痛難忍。

現在，一旦走在熟悉的街道上，人的精神頭忽然就蔫了，疲乏和睏倦襲來，她幾乎一步一停，哈欠連天，若不是大黃蜂迫不及待地在前頭引路，她實在連一步路也走不動了。又皆因那個念想依稀支撐著，她昏昏沉沉，一步三搖，終於被大黃蜂引進這座幾乎完全被神怪化了的淒涼院落。

21

都過了吃晚飯的鐘點，人們才疲疲沓沓地從食堂裡打了那種難吃的黑麵饃饃走出來。食堂不像剛開始那陣子紅火了，想吃什麼有什麼，現在每頓飯只供應點粗糧和野菜粥，稍為去晚點就得餓肚子。

猛不丁地，大夥兒就在街角瞧見了大黃蜂。起初，都還以為是看花了眼，可等再近些細看，千真萬確，真的是那條黃毛大狗哩！有人忍不住喚了聲牠的名字，那狗就乖戾地止住了蹄爪，扭過狗頭，朝喊叫牠的人群張望兩眼，汪汪一聲，算是打了招呼，又繼續搖著尾巴，一溜煙往前跑走了。

這下，看稀罕的便三三兩兩圍攏過來，在那場大火之後，有好一陣子，誰也沒有再見過大黃蜂的影子，都以為這畜生早跟牠的主人在那場大火中葬送了。現在，不光這畜生大搖大擺地在街上走過，狗屁股後面還跟著個小女孩。當人們發現白小蘭跟著大黃蜂，一前一後走進那座傳說中鬧鬼的院落時，都禁不住倒吸一口冷氣。

大夥兒就驚恐地隔著街道，不無寒意地站在劉火家對面，

173

嘴裡不約而同地冒出好長一聲：嗬——！

這突兀的一片唏噓聲裡，包含了所有的驚訝、惶恐、疑惑和不可思議。眾人的眼光顫顫巍巍，卻又恨不得立刻穿越圍牆和院門，直接鑽進去一探究竟，可是，半晌間也沒一個人敢越雷池半步。這座破落的院子已經很久沒人進去過了，到了夜晚，這裡更是冷清淒涼得嚇人，只有幾個年事已高的老輩人，會隔三差五在半夜三更偷偷摸摸到這門口放些微薄的供品，或者，神不知鬼不覺地燒一炷短香。

人們屏息凝神地靜候在路邊，就連那群一向凶頑不羈的野孩子，這時也不得不夾起了乖張的尾巴，臉色灰暗，縮頭縮腦地擠在人群裡，戰戰兢兢地朝劉火家觀望著。

「你們說，那黃毛畜生到底是狗是鬼？」

「狗就是狗吧，怎麼能是鬼呢！」

「但不是說那畜生吃了子彈嗎？」

「興許，沒打中要害……」

「那也被火燒成灰了吧？」

「誰說不是。」

「白家女兒膽子真大，敢一個人進去。」

「你沒看見，不是她要進去，是那大黃狗把她領進去的。聽說書的講，鬼能附在狗身上，鬼想吃人的話，就指使著他的狗去招一個人進去，再慢慢吸乾那個人身上的血……」

天色慢條斯理地又暗下來一層，暮色中又多了幾幢七嘴八

舌的黑影。原本平靜無痕的街面上，猛不丁地飛旋過一片乾樹葉子，嘩啦，嘩啦，在人們腳面上很詭異地翻捲盤桓著。

「鬧鬼吧──！」剛才還在煞有介事地發表奇談怪論的人，這時突然失控似的怪叫起來，大夥兒全都被驚得魂不附體了。

「哪有……有什麼鬼……不過是些枯樹葉子！」或許，竭力要在那群孩子面前保持長輩的尊嚴，幾個男人強作鎮定地喝斥著。

「你們快看，出來了，出來了！那鬼真的……出來了！」

果然，一個虛脫脫的影子，從那空蕩蕩的院落裡走出來了。不，確切地說是飄出來的，壓根不像在走，輕飄飄的，沒一點根基，跟一片鴿子毛似的，無聲無息。黑影始終低垂著頭，黑髮辮被風吹得遮了半張臉，幾乎看不清模樣。

在場的人再度怔慎住，弄不清那黑影到底是人是鬼。

正當唏噓聲和心跳聲潦草得無可名狀時，又聞撲通一聲，黑影腳下像是被什麼東西絆了一下，就那麼軟塌塌地趴在地上了，然後，平展展的一動也不動了，那感覺真像是丟了魂，失了血肉，變成一張薄薄的無氣無力的人皮了。

霎時，圍觀的人們一哄而散，餘下幾個膽子稍壯點的，先是遠遠地看著，又戰戰兢兢地靠近了，也看清了，趴在地上的正是白小蘭，她跟睡著了似的倒在地上。

「進去的時候好端端的，怎麼一出來就成這樣了？」

「一定是被裡頭的那個死鬼吸乾了血，你看她的小臉白慘慘

的，人身上沒了血，就是這樣子！」

剩下的幾個人再度尖叫失聲：「我的天哪——還不快跑啊！」於是，全都跑得精光，誰也不敢再回頭多望一眼。

一陣秋風獵獵地從街道西頭橫刮過來，樹葉和柴草嘩啦啦地沿著街道往前跑，跑著，跑著，又突然止住，在路中央聚合一下，好像要合起夥來，永遠離開這個幾乎把樹都砍光了的鬼地方。有那麼幾片枯葉，倒是很執拗地掛在白小蘭凌亂的髮叢中，任憑風怎麼呼嘯也帶不走它們，倒像是這幾片葉子死活捨不得丟下地上的可憐人兒。

又過了一會兒，大黃蜂忽地從院裡鑽出來。似乎老遠就覺察出什麼了，牠警覺地叫了兩聲。這條如今只剩下樹坑和禿樹椿的街道空空蕩蕩、毫無生氣，家家戶戶鎖門閉窗，連個鬼影也沒有。狗盡量放低鼻頭，聞聞嗅嗅，朝路上的那團黑物奔去。

　　前面是條陰森森的又幽暗又狹窄的坑道，一眼望去漫長而曲折。在過道的頂部，每隔上那麼幾步遠，就用一根粗木槓子歪歪斜斜支撐著，像是隨時都有倒塌的危險。這裡面實在太黑了，幾乎伸手不見五指。

　　白小蘭就那麼一路摸索著走進去，後來又跌跌撞撞地跟在一個年輕男子背後，對方始終一句話也不說，活像個機械人，只能聽到那雙大腳片子踩出的撲通撲通的聲響。最初，白小蘭是被那個年輕男子帶進一座古怪而憋屈的罐籠中，然後由那罐籠載著他們，沿著一段鐵軌吱吱扭扭向下滑行，那感覺實在令人毛骨悚然，像是一下子就墜進了萬丈深淵。她生怕自己會被摔得腦漿迸裂、粉身碎骨，兩隻手死命地抓住罐籠的鋼筋邊框。那個只有兩個眼珠發亮、渾身炭黑炭黑的年輕男子，始終一聲不吭，間或會偷瞧一下她的狼狽相，不過那眼神隨即就黯淡了，不跟她有任何交流。

　　偶爾，井壁上掛著的幽暗水珠突然墜落下來，猛不丁擊打在白小蘭的臉頰上，那感覺真是驚心動魄啊！像是被冰冷的子

彈擊穿。她真想扯開喉嚨大喊大叫，可那個黑乎乎的傢伙始終不為所動，甚至連眼皮也不眨一下，就那麼冷冰冰地盯著她，像在看一隻怪物，又像這一切都是他搞的惡作劇。

白小蘭實在是有點後悔了，自己怎麼會心血來潮跑到這個鬼地方來？等罐籠停穩下來，又摸索著步行了兩三百公尺，才看到腳下有個黑漆漆的洞口，也就狗洞子那麼大點，那個炭黑無比的機械人示意她必須從這裡鑽進去，就像狗一樣。她猶豫了半天，直到那人的身體完全消失在洞口的時候，才膽怯地探出自己的一條腿。

好在腿剛一伸進洞口，腳下就搆得著一架窄得僅能容一個人的鐵梯子。她糊里糊塗地爬到梯子上，兩條腿開始莫名地發抖，雙手也被那種黏糊糊的汙泥沾住了，好不容易順著梯架爬到了洞底，眼前的情景又一下子把她震住了：一大群同樣炭黑炭黑的機械人，正藉著各自頭頂戴著的帽盔上的照射燈，吭哧吭哧揮動著一把把洋鎬和鏟鍬，他們眼前是黑得發亮的巨大煤塊，簡直像一片黑暗中汪洋的大海。這鋪天蓋地的黑，在她的眼中有了不同尋常的意義。

白小蘭這才如夢方醒，她正待在這個因瓦斯爆炸、井底出水、坑道塌方而臭名遠揚的礦井裡。而她之所以冒著生命危險爬下井來，就是為了尋找她的父親。她無論如何都要見他最後一面，她太想念他了，她有一肚子話要對他說。可眼前這些佝腰彎背、只顧拚命掏煤的男人，這些穿著又髒又破的勞動布衣

22

的黑瘦礦工，每個人都有著黝黑黝黑的面孔和黑得不能再黑的軀體，每個人都像煤炭一樣黝黑而靜默，她根本無法分辨出誰是誰，又怎麼能在他們當中找到父親呢？

在這充滿了煤塵、瓦斯和汗臭氣的深井裡，白小蘭突然變成了一個傻子、一個啞巴。她想大聲呼喊，叫出父親的名字白更生，可她的舌頭突然變短了，她的喉嚨完全被煤塵堵塞了，剩下的只有兩顆黑黑亮亮的眼珠，就像所有的礦工那樣，在死寂的黑暗中拚命地眨著、眨著……欲哭無淚。

不知又過去多久，眼前忽然一亮，一團雪白雪白的活物像是從天而降，徑直蹦跳到她的腳下。白小蘭疑惑地揉揉眼睛，沒錯，在這黑洞洞的煤井裡，居然出現了一隻鮮活可愛的小兔子，這簡直太不可思議了。

小兔子有如一顆白色的螢光球，正一閃一閃在她面前跳動。一種似曾相識的感覺油然生起，她急忙蹲下身，友善地伸過一隻手去，兔子高擎著兩隻前爪，像是在朝她微微作揖，可是當她的手指剛一碰到牠毛茸茸的身體，對方便蹦蹦跳跳閃開了。她稍一猶豫，就不假思索地追了過去。兔子跑得並不算快，恰恰相反，牠每往前蹦躂幾步，就會停下來聳聳自己雪白的小身體，等她再度靠近牠時，牠又撒著歡兒前進了。此時，她完全忽略了黑漆漆的過道，忽略了四面彌漫著的煤塵和濁氣，一心只想抓住那隻活蹦亂跳的小兔子。她心裡暗想，自己還欠著亞洲一隻小兔子呢！這下可以如願以償了。

　　七拐八拐，不知不覺間，兔子竟把她帶出了暗無天日的礦井。她剛一爬出狹窄陰暗的井口，面前就突然閃射出萬丈光芒，她的雙眼幾乎無法睜開了，覺得整個身體都被光線刺穿，要知道剛走出黑暗世界的人最怕亮光。她依稀看見不遠處有個人影正慢慢地朝她走來，腳步穩重而又遲緩。那個人身上穿著乾淨整潔的勞動布制服，新剃過的小平頭看上去很精幹，臉色青白，笑容可掬，手裡抱著的正是那隻毛茸茸的小兔子，小兔子乖巧地依偎在男人懷裡，那副嬌柔的憨態跟睡著了似的。

　　「爸爸，爸爸爸爸，爸爸爸爸爸爸……」

　　至此，昏迷了許久許久的白小蘭，終於第一次發出了微弱的聲音。那個寸步不離地守護在她身邊的少年，總算是長長地出了一口氣。這時候，一直靜靜地趴在旁邊的大黃蜂一躍而起，迫不及待地用牠柔軟熱乎的舌頭去舔白小蘭的臉蛋。

　　白小蘭睡的時間太久了，但漫長的睡眠並沒有讓她虛弱的身體徹底恢復過來。她一直被那個恐怖而艱險的夢境所困擾和糾纏著，整個人像是在黑暗的曠野中跋涉了幾天幾夜，現在終於拖著疲憊不堪的身體，眼神漫漶、心情沮喪地走回來了。

　　當白小蘭窸窸窣窣地準備從被窩裡爬起來的時候，對面那個少年終於開口說話了。

　　「妳最好躺著別動，我上去弄點水給妳喝。」

　　上去？她不明白對方為什麼會這樣說，上哪兒去？這裡又是什麼地方？那個詭譎的夢境又浮現在腦海中，尤其是她在黑

暗的礦井裡遇到的種種情形。這讓她深感疑惑，難道說自己真的是躺在那種又深又黑的礦井裡？心裡嘀咕著，她總算是能夠用惺忪疲倦的眼睛打量四周了。這一看果然不假，裡面還真是黑洞洞的，沒有門，也沒有窗戶，甚至連一絲光線都沒有，人完全憑著眼睛對黑暗的適應度來感知周圍環境的。

原來，她不是躺在一間屋子裡，而是待在一個像煤井一樣的又陰又潮的地窖裡，難怪夢境那麼奇詭。這裡始終彌漫著一股很古怪的霉味，那是蔬菜和穀物放久了才有的氣息。

她嚇得一哆嗦，猛地坐了起來，像所有遭遇綁架的人那樣，正想開口喊叫什麼時，又聽到了一陣咚咚的腳步聲。那團黑影自上而下，慢慢地從某個地方爬了進來，黑影的到來帶來了一片短暫的光亮。藉著那難得一見的光明，她驚訝地掃了一眼對方。

哦，這不正是這陣子她滿心期待最想見到的那個人嗎？她簡直有些喜出望外，看來自己真的是猜對了，他確實還活著，手臂腿腳都能動，根本沒有被大火燒死，傳言都是假的。可他的樣子著實又有些陌生，這陌生感裡甚至帶著幾分可怕，到底是哪裡出了問題？聲音分明是原先那個劉火的聲音，模樣也還是原先那個劉火的模樣，甚至連走路時的動作也一模一樣，但看起來就是有點奇怪和嚇人。

對方默默地遞過盛了熱水的茶缸子給她，她終於明白了，那種突兀的感覺是怎麼一回事了，就是那張臉。因為對方幾乎

不怎麼抬頭看她，生怕被人看到了他的怪模樣，他的頭髮已經長得很長很長了，幾乎遮住了兩隻眼窩和半張臉，或者，他是有意要用那些紛亂的頭髮來遮蓋自己的額頭和臉部的難堪，不讓別人瞧見真實的他。

「你……你臉上，到……到底怎……怎麼啦？快……快讓……讓我看看呀！」

白小蘭微弱的聲音突然變得急切而凝重，她幾乎不顧一切地撲上前去，一把將劉火拉過來，想看個究竟。

起初，對方僅僅像石頭一樣，靜默在這無聲的黑暗中，或者，只是火山爆發前的片刻寂靜，那些灼熱洶湧的岩漿，就在地底下淤積和翻滾。等白小蘭像個小母親似的顫顫巍巍伸手過去，忽然用力拉住他，仔仔細細盯視那張令人不安的面孔時，這塊沉默的石頭終於發出石破天驚般的一聲吼叫：「看什麼看，妳離我遠一點！」隨即，他就把她狠狠地推開了，她幾乎趔趄著倒在一邊。

白小蘭徹底嚇呆了。

不是對方怒吼的聲音和突如其來的蠻力把她震住的，而是她自己那匆匆一瞥的赫然發現——過去那張有著幾分桀驚和一些頑皮的臉龐上，被那兩片雞蛋大小的醜陋的瘢疤所覆蓋，那些被烈火灼傷後的皮膚，此刻似乎還散發著一股皮肉燒焦時的腥臭氣息；尤其令人感到恐懼不已的是，這張觸目驚心的面孔，在這種異常陰暗的地窖裡出現。這愈發加重了白小蘭內心的震撼和驚悚。

23

　　劉火一個人躲在地窖裡,當然,現在得加上大黃蜂了。如此一來,這個無人知曉的神祕小天地,已近乎完美了。

　　這座地窖還是父親很早以前為了儲存過冬的蔬菜特地挖下的,每年到了天寒地凍的日子,那些怕凍的白菜啦、蘿蔔啦、馬鈴薯啦,就能舒舒服服待在這個封閉溫暖的深洞裡,捱過漫長的時光。那時劉火還只是個小不點,整天小狗似的跟在大人屁股後面,看父親進進出出忙忙碌碌,看他把挖出來的泥沙一背篼一背篼往外面運送,這個神祕的洞穴就是那時無意間發現的。它就在靠近葡萄架旁的院牆根下,是一個深不見底的黑洞,裡面少說也能容納兩三個人。當時劉火只是覺得好玩,沒事老喜歡鑽進鑽出,像隻小老鼠。孩子總是喜歡類似的洞穴,那種越是封閉幽暗的空間,好像越能為他們帶來莫大的刺激和歡欣。後來幾年,經過父親幾次拓展和翻修,洞穴裡面的空間更寬闊方正了,簡直像個小睡房,放一張小床也不成問題。父親還替窖口裝上了厚厚的木板門,故意在上面堆了些木頭塊和雜物,外人是不會輕易察覺的。

多年以來，劉火總是偷偷背著父親，鑽進那孔窖裡，一個人痛快地玩耍。尤其是夏季來臨的時候，地窖裡總是涼颼颼的，通常也沒有蔬菜藏在那裡，劉火就悄悄地從外面找一些乾草秫秸和破舊麻袋片，將裡面布置得又軟和又舒適，然後再由裡面把那扇小木板門蓋好，自己就優哉游哉躺在裡面，過著神仙一樣的日子。

更多時候，因為劉火在外面難免調皮打架，惹得別的孩子哭咧咧地拉著家長跑來告狀，父親便怒火直往腦門上撞，氣衝衝地滿院子踱步，專等他回來狠狠抬掇一頓了事。閒置的地窖往往就成了這世上最好的藏身之所，劉火一個人躲在窖裡，任憑父親氣得滿屋滿院團團轉，他就是不肯出來。或許，父親一早就猜到他藏在裡面，只是出於護犢子的心理，不肯當場揭穿他罷了。對於他這樣一個男孩來說，長期沒有母親的呵護，只能用黑洞洞的地窖當避難所，至少，地窖確實讓他在很多時候不至於受皮肉之苦，或由於害怕父親揍他而流離失所。

如今，這口地窖又派上用場了。在逃離火海之後，劉火總是擔心那些拿槍的民兵會猛不丁闖進家裡，把他繩捆索綁再次帶走。要知道他和大黃蜂闖的禍可不算小，民兵們是不會善罷甘休的，最初他也想過要遠走他鄉躲避一下，可後來在家裡唯一的模糊的小鏡子裡，他無意中瞧見了自己可怕的模樣，當時真的把他自己都給嚇著了。

那天夜裡，大火驟起，要是單單他一個人跑，應該不會太

困難的，可他自然是不能扔下亞洲不管的，他一定要把小傢伙也救出去，他不得不背著那個正處於高燒和半昏迷中的孩子。火勢太凶猛了，鋪天蓋地燒來，他一個人根本招架不住。一不留神，竟被屋頂上掉下來的東西砸到了額頭，他當即就蒙了。那是一截被燒斷了的楊木椽子，在失去知覺的時候，他本能地用自己的身體護住了孩子，而那根被燒的紅通通的玩意兒，就在他額頭和面頰上吱吱作響……

　　後來，真是萬幸，他到底醒了，或者只是被烈火燒醒的。他不知道自己是怎麼從一堆肆虐的火蛇中間爬出來的，更不清楚自己怎麼還能忍著鑽心的劇痛，把謝亞軍的弟弟也背了回來。應該說，那晚他僥倖撿回了兩條命。儘管逃離了漫天火海，但他知道自己最終很難逃脫那些民兵的天羅地網，他們遲早還會來抓捕他的。就在他感到危機四伏的時刻，突然眼前一亮，那座神祕的地窖，就在昏暗的院牆根下若隱若現。

　　劉火盡量讓自己躲在地窖裡面，白天他是不會輕易走出來的，這個世界不可能比地窖裡更美好了。他從屋子裡抱來一床被褥和枕頭，就跟鋪床一樣，把地窖裡收拾得平整而舒適，人躺上去跟在床上沒什麼兩樣，只是時間長了，人會有一些寂寞，內心空蕩蕩的，這個世界變得太黑暗了。地窖裡原先就生活著一群潮蟲和螞蟻之類，還有一窩老鼠。他的突然入住，擾得那些小蟲子膽戰心驚，老鼠們吱吱叫著，很快，牠們就透過一個小黑洞，逃到別處去了。最初的幾天，他也感到有點不自

在，但他一點也不怕牠們，那些小蟲子他大可不必理睬，頂多爬到他身上臉上的時候，順手將牠們碾死或丟開。

好在大黃蜂也回到自己身邊了，狗的到來，填補了他內心無法排遣的寂寥。這條忠實的大狗，為了扒開禁閉室的木門去救他，挨了一槍，差一點就沒命了。當他一遍又一遍撫摩著狗肩胛骨處裸露著的傷疤時，內心深處總是泛起一陣陣的愧疚和憐愛。那晚他從火場死裡逃生，臉皮被嚴重灼傷，大片的血泡潰爛後，開始痛苦地結痂，大火無情地摧毀了一個少年最細嫩光滑的容顏，留給他的是永遠都無法平復的醜陋瘢痕。狗身上的彈痕和他臉上的疤痕，活像一對孿生兄弟，注定要讓他們兩個這樣相依為命。

蒼天保佑，住進來的時候，他做夢也沒想到，地窖裡竟還存放著兩小袋黃豆和一麻包玉米，這讓他欣喜若狂。不用猜，這一定是父親以前偷偷積攢下來的餘糧，都塞在一口大缸裡，為了防止老鼠糟蹋，父親還在缸口壓了一塊鐵皮板，板上鎮著塊大石頭。劉火多少了解自己的父親，那是一個憂患意識很強的男人，他嘴裡經常掛著一句口頭禪，說什麼吃不窮，穿不窮，算計不好一世窮。所以，父親好像老早就知道，遲早會有這麼一天的。現在，他之所以能夠安安靜靜地躺在地窖裡，可以舒舒服服睡大覺，這無疑就是父親的一種恩賜。正應了那句老話，倉中有糧，心中不慌。這些糧食只要節省著吃，他一個人至少可以在裡面美美地待上一年半載。

　　白天，他只顧埋頭睡覺或盡情發呆；只有到了夜深人靜時分，估摸著全鎮人都躺在被窩裡睡著了，他才神不知鬼不覺地鑽出地窖，黑燈瞎火地摸索著走進廚房，在鍋裡添點水，放兩捧豆子或玉米進去，在灶坑裡生一把柴火，開始煮東西吃。他告誡自己，不能弄出太大的聲音，更不敢讓煙火味傳得太遠，一旦水燒開了，他立刻熄滅灶火，就讓豆子或玉米悶在鍋裡。否則，那些煙火會引起別人注意的。不過，這種擔心在那群貿然鑽進來的孩子受到他的驚嚇之後，就不再是什麼問題了，因為鬧鬼的事越傳越邪乎，他家幾乎成了陰曹地府，人人談之色變，再也沒誰敢跑到這裡瞎晃悠了。

　　至於那些老輩人時不時供在院門口的一點祭品，劉火一樣不落，照單全收了，什麼果子、茶葉、餅饃、花生，甚至還有燒酒，全都是好東西啊！他小心翼翼地拿回地窖裡慢慢享用。他聽見那些老輩人嘴裡唸唸有詞，都稱他是火神，祈求他保佑全鎮平安風順。他暗自發笑，世上哪有什麼火神，這些人太可笑了。不過，這種被眾人敬而遠之的感覺，著實讓他覺得非常過癮。大家都以為他死了，變成一個無所不能的神了，這個院落也變成一座神宅了，他大可以安安生生地躲在裡面，過這種與世隔絕的清靜日子。

　　大黃蜂畢竟是狗，狗的警覺性遠比人高得多，想讓狗成天閉嘴不出聲，似乎並不容易。每當這個傢伙聳起耳朵朝外面汪汪時，劉火都會被牠搞得精神高度緊張。他一面喝斥狗，一面

撲過去，用雙手緊緊地搯住狗嘴，像竭力摀住一支高音喇叭似的，生怕牠汪汪起來沒完沒了。通常這時候，大黃蜂會變得很煩躁，眉頭深鎖，眼神哀怨，喉嚨裡嗚嗚嘶嗚著。

這次，父親在家統共沒待上幾天，就又行色匆匆地趕回工
地去了。

臨行前的那個深夜，謝亞軍在不經意間聽到父母的一番談
話，內容好像涉及一些很複雜的事情，她一個小女孩聽得似懂
非懂，單從兩個大人的語氣判斷，始終有什麼難言之隱似的。

父親在工地上大概是遇到什麼麻煩了，因為整個晚上他始
終在長吁短嘆。他說這一路上看到的村莊都歷歷在目，到處都
在搞土高爐煉鋼鐵，男人們放著田裡的糧食不去收，全都扔給
了那些女人和孩子，再這樣瞎折騰下去，後果真不敢想像……
母親則近乎乞求似的一個勁兒地勸說著，什麼「人在屋簷下不
得不低頭」，讓他「在外面千萬管住嘴，別再亂發牢騷」……
父親說，那些別有用心的傢伙，這次明著看是讓他護送家屬回
來休息，實際上是想趁機停他的職，讓他做深刻反省。父親還
說，停職也沒什麼大不了的，可惜的是攔河大壩工程才剛剛起
步，事事都要操心……母親說：「你就別成天憂國憂民的，回到
工地上一定要把自己照顧好，這個家往後還得靠你呢，萬一你

191

有個三長兩短，讓我們母子三人怎麼辦……」

這樣說著說著，母親忽然就嗚咽起來。女人的哭聲有時比最喧囂的河潮都要洶湧，聽起來著實讓人心裡難受，但很快母親的臉像是被厚厚的棉被給捂住了，一切都變得模模糊糊的，彷彿一家人只是不經意間被困在同一場夢境中。

父親前腳一走，母親的情緒又一落千丈，心情比以往任何時候都更加憂鬱了。白天，母親在屋裡待不住，總是一聲不響地離開院子，去這裡轉悠轉悠，去那裡轉悠轉悠，或者乾脆一個人呆呆地站在院門口，長時間朝西面張望，好像父親很快又能回家團聚了。這次，弟弟倒是變得老實多了，他不再像以前那樣貪戀著出門玩耍，頂多在院裡逗逗坦克，用柴草棍搔一搔狗的鼻子和耳朵，惹得狗直打噴嚏，眉頭皺得跟小老頭一樣難看。

坦克整天都被牢牢地拴在院裡，父親臨行前再三叮囑姐弟倆，幫媽媽看好這個家，別再放狗出去給媽媽惹禍。坦克整天心神不寧，來來回回在院牆根下使性子躥動，鐵鍊子扯得嘩嘩亂響；夜裡牠又總是對著牆外面的街道，一個勁兒地瞎咬亂叫。有時，實在是把母親惹火了，逕自衝出去罵牠是條瞎狗，見天就知道瞎汪汪，說再不老實聽話，就把牠攆出去，再也不要牠了。或者，不分青紅皂白當頭給牠兩棍子，坦克就委屈得跟女孩似的，低眉耷耳地嗚嗚幾聲，短時間內不敢再造次了。

過了兩天，謝亞軍終於見到了白小蘭。

在經歷過那樣一種漫長的昏迷之後，白小蘭的臉上或眼神裡，就多出一種以前沒有過的東西，那是一個人在大病初癒後所表現出的虛弱和滄桑感，整個人突然就像長大了幾歲，再也不是過去那個總是一副怯懦和憂鬱的樣子，憔悴的外形不經意間流露出幾分淡然和冷靜，甚至還有些許頓悟。

謝亞軍後來只簡單地詢問白小蘭這兩天跑到哪去了，害得她滿世界都找不著人。白小蘭支支吾吾，最後只好撒了一個不算高明的謊，說是那天看到謝亞軍一家團聚，她羨慕得不得了，最後還是決定再去工地看看母親。

謝亞軍狐疑地問：「就憑妳一個人？」

白小蘭便顯得很窘迫，她太不善於撒謊了。可謊言一旦出口，就不能馬上終止，她只好硬著頭皮，繼續支吾著編造下去，說：「那天自己剛走到半途中間，忽然迎面碰上母親娘家的一個什麼親戚，後來就跟著那個親戚去家裡小住了兩天。」

謝亞軍始終盯著對方的眼睛，最後不溫不火地說：「那就是說，那晚妳沒去過劉火家了？」

一提到「劉火」這兩個字，白小蘭便心慌意亂、無言以對，眼皮隨即耷拉下來，她幾乎不敢再跟謝亞軍對視一下。

「我……我……沒……沒……沒……」她的結巴毛病突然就變得更嚴重了，幾乎再也不可能說出一句完整的話來。

謝亞軍什麼都明白了，一切都毋須再追問了。

白小蘭匆匆跟她交換了一下無可奈何的眼神，最後還是守

著那個所謂的祕密無可奉告。

　　整個屋子的氣氛要多尷尬有多尷尬。

　　她倆之間頭一次出現了裂痕——這種裂痕並沒有就此終止，而是像開春時節冰面上悄然裂開的一道縫隙，隨著時間慢慢推移，繼續向遠方延伸開去。以至於過了好長一陣子，兩個人誰也不去找對方，都沉浸在各自的憂傷中無法自拔。

　　頭場鵝毛雪趕在立冬前降臨了，雪一旦飄起來，就跟萬千雙手在頭頂上撕棉扯絮般沒完沒了。

　　等天空不再丟那種毛茸茸的大雪片子時，肥厚臃腫的白街道上，便有影影綽綽的黑點在艱難地移動了──那是早先被抽調到工地上工作的人，他們陸陸續續返回鎮上來了。大雪一落，地凍天寒，大壩那邊也就只好停了工。

　　白小蘭覺得，母親像是八輩子沒睡過一個囫圇覺了，人一進家門，便歪歪斜斜倒在被窩裡，連一句話也不跟她說，只顧蒙起頭來大睡。

　　這一覺差不多持續了一天一夜，屋子裡漸漸地充滿了母親溫暖的氣息，這種熟悉而久違的氣味，讓做女兒的心裡多少感到踏實一點了。母親隨身帶回來的行李捲就擱在那裡，看上去灰頭土臉的，像條奄奄一息的土狗，一聲不響。

　　直到翌日晚飯光景，母親才懶洋洋地從被窩裡坐起來。

　　這時，白小蘭剛好空著兩手，從外面進屋，她的小臉凍得一塊青一塊紫，一副病懨懨的流浪貓模樣，眼神中透著揮不去

的淒惶之色。

食堂徹底斷炊了，就連前一陣最難喝的麩皮湯也喝不上了。她原本打算早點去食堂排隊，好替母親打點吃的端回來，可到了那邊才知曉，現在連一粒糧食也拿不出來，食堂再也辦不下去了，讓大家回家自行解決。

人們全都傻眼了，霜打的茄子蔫巴了，唯獨空碗盆刮得咣咣響，空肚子咕咕直叫喚。原以為大食堂能永生永世開辦下去呢，可才紅火了半年光景，就吃了個山窮水盡。工作幹部倒說得輕巧，讓大家自己回去想辦法，稻米在哪裡？白麵在哪裡？鍋碗瓢盆又在哪裡？早知現在，何必當初呢！這年頭真是有理也沒處講，橫豎都是上面說了算。

天氣冷得嚇人，屋裡還沒來得及點爐子。關鍵是，去年冬天家裡燒剩下的一小堆煤，也讓那些工作幹部上門徵去煉鋼鐵用了，想生爐子簡直是痴心妄想。往年這時候，父親總是能想辦法從礦上運送一點煤回來，如今再也不要奢望。白小蘭聽見母親說天無絕人之路，活人還能被尿憋死不成？她才遲疑著轉身走到屋外。

大雪把整座小院子蓋得嚴嚴實實，所有東西都藏得好深好深，她東看看西瞧瞧，半天也沒有任何發現。母親又在屋裡喊著：「妳磨蹭什麼呢，還不快找點劈柴來燒火，想凍死老娘啊！」白小蘭這才從屋簷下直衝進雪地裡，腳下咯吱咯吱響著，每個腳窩子都是一個大深坑，她忽然想起牆根下確實堆著一些

雜物，只是現在都被厚雪蓋住了，那裡應該有些能派上用場的東西。

她哈著噝噝白氣蹲下身去，竭力伸出凍得硬邦邦的手指，扒拉雜物堆上的積雪，雪一沾手就化，溼乎乎的，一股火辣辣的刺痛迅速傳遍因飢餓而顫抖的身體，她沒工夫在乎手上的感覺，只顧用力扒拉那層厚厚的積雪。謝天謝地，這裡還真的有幾塊可以用來生火的木頭板，她像發現了一大塊寶石，趕緊撿起幾塊緊緊摟在懷裡，然後起身，飛也似的往屋裡跑。

門前臺階上的雪太滑了，一不留神，腳下就打了個邪惡的出滑子，整個人便仰面朝天跌翻了，手裡抱著的東西，全都稀里嘩啦撒出去。母親聞聲推開屋門，見她展展地躺在雪地裡，就鼻子沒好氣地哼了一哼。

「沒用的吃貨，真是白養了妳十來年，就是養條狗也比妳強……」母親訓人時的樣子好凶。

白小蘭不敢怠慢，急忙翻身爬起，不顧屁股蛋和大腿摔得生疼，趕忙去拾撿散落的木頭板，手指頭凍得不聽使喚，想抓住一塊地上散落的東西都要費些工夫。自從父親歿了，母親的脾氣一日比一日壞，尤其是對派她去工地上煮飯這件事，始終耿耿於懷。就在上次出發前，母親還在屋裡嘟嚷了老半天，說什麼自己一個寡婦，還得拋頭露面去受那號罪，那些工作幹部的眼睛，簡直都塞進褲襠裡了。

當時，白小蘭幾乎不敢往下聽，覺得母親的話好反動。「反

動」這個極厲害的詞，早就成了鎮上大人小孩的口頭禪，只要覺
得對方言行稍有出格，便大可以拿「反動」這頂大帽子扣在他們
頭上，被扣上反動帽子的人，從此就得乖乖地夾起尾巴做人。
她當然不想也替母親戴這樣一頂大帽子，可母親那話說得確實
有點慌人。

　　灌了滿滿一屋子煙，母女倆又流眼淚又咳嗽的，最後好歹
是把小爐子生起來了。乾木頭板在爐膛裡呼呼喘著粗氣燃燒起
來，濃煙順著煙囪管嗚嚕嚕地往屋外遊竄，屋簷下黑煙彌漫開
來，像一條黑色挽紗不祥地飄舞著。

　　在這個大雪封門的晚上，母女倆相依為命，圍著火爐子坐
定，出神地看著爐火在眼前轟然跳躍。屋子裡的光線越來越明
豔了，牆壁上跳閃著母女倆瑟瑟發抖的身影。

　　這時候，母親那張好看的鵝蛋形臉變得紅撲撲的，丹鳳眼
角閃著溫柔的光彩，剪髮頭齊頸披散下來，舊棉襖裹著她那起
起伏伏的胸口，模樣就像電影裡的一個女演員。母親盡量用雙
手抱緊自己，好像這紅紅的爐火依舊無法溫暖她那凍僵了的身
子。地上還有一坨一坨黑溼的腳印，那是白小蘭剛才進出時帶
回來的雪塊。此刻它們靜悄悄地融化了，浮水印還匍匐在地面
上，在火光的映照下明晃晃的，又像復活了，有了新生命。

　　母親烤了一會兒火，連著打了好幾個噴嚏，她扭過頭去用
力擤了擤鼻涕，等回過身時，棉襖的袖口還在鼻孔前來回擦了
擦，然後，整個人才像是真正回到慘澹的現實光景中了。現實

就是，在大壩工地上，人們可以頓頓吃上黑麵饅頭，喝上熱乎乎的菜湯，食物都是有定量的，時不時還能開一半次小葷，吃肉喝骨頭湯，那是打狼隊捕獲的美味獵物；可現在回到冷淒淒的家裡，這些待遇統統沒有了。

後來母親不再圍著火爐烤火了，她開始在家裡翻箱倒櫃，好像這幾間房子裡總會有意想不到的東西，她從這個屋子闖進那個屋子，最後又從堂屋鑽進了廚房。自從鎮上辦起了食堂，家裡的廚房就被閒置起來，裡面到處都是比銅鏰兒還厚的灰塵，討厭的蜘蛛把牠們的絲網織到了窗戶門框和房梁上，母親一進去，就被惱人的蛛網罩住了，臉上像爬滿了雀斑，氣得她哇哇亂叫：「真他媽倒了八輩子血楣！這到底是個什麼世道啊？」她一面氣急敗壞地用手揩抹頭臉上黏糊糊的網線，一面狠叨叨地抬起腳來，用力踹那空洞的灶口。

白小蘭無奈地想，家裡那兩口鐵鍋早變成了黑黑的鐵錠，現在恐怕已經被製造成一顆堅硬無比的炮彈頭，專等有朝一日去收拾美帝和老蔣呢！這樣想的時候，心裡竟有種莫名的自豪感。

整個小鎮都跟白小蘭家的境況相似，那些剛從大壩工地跑回來的人，都得面臨沒飯吃沒火烤的殘酷現實，而他們的家庭成員正飢腸轆轆地等著他們回家想辦法呢！剛開始聽到食堂關張的消息，大家還都在觀望，認為上面不會坐視不管，堂堂的公家大食堂，哪能說開就開、說停就停呢？大概是一時遇到

了什麼困難，過兩天一定能解決好的，要相信人家工作幹部的能力。因此，每天一到飯口，總有三三兩兩的人在食堂那邊駐足，伸長了脖頸等好消息，可日子一天天滑過去了，事態沒有一絲回轉。很快，就連那不可一世的土熔爐也熄了火，被聘來的老鐵匠也不見了身影。種種跡象表明，再也不會有現成的公家飯吃了，大家成天餓得前心直貼後脊梁骨，誰還有力氣去煉鋼燒鐵呢？

突然，母親幾乎神經質地撲向床腳，伸手去翻她拎回家來的那只行李捲。她三下五除二就把上面的綁繩解開了，被子和衣物逐層散開，一只比書包大點的粗白布口袋露了出來，看那鼓鼓囊囊的樣子，很有點神祕的味道。白小蘭的心一下子就提到了嗓子眼，又緊張又害怕，她萬萬沒想到，行李捲裡竟然夾帶著這麼個東西。

母親如獲至寶，把那一小袋東西摟在懷裡，像摟著一個還沒足月的嬰兒。她回頭看了看女兒，謹慎地朝家門方向望去。

「妳快去，把院門反鎖死，萬萬別讓旁人進來！」

白小蘭一愣，母親的口氣不容置疑，她急忙撒腳飛奔出屋。由於跑得太猛，整個人差點要跌倒了。院門被厚厚的積雪擋著，她費了好大的勁，才終於嚴絲合縫，她手指哆嗦著插上門閂，又拿來一根掃帚硬頂上去。等她再回屋的時候，那個她每天打飯用的土黃色琺瑯飯盆，已經四平八穩端坐在火爐上了，盆裡煮了水，火舌頭嗚嗚地舔著盆底，發出吱吱的聲響，

嘶嘶白氣開始升騰彌漫。

　　白小蘭的肚子立刻條件反射，咕咕作響，好像盆裡燒的不是水，而是香噴噴的白米飯。這時，就見母親小心翼翼地解開那只白布袋，先把右手在褲腿面上蹭了蹭，虔誠地伸進袋口，在裡面摸索了一會兒，才終於下定決心，猛地抓出一把，又捨不得似的，在袋口晃了幾晃，確信不可能有一粒米散落時，才迅速地將手裡的寶貝投進即將燒開的水盆裡。

　　水面立刻動盪起來，那些金黃金黃的小米粒，真像一顆顆耀眼的金沙沉入盆底，水面上漸漸浮起一層細碎朦朧的乳白色泡泡，接著白開水就變得渾濁起來了，沸騰的熱氣中彌漫出一絲絲甜潤的米香，香味越來越濃，整個屋子幾乎快要盛不下了。

　　白小蘭的呼吸都有點急促了，兩隻眼睛一眨也不眨地盯著咕嘟咕嘟冒水花的琺瑯飯盆，心裡忽然有種說不出的喜悅和溫暖。若不是母親大老遠地捎回這點珍貴的小米，這個寒冷的冬夜，母女倆可真得餓肚子了。

26

　　一個人在黑暗中待得太久了，注意力就會發生許許多多奇妙的變化，聽覺越來越好，嗅覺越來越靈敏。過去耳朵裡從來沒有聽到過的細小的聲音，現在聽得真真切切，就連那些螞蟻磨爪子的沙沙聲，也能聽得好顯亮；那些從地窖四周散發出的氣息，有泥土的、沙粒的、石頭的、樹根的，還有死了很久的蟲子的軀殼，天熱時老鼠脫落的幾團灰色茸毛，各式各樣蟲豸留下的小糞便，現在都能用鼻子嗅得一清二楚。這些在黑暗中可幫了劉火不少忙呢。

　　外面的氣溫一天比一天低，蟄伏在地窖裡的蟲子都開始冬眠了，可由於劉火和大黃蜂成天待在裡面，這些傢伙就在迷迷糊糊的本能中躁動起來。一隻威風八面高擎著觸鉗的黑蠍子，從某個罅隙裡陰險地爬出來，劉火立刻能準確無誤地用一根小樹棍，啪地擊中對方的頭部，以免這傢伙神不知鬼不覺地爬到自己的身上，或乘機在他裸露的脖子和手背上狠狠地螫上一口，那可就倒大楣了；一隻多腳的淺褐色蜈蚣，悄無聲息地順著牆壁躥上躥下，就像一個訓練有素的敵特，專門鑽進來刺探和收集情報，而他根本毋須睜大眼睛，就能用一根手指頭，輕

而易舉地將對方碾死在土牆上。至於那些猥瑣的潮蟲、傻乎乎的搖頭蟲、黑不溜秋的甲殼蟲，還有張牙舞爪的蜘蛛更是不在話下，這些小東西統統被他弄死，替大黃蜂做了可口的美味。他覺得自己簡直就是這個暗黑小世界裡的國王，一切生殺大權都由他掌控。

可是也有睡不著的時候，這種時刻劉火覺得自己活像是長了孫行者的火眼金睛，他會孤注一擲地對準地窖的頂部或四壁，有時盯住一看好久好久，看著看著，奇蹟往往就發生了，那裡的一顆光滑的石子或碎瓦片，開始隱約發亮，那種亮光並不十分顯眼，就像黑色的彈珠鑲嵌在泥土中，或者更接近一隻老鼠的黑眼珠，發出幽暗而水靈的微光。後來他慢慢發現，整間地窖的頂部和牆壁都有這種微弱的光芒，好像夜空裡的繁星，一閃一閃，幾乎照亮了他這整間宮殿，讓他可以無休止地沉浸在對光明的嚮往中，對過去無憂無慮、自由自在生活的長久回憶中。

這種回憶無休無止又漫無邊際，經常攪得他黑白顛倒，神思恍惚，卻又無法自己。有時，他真想不顧一切，衝出這該死的地窖，一路奔跑著衝上鎮街，在主街和輔街之間來回奔跑，高聲喊叫：「我還活著，我根本沒死，你們這些愚蠢的笨蛋，都睜大眼睛瞧瞧吧！」好讓整個世界都能聽到他的吶喊。而且，還要帶上大黃蜂，沒有狗在左右，那會讓他的存在感大打折扣，對眾人來說更缺乏說服力。他要跑在前面，讓狗跟在後面，還

得讓狗不停地汪汪吠叫；或者反過來，就讓大黃蜂帶著他，一口氣跑到小鎮西面那片幽靜的密林中去，那裡曾留下了太多太多值得他回憶的東西。

可是，當他異常衝動地剛剛從地窖露出頭來，這種汪洋恣肆的奢望和狂想，頃刻間就土崩瓦解、灰飛煙滅了。他下意識地摸摸自己的臉頰和額頭，那種疙疙瘩瘩的傷疤，那種又紅又亮的灼痕，讓他立刻就像當頭挨了誰一大棒，整個人一下子就被打回到殘酷冰冷的現實中。他突然死了一般委頓著，就像被他隨手碾過的什麼蟲子，一時退卻了，整個身體急劇抽縮著，像一隻被無聊的人戳刺後緊縮起來的毛毛蟲，可憐兮兮。

他知道，老天爺再也不會把自由自在的日子還給他了。那場大火幾乎毀掉了一切，也沒收了一切。他年紀輕輕，身心也不夠強大，可是愛美之心哪個人沒有呢？醜陋的東西誰人不鄙視和嘲笑呢？尤其是一想到要去面對鎮上那群頑劣的孩子，那群總像碎嘴麻雀一樣嘰嘰喳喳跟在他屁股後面的玩伴，他就膽怯得像隻不敢見天日的小老鼠，只能在洞中望而卻步、鬱鬱寡歡了。

有些時候，他也會莫名地想起一個人，一個跟鎮上所有的女孩都不一樣的女孩。她在學校穿著任何女生都沒穿過的漂亮的連身花裙子，那幾乎是一次偉大的創舉；她的馬尾巴總是梳得齊齊整整，而且還會在腦後繫一條雪白雪白的手絹，這也是鎮上的女孩從來不捨得、更不懂得的洋氣之舉；她白皙的後脖

204

頸上，總繚繞著幾根透亮的髮絲，就像湛藍的天空偶爾飄過的一絲輕盈的雲彩，美得叫人不敢出聲，不敢多看。

每一次，只要稍稍往女同學那邊瞧上一眼，他的身體頓時就會變得焦渴，像被驟起的天火燒焦的樹幹，劈啪作響，迅速喪失了水分，停止了呼吸，渾渾噩噩，不知所終。他不明白自己到底是怎麼了，過去他的膽量確實很大，遇事從不會退縮逃避，對那些女生更是不屑一顧，可自從這個叫謝亞軍的女孩轉到班上，他整個人都變得莫名其妙、患得患失了。

「我八成是得了什麼病吧，好像還病得不輕呢！」他枕著自己的雙手，躺在地窖裡胡思亂想，間或自言自語。在這之前，他確實和她有過許多次接觸，他倆有過過節，有過不悅，但似乎又不乏歡悅。總之，在他內心深處，所有的不快和歡樂的時光，都讓他著迷並心馳神往。

至於那個白小蘭，他對她的感覺是完全不同的。興許他們同居一座小鎮，打小就相熟了，後來又在一個班上念過幾年書，很多時候他更樂意把白小蘭當小妹妹看待。那天是大黃蜂跑進來叼住他的袖子，硬把他從地窖裡拖了出去，否則，他怎麼會知道白小蘭暈倒在街邊呢？所以，與其說是他幫了她的忙，不如說是大黃蜂救了白小蘭。當然，他也絕不會袖手旁觀，對於這兩個女同學，不管她們遇到什麼樣的困難，他都會毫不猶豫地伸手相助的，這一點毋庸置疑。

思緒總是那麼恣肆漫漶，一如河水正在嘩嘩漲潮，起起伏

伏又斷斷續續。然而，入侵者的打擾忽然又來了。那窩狡猾透頂的老鼠，起初牠們都被劉火的動靜給嚇跑了，現在領頭的老鼠又兩次三番地偷偷鑽進來，賊頭賊腦地窺視他，好像膽小怕事的鄰居，經過深思熟慮，終於戰戰兢兢地上門來拜訪他了。抓住老鼠可不是件容易的事，牠們速度快極了，而且，個個都是鑽洞的行家，稍有風吹草動，這些傢伙就會溜之大吉。劉火只是在黑暗中注視著老鼠的一舉一動，或者猛不丁地發一聲喊，拍兩下巴掌，對方便逃之夭夭了。

但過不了多久，老鼠們又神祕兮兮地出現在腳下。這次，似乎距離他更近了，好像非要弄清他這個人似的，尤其是他的面孔。這讓他十分惱火，真是應了那句話，虎落平陽被犬欺啊！連這些老鼠也來欺負他了。經過幾番靠近和試探，老鼠也許發現了，牠們的對手一點也不可怕，畢竟是個十二三歲的少年，還沒沾染上成人的凶惡。

這個時候，劉火真想立刻消滅掉這些搗蛋鬼，畢竟牠們是要跟他搶奪地盤的，最重要的當然還是那些金貴的糧食。他不得不重新考慮儲藏在缸裡的那些珍貴的黃豆和玉米，那可是父親留給他的最大一筆財富，他認認真真地檢查了那口大缸，果不其然，就在缸底最下端，找到了一個不易覺察的小孔，那恰好能鑽進一隻老鼠，由於這口缸有半公尺多深是埋在地裡的，這個發現讓他大吃一驚，原來這窩老鼠就是守著這份家業坐享其成的。幸好，他多長了個心眼，不然的話，父親藏在這裡的

糧食，遲早都要替老鼠們做善事了。於是，他趕緊從院裡找來跟小孔大小相似的石塊，硬生生地塞進去，徹底堵住了那個盜竊慣犯的入口。這樣一來，他又可以高枕無憂了。

入侵者的反覆騷擾倒也恰好提醒了他，老鼠是為糧食而來的，可這個由父親親手挖好的地窖，難保不會被鎮上的什麼人發現，一旦他們摸進院子貿然闖入，自己弄不好就得束手就擒了。他覺得自己必須學得比老鼠還要精明，得時刻替自己留一條後路，也就是說，在必要的時候，他能迅速地從地窖中逃脫，而又不會被任何人發現或逮住。

地窖四周的土質並不很堅硬，基本上都是由黃土沙子和碎石混凝而成的，只要能找到一把鍬或鋤頭之類的工具，他就可以馬上動工了，他打算從地窖的最裡面開挖，挖一條很長很長的通道，最好能一直通到外面的田野裡去。他甚至想到國文老師曾在課堂上教過的一句成語——狡兔三窟。沒錯，人家兔子尚且如此，難道自己還不及這些吃草的小畜生？

當他小心翼翼地爬出地窖，在自家的屋裡院裡拚命尋找工具的時候，才意識到家裡僅有的一把生了鏽的鐵鍬和一支破破爛爛的鐵皮簸箕，早就被收走了，現在這些寶貝十有八九被土熔爐燒化了，煉成了不可一世的鐵錠。想到這裡，他幾乎惡狠狠地搧了自己兩巴掌，當初怎麼那麼傻呢！人家工作幹部一上門來，他就自覺自願毫無保留，把家裡僅有的鐵東西都拱手送出了，好像生怕晚一步，會被他們扣上不積極不革命的帽子。

「哼，積極有個屁用，革命也不能當飯吃！」

此刻，他恨自己當初蠢得可笑，積極得過頭了。他上天入地也找不到可用的工具，真的把他急得抓耳撓腮、飲食俱廢。一整天的時間就這麼白白浪費掉了，直到晚上，他再次走進廚房準備食物的時候，瞧見擱在爐臺上的一只用來盛水的瓦罐，他簡直欣喜若狂，幾乎像遇見了救星，忙撲上去雙手抱住瓦罐，高舉過頭頂，用力往地上砸下去。

瓦罐頓時四分五裂，效果比預想得還要好。他就像歷史教科書上說的最原始的猿人，發揮主觀能動性和聰明才智，親自動手製造了不起的工具，那些有著鋒利刃尖的瓦片，恐怕比舊石器時代的任何工具都要強上百倍。

劉火終於可以歡天喜地地鑽進父親的地窖裡，神不知鬼不覺地實施他個人的「狡兔工程」了。這個晚上，他甚至沒有工夫喝一口水，更沒有吃一粒煮豆或燜玉米，他覺得自己渾身上下有用不完的力氣，求生的欲望太強大了，促使他平生頭一次揮汗如雨而不知疲倦。

　　亞洲總是覺得，自己現在像極了一隻小老鼠，雖然內心時刻潛伏著種種不安，可還是會戰戰兢兢地爬出洞口，想去外面轉一轉看一看。

　　自從媽媽帶著亞洲去了一趟大壩工地，這個小傢伙對外面的世界就產生了從未有過的困惑和懷疑。孩子原先一直以為，爸爸在外面一定是很威風的，就像電影裡的某個大人物，總是左手神氣地卡在腰際，並向前微微腆著腹，右手筆直地指向遠方；一大群黑壓壓工作的人被爸爸差遣得滴溜溜轉，每一個人都是爸爸手下的小兵。爸爸就是他們的最高統帥或將軍，想讓他們做什麼，只要動動嘴皮子，他們就得老老實實做什麼，而且個個還得規規矩矩地向爸爸行軍禮打立正呢！

　　可是，亞洲跟母親去那邊看到的情形，卻根本不是這樣子的，甚至一切都是相反的，爸爸好像跟那些灰頭土臉的工人沒什麼區別，別人搬石頭他也去搬石頭，別人掄洋鎬他也去掄洋鎬，別人大汗淋漓他也汗流浹背。更可氣的是，還有人敢朝爸爸指手畫腳，一會兒喊老謝快帶幾個人去卸車，一會兒說老謝

你能不能再抓緊點時間,別磨磨蹭蹭的……總之,爸爸每天在那裡忙忙碌碌,簡直就是一顆被皮鞭不停抽打著的陀螺。亞洲後來忍不住問過媽媽,可她也只是含糊其辭地說:「小孩子家懂什麼,革命工作哪分高低貴賤,人家讓你爸爸做這做那,說明你爸爸最能幹最有本事。」媽媽儘管嘴裡這樣說,可孩子還是能從大人的眼神裡看出點什麼,他覺得媽媽在撒謊,說話沒有底氣,眼光始終飄乎乎的。其實,媽媽跟他一樣迷惑,一樣不安,一樣難過。這些他都能感覺到。

白小蘭已經好幾天沒來家裡玩了,姐姐好像也絕口不再提她,這讓亞洲有種很不好的預感。

孩子在工地的時候,也見過白小蘭的媽媽。那個女人偶爾也會悄悄地來到他身邊,跟地下黨接頭似的,很神祕地塞給他一點好吃的,有時是一塊煮熟的上面還掛著晶亮皮凍的駱駝肉,有時是一片黃亮黃亮的玉米麵發糕。這個女人成天跟十幾個婦女替工人們做飯吃,每天不停地和麵啊、烙餅啊、蒸饅頭啊、熬菜葉粥啊。孩子注意到,她的一雙手皸裂得好厲害,她的面容又黑又瘦,她身上的衣褲油漬麻花,就連看人的眼神也有氣無力,再也不像以前在家的時候,總是把自己收拾得漂漂亮亮、香氣撲鼻,現在滿身都是油煙子味。不知怎地,孩子就覺得心裡很難過,他甚至開始討厭工地,討厭正在轟轟烈烈修築的攔河大壩,他覺得那些像黑螞蟻一樣不停工作的人真可憐,當然也包括自己的爸爸和白小蘭的媽媽。

210

白小蘭家的院門緊閉著，裡面鴉雀無聲的，亞洲苦苦敲了半晌門，也未有一絲回應。等他垂頭喪氣轉過身時，那群頑劣的孩子早已經把他團團包圍住了。

亞洲的身體不由得晃了幾晃，一陣眩暈從頭到腳襲來。一方面，媽媽說家裡存下的糧食不夠塞牙縫的，每頓飯僅僅能喝幾口清湯寡水的稀米湯，碗口都能照清人的鼻子眼睛，肚子裡老是發出嘩嘩的水響；另一方面，他確實被這種凶巴巴的目光給震住了，他們都是狠狠的不懷好意的模樣。

這些傢伙上上下下打量著亞洲，每個人都露出一種奇怪的表情，那通常是野獸對獵物的高度警惕和齜牙咧嘴地審視，好像這個六七歲的小男孩就是一頭小怪物，是叢林中的一個小另類，甚至是一個早就死去的孤魂野鬼，他的存在正時刻威脅著街道上的安全。

亞洲被盯著看毛了，渾身開始起雞皮疙瘩，脊梁上冒冷氣。他想立即扭頭跑開，可包圍圈立刻縮小了，他成了陷阱中在劫難逃的小兔子，上天無路，下地無門了。

「喂，小瘸子你到底是人是鬼？」

「小反革命，你還有臉到處亂跑！」

「快說，你跟那個死鬼劉火是不是一夥兒的？」

「場院上的火是劉火那傢伙放的吧！你是不是他的幫凶？」

「今天再不老實交代，你就別想回家……」

亞洲眼圈就在驚恐中開始泛紅了，嘴角微微抽動著，兩隻

褲腳也瑟瑟直抖。那些目露凶光的大孩子，反倒露出一絲惡作劇時的壞笑，好像讓一個小傢伙感到恐懼，本身就很有成就感，因為這種風氣正在大人們中間盛行。緊接著，幾隻髒兮兮的手將亞洲推過來搡過去，孩子彷彿是處在疾風惡浪中的一葉小舟，身體左右前後搖擺個不停。

「說話呀，你啞巴啦？怎麼不說話！」

「小癟子你哪來那麼多尿（即淚水）啊！」

「像個愛哭鼻子的小丫頭，快摸摸他，看他褙裡到底有沒有小雞雞。」

「嘿嘿嘿嘿……」

一夥兒人七嘴八舌七手八腳不停地戲謔他，逗弄他。亞洲真想大哭一場，是可忍孰不可忍，可淚珠子打了幾個轉圈後，終究沒有灰溜溜地迸出來。被這樣無禮地當成小丫頭任意耍弄，著實讓他感到莫大的恥辱和惱火了。

最初，亞洲確實畏縮得像隻接受批鬥的小老鼠，總想找個地縫鑽進去，逃之大吉。可當那受辱後的小心靈一再受到震顫，怒火讓周身熱血沸騰時，就陡增了一股男孩子特有的野性和勇氣。他可不是什麼小女生，他是個男子漢，爸爸前幾天還刮著他的小鼻頭說，小男子漢以後可得堅強一點，不管發生什麼事，都別動不動就哭鼻子抹眼淚。他當時可是點著小腦袋瓜，很鄭重地答應爸爸了，父子倆還互相勾了勾小拇指。一諾千金，一百年都不能變，誰變了誰就是小狗。

　　這樣想時，亞洲單薄的小胸口，幾乎快被那種屈辱和羞憤掙破了，炸裂了。一股前所未有的蠻力和勇猛，讓他終於無師自通，他忽然將自己的腦袋變成唯一有力的武器，並且，十分激奮地撞向對面的敵人。哎喲哎喲！——這個辦法果然奏效，有人當即被頂得四腳朝天，躺在被亂腳踩得汙濁不堪的雪地上，嗚哇大叫。

　　沒等其他人反應過來，孩子的腦袋已如堅硬的炮彈，再次加足火力鏗鏘出膛了。與此同時，他那小嘴怒張著，喉嚨嘶吼著，拳頭緊攥著，眼光裡似乎也凝聚了對方那種狡猾和凶殘的東西。這些都是被逼出來的，這一次發起的大反攻，更讓那些糾纏者大驚失色：這孩子簡直就跟一頭發了瘋的牛犢一般，近乎野蠻地衝擊每個人……

　　事實上，院子外面發生的一切，都沒逃過白小蘭的耳朵。亞洲最初來她家敲門的時候，她就聞聲從床上爬了起來。她趿拉著鞋已經走出了屋門，母親從身後一把將她拉住了。

　　「給我回來！往後我們離謝家人遠遠的！」

　　白小蘭疑惑地回頭看看母親，不明白她為什麼這樣一反常態。母親咬了咬嘴唇，像是要說出一個天大的祕密，可過了半晌，又不吱聲了，只是硬生生地把她拖回屋去，反手閂牢了屋門。不知怎地，母親的嘴臉，讓白小蘭又兀自想起謝亞軍經歷過的那場可怕的災禍，她真希望這一切都不曾發生過，而謝亞軍此前對她講述的只是一個虛無的故事，只是用來嚇唬她的。

白小蘭後來就那麼忐忑而焦灼地趴在堂屋的窗臺上，外面的喧鬧聲此起彼伏，她能分辨出哪個是亞洲的聲音。那群壞蛋不依不饒，可憐的小傢伙開始嘯叫了，她的心就跟著亞洲尖銳的叫喊聲狂跳不止，她真想不顧一切地衝到街上幫他，很多時候，她覺得那個小傢伙就像自己的親弟弟。母親當然不可能再為她生個弟弟了，可她渴望能有個弟弟，那該多好啊！

　　這時，母親忽然又在身後自言自語了：

　　「瞧著吧，這回謝家的人要倒大楣了！」

　　白小蘭驚愕地瞪大了那雙黑黑的眼睛，由於過度緊張，她那瘦削的臉頰和鼻翼兩側的小麻點，一時間都跟著抖動起來，像是要從面皮上滑落了。而母親那雙漂亮的丹鳳眼，卻顯得有些空洞，彷彿她所說的這些話，根本不值得誰大驚小怪。

　　「我們離開工地那天，謝工程師就被一輛電驢子（機車）帶走了，聽說是縣委請他去交代個人問題……這年頭還不都是泥菩薩過江……」

　　白小蘭再也不想聽母親絮叨下去，她下意識地用雙手摀死了自己的耳朵。

　　冬天不去，春天不來。

　　眼看到了三月頭上，大地也沒有一絲回暖的跡象，樹梢頭還是那麼黑枯枯的，了無生氣。這個春天不是大家想要的那種春天，這樣的春天前後有三個，它們像黑的老鴇一個接著一個到來，事實上，人們根本無法區分開來，三個春天後來完全混在一起了。

　　之前的那段日子，人們手頭多少還有那麼點存糧，起碼能夠偷偷摸摸熬口稀米湯喝的，可是打年關起，家家戶戶基本上就斷頓了。大白天，街上也沒閒人出來走動了，飢餓所帶來的普遍性的浮腫和乏力，讓整個小鎮變得死氣沉沉，像座墳場。

　　虧得那棵老榆樹大難不死，大家實在也是難抵饑荒了，便鬧哄哄地爭著搶著去剝那榆樹皮。據說，榆樹皮富含膠性和糖分，把這種東西剁成碎塊，再磨成粉末，撒在熱水裡就能熬出灰褐色的糊糊來，這種像鳥屎一樣的糊糊，喝進肚子也能飽一會兒。

　　一眨眼間，距離地面最近的那圈乾樹皮，就被人們剝了個

精光，再想往上剝，就非常困難了，即便有那個心思，手腳早就餓得不聽使喚了。鳥還為食亡呢，總有人是不顧死活的，知難而上，好不容易才爬到離地面兩人多高的位置，這裡確有樹皮可剝。那人費了好大力氣，終於撕扯下一小片，著急忙慌往嘴裡塞哇，鼓起腮幫子使上吃奶的力氣嚼著，嚼著……猛不丁地，那人就從樹上直戳戳跌下來，極像是中了彈的一隻大鳥，乾瘦的腿腳都沒有來得及蹬一蹬，就沒了氣。那片乾澀的樹皮，卡在他的喉嚨間，咽不下，也吐不出。

幾個老輩人面容愁苦地蹲在樹旁輕輕搖頭，說這定是觸怒了樹神，遭了天譴。大家想想看嘛，老榆樹畢竟還活著，哪能活生生剝它的皮呢？可除了剝榆樹皮，只能吃風喝煙，這也是被逼上梁山啊！眾人慨嘆了一會兒，又有人嘀咕：「你們怕還不知曉，別的地方還吃了人呢，也不知是真是假？」老輩人當即愕然回應道：「不管別處怎麼樣，我們五尺鋪的人，絕對不做那種事，吃了人還算是個人嗎？不就跟綠眼珠的餓狼一樣啦！」話說到這份上，所有人都緘默了，或若有所思。

這時節，挖空心思尋找可吃的東西，已經成為眾人唯一要做的事情。女人又總是表現出比男人更堅韌更執著的一面，她們每天都會往小鎮周邊那些空曠的田地裡去兩趟，就跟按時上工勞動一樣。田裡雖說看上去光禿禿的，幾乎寸草未生呢，可是只要肯下工夫，又總能夠在泥土深處挖出點什麼。比如，還沒來得及萌芽的嫩草根子，尚未爬出洞穴的肉蟲，還有秋後散

落下來的一些發了霉的穀粒。女人除了往自己嘴裡塞上一些，更多時候會如獲至寶地帶回家來，分給孩子們吃。

儘管這些可憐的女人餓得面黃肌瘦，走路東趔西趄的，可肚子裡卻神不知鬼不覺地又懷上了胎。不過，她們的肚子都不怎麼顯山露水，那種寬大肥闊的衣褲，完全可以遮蔽事實真相，加之飢餓所帶來的浮腫，即便晃蕩著臃腫的身體出現在街道上，也沒有誰會注意到，甚至連自己的男人也瞧不出什麼名堂。謝亞軍的母親大概就屬於這種情況。她不知不覺已經懷孕好幾個月了，應該是在謝亞軍父親回來探親那次有的，毫無疑問，這個新生命的到來，對母親乃至全家來說都是一種可怕的災難——雪上加霜啊！

起初，母親倒也風平浪靜，沒有害喜，也沒有哇哇地嘔吐一下，跟正常人一模一樣。但是，隨著那種可怕的浮腫日益加劇，母親的腿腳腫得幾乎下不了地了，她再也不能走到野外，替孩子們挖尋可食的東西了。

這天母親就躺在床上，輕聲細氣地對謝亞軍說：「去，帶上妳弟，到田裡看看吧！媽實在是動彈不了了。」

於是，姐弟倆乖乖地離開了家，手牽手慢慢地走向田野深處。

整個下午，謝亞軍都低頭耷腦地蹲在地裡，手中緊緊攥著一根拇指粗的小木棍，這裡挖挖，那裡刨刨，像隻勤勞的小母雞，對一切都顯得饒有興趣。地表上面有一層很厚很厚的浮

土，這是西北風呼嘯了一個冬天的傑作，得先把這些討厭的乾土刨開，才能看到裡面漸次潮溼起來的新鮮泥土，還要繼續往下挖半尺來深，才有可能發現點什麼。出門時母親叮囑過，說去年秋上附近農民都忙著去修大壩和煉鋼鐵了，田裡好多莊稼都收得很不及時，像大豆啦玉米啦高粱啦，好多都被雨水打落在泥土裡了，但真要找起來卻又非常困難，得眼尖，得手指靈活，還得孤注一擲。

謝亞軍就像土撥鼠那樣，在初春冰冷的土地裡，不停地刨來刨去，小木棍刨挖的面積太有限了，有時她不得不用上自己的指甲——她的指甲又黑又長，能深深地摳進泥土縫裡，像一根一根鋒利的耙齒，絕不放過任何機會，好像她天生就是幹這種活的料。每當發現一顆潮溼的沾滿泥巴的穀粒，她都會壓抑不住叫喚一聲，好像窮極了的人，突然撿到了一顆價值連城的珍珠。

跟姐姐比起來，亞洲就沒有那麼耐心了。他慢吞吞地跟在姐姐後面，兩隻腳一高一低吃力地移動著。姐姐很快就發現了目標，聚精會神地刨挖起來。弟弟卻絲毫沒有姐姐那種雄心壯志，只是這裡胡亂挖一會兒，那裡隨便刨兩下，半天也沒有任何收穫。這樣沒過多久，亞洲就感到膩煩了。

春天的風頭好硬，跟剃刀一樣，刮得孩子的小臉通紅通紅的，瘦弱的小身體不時地瑟瑟發抖。最討厭的是肚子裡還有條餓狗，不，至少有兩條或三條，一直在那裡汪汪叫喚，這讓亞

洲總是心神不寧。一切就是這樣無望，看似有什麼藏在腳下的土裡，其實什麼也沒有，但從姐姐執著和興奮的樣子看，又似乎遍地都是希望，遍地都是金貴的糧食。

趁著姐姐埋頭苦幹的工夫，亞洲一顛一瘸地悄悄離開了她的視線。

附近的一個莊子上，不知什麼人咽了氣，正被人七手八腳地抬出了村口，黑影一步三搖地朝著渠壩邊的那片墳地走去。沒有棺材，也沒有吹吹打打，只是隱隱約約傳來幾聲女人的啼哭，顯得有氣無力，根本引不起別人的一絲哀傷。這年頭，就連抬埋死人也是靜悄悄的，簡直跟作賊相似。

那些人吭哧吭哧，好不容易才在墳地裡挖了個小土坑，看上去又淺又窄，好像僅能躺下一條狗的樣子。他們隨便將裹了死者的蓆捲放進去，就匆匆忙忙地把四周的虛土推下去了。墳地很快就多出一個不太圓的土包，看起來有些寒磣，像是被拉長或擠扁的黑麵饅頭。接著，那些人便搖搖晃晃往回走了，幾乎沒人再回一次頭，哪怕是多看一眼，好像生怕剛埋進土裡的亡人，會突然爬了出來，拖住他們的腳脖子，罵他們做兒孫的不孝。

亞洲終於從呆望中回過神來。也許是大白天的緣故，儘管抬埋人的事不吉利，但他也並不怎麼害怕，如果這是在晚上，那就另當別論了。現在，小亞洲竟壯著膽子，小腳一顛一顛地朝那座新鮮而又寂寞的土包走去。

孩子能清晰地嗅到泥土特有的味道，黏溼、鹹澀、溫潤，甚至還有點來自地下的溫暖氣息，這讓他的小鼻子不時地發癢，直想打幾個噴嚏。春日的陽光，像極了一堆金黃色的小蟲子，很快就把這墳包圍得嚴嚴實實，土色便慢慢地由深變淺，由褐變白。幾乎沒多大工夫，新的墳包就蒼白起來，不再是赫然深沉，倒是添了幾分慈眉善目的樣子。這更讓孩子心裡踏實了不少。

也是無意中，孩子留意到，墳包上有很多脆生生發白的根鬚，定是剛才那些人從土裡挖出來的，「它」們像一條一條凍僵了的蚯蚓，亂七八糟地趴在土包上面。孩子簡直欣喜若狂了，這種難得的根鬚，母親最近總是想法設法弄回來，給他和姐姐吃，嚼在嘴裡甜絲絲的，有點脆，像切好的蘿蔔絲，沾點土腥氣味，總之是眼下能找到的最好吃的東西。每次孩子嚼在嘴裡，就會莫名地想起以前在城裡吃過的一種南方筍絲，那玩意兒又白又脆，那時母親常常把筍絲跟燒肉片炒在一起，吃起來真是滿嘴流油，可那種好日子似乎一去不復返了。

為了撿到那些好吃的東西，孩子的足跡幾乎遍布了這座新墳包，甚至快把它徹底踩平了。當他嚼得嘴巴發麻、舌根發苦的時候，才想到，該往自己的褲子口袋裡裝一些，帶回家給媽媽吃。等他準備離開時，依稀聽見遠處有人在喊他的名字，姐姐總是愛亞洲亞洲地亂叫。在他看來，姐姐就像是媽媽派來負責盯梢的，他稍微離開一小會兒，她定會大呼小叫的，好像他

是一隻調皮的麻雀，會忽然飛走了似的。

看來姐姐已經收工了，她雙手緊緊插在褲子口袋裡，像一隻驕傲的小母雞，正慢慢地穿過夕陽下一片又一片貧瘠的田地。亞洲暗想，姐姐一定收穫不小，從她走路時輕盈的樣子，就能感覺到。雖然他不如姐姐那樣老實巴交埋頭苦幹，可今天的意外收穫也不算小了，他有生以來第一次感到心滿意足。

亞洲很想立刻攆上姐姐，可是他那隻受過傷的腳總是抖得厲害，注定走不快的。而姐姐好像故意要撇下他，回家邀功請賞去，這樣，她就可以在母親面前美美地告他一狀，說他做事就知道偷懶，東遊西逛，遊手好閒，活該餓肚子。亞洲越想越氣餒，走走停停，東張西望，氣喘吁吁。此時，那隻受過傷的腳所帶來的不靈便，真讓他感到煩惱，他都快忘了自己原先自由奔跑跳躍時的樣子了。自從腳底被白小蘭家的玻璃片刺傷後，那隻腳就好像短了點什麼，老是踩不實，連帶著小腿也總愛抽筋，走起路來只能這樣一高一低一瘸一拐的。他真討厭現在的自己！

姐姐已經把他落得老遠老遠了。這時，亞洲的腦子裡又開始胡思亂想了，人要是能變成老鼠就好了，那些傢伙總是躲在暗無天日的地洞裡，誰也拿牠們沒辦法；還有，老鼠總是能找到各式各樣好吃的東西，人們對牠往往是防不勝防，又無可奈何。即便這種時候，也很少見過餓死的老鼠橫屍街頭，說不定在那些未知的洞穴裡，真的儲存著老鼠們幾輩子也吃不完的穀

子呢！

　這樣胡想時，亞洲又禁不住興奮起來，他覺得自己的想法很了不起，要是真的能找到那樣一個神奇的洞穴就好了。他一路走，一路踅摸，不知不覺就要踏上通往主街的那條大路了。這時，他得先從田裡一道高高的土坎上邁過去，可是那隻傷腳關鍵時刻總不給他爭氣，一不留神，他就踩在一團虛蓬蓬的枯草堆上，整個人被狠狠絆了一下，眼前倏忽黑盡，一種前所未有的失重感，裹挾著無邊的恐懼，瞬間就將這孩子扯進一個可怕的深淵……

　亞洲甚至來不及叫喚一聲。

坦克忽然不見蹤影了。

獨獨留下那條拴狗的鐵鍊子，像條死蛇一樣彎彎曲曲僵在地上，院牆根下面空空如也，這條家犬真的不翼而飛了。謝亞軍一回到家裡，猛地吃了一驚，急忙推門進屋去問母親。

「唉，就讓牠去吧，省得也餓死在家裡。」母親說話的聲音越來越低，身上的氣越來越不夠用了。其實，現在母親比誰都更需要食物，她的肚子裡還有另一張嘴呢，正無時無刻不從她體內汲取著營養，而她卻又盡可能讓自己少吃或不吃，因為眼前還有兩個孩子，整天在餓肚子呢。此時，母親就那麼軟塌塌地歪在床頭，棉被蓋住的腹部正在艱難地起伏，雙手無力地疊擺在上面，順著時針方向，一圈一圈緩緩撫摩著，似乎連這撫摩也顯得力不從心。

「可爸回來怎麼交代？要不我還是去找找看。」謝亞軍一面難過地說著，一面將口袋裡的那些戰利品小心翼翼地掏了出來，竟足足有一大捧，原先穀粒外表包裹著的一層泥漿已經乾涸了，這樣看起來，每一顆泥巴都大得驚人。母親遲鈍地轉過

臉，一直出神地盯著放在眼前土巴巴的東西，就像盯著祭桌上的某種聖物，嘴角微微囁嚅：「好孩子，我的好孩子……」她聲音小得真可憐，謝亞軍近在咫尺，卻幾乎聽不清。

「就別找了，是媽放牠走的，這狗成天叫得我心都要瘋了……妳爸……妳爸，唉，誰知道猴年馬月才能回來……」

母親像是費了畢生的氣力才說出來，說到最後幾乎是在呢喃了，以前的種種抱怨，如今已變成蒼白的嘆息。

謝亞軍呆愣了半晌，眼淚就止不住淌下來。這段日子坦克確實受了苦了，肋巴骨魚刺般一根一根凸顯出來，腹部很可怕地向裡面凹進去，像是被誰掏空了五臟，看著叫人驚駭不已。牠淒涼慘淡地側躺在牆根下，叫聲不再狺狺響亮，像是在嗚咽，在抽泣，甚至在等死。家裡實在沒有多餘的食物分給牠了，母親說這年月總得先顧人命要緊。弟弟卻總是偷偷摸摸背著母親，把自己僅有的一點粥湯省下兩口，倒進狗食盆裡。謝亞軍看在眼裡，假裝什麼也沒看見，只是又將自己嘴裡省下的東西，悄悄地倒進弟弟的碗裡。眼下母親這樣做，實屬無奈之舉，現在真的是山窮水盡，連人吃的東西都難找到，不可能再來飼養一條大狗，與其把坦克拴在家裡活活餓死，真不如放牠出去，興許還有些活路呢！

這樣想時，她心裡難過極了，好像生離死別，好像離開家的不是一條狗，而是一個不會說話的孩子，一個跟他們患難與共的親兄弟。她自然又忐忑地想到了亞洲，剛才小傢伙不是還

跟在她後面嗎？怎麼這半天光景，也不見他人影？可別再出什麼事啊……

於是，謝亞軍又悄悄走出了屋子。這時，她聽見母親窸窸窣窣從床上爬起來，她那浮腫無力的身子，又笨拙地撞著了桌腳，木頭很刺耳地吱扭著，接著，那只空的琺瑯缸子，就發出噠啷噠啷的響音。母親開始忙碌了，剛剛放在桌上的那些肥胖的泥巴，裡面裹藏著救命的糧食，母親得先小心翼翼地剝掉穀物上的泥土，然後把它們泡在清水裡，一顆一顆淘洗乾淨，最後煮在一只大琺瑯缸子裡，等到它們爛熟了，好當晚飯充飢。

街上聞不到一絲食物的氣息，就連一星煙火味也很難尋覓，天和地都是灰濛濛的，像被捂著一層破舊發霉的棉絮。偶爾，對面過來一個什麼人，腦袋都懶得抬一下，就那麼疲疲沓沓地從身邊晃蕩過去，又似隨時都將跌倒，再也爬不起來了。整個世界沒有一絲生氣，那種可怕的死寂無處不在。死神正在鎮街上來回逡巡。

謝亞軍連著叫了兩聲弟弟的名字，沒有得到任何回應。喊叫卻忽然讓腹內那種擰攪之痛開始加劇了，這痛苦難當的滋味，每天這時候便如期而至，像是再也熬不過今晚，一切都讓人感到絕望，生不如死。下午在空蕩蕩的田野裡，她確實耗費了太多的精力，現在必須強撐著，手扶著牆壁，才能在街上緩緩走動，人的身體像枯乾了多年的秫秸稈，遇上硬風，定能攔腰吹斷。

西邊那顆蒼老的日頭，也像是餓得心神不寧、體力不支，就要一頭跌進遠處的山谷裡沉睡不醒了。失去光芒普照的鎮街，突然變得更加冷酷而寂寥，叫人心裡好不淒涼。要是父親現在能回家就好了，興許他還能捎回一些吃食。鎮上那批抽調去工地的人，年前基本上都跑回來了，包括白小蘭的母親，單單她父親一個人，石沉了大海沒了音訊。倒是傳言紛紛，有人說父親犯了大錯，要接受上級審查；有人說他半路逃跑了，是從押他的卡車上跳下去的……想到這裡，謝亞軍下意識地用雙臂抱緊自己，像是要替自己增添一件抵禦春寒的外衣。自從那件事發生以後，她是極少在這般天色出門的，儘管後來她也帶著坦克替自己報了仇，可對於黑夜她依舊心存恐懼，並且越來越感到害怕，害怕黑，害怕黑影，害怕半路上猛不丁躥出一個什麼東西。

一串柔弱的女孩子的哭聲隱隱傳來，起初抽抽噎噎的，不很清晰，繼而變得像隻可憐的小狗嗚嗚著了。謝亞軍不無警覺地轉過頭，又一步步往回走去，哭聲越來越響，罵聲也越來越亮。將要走回家時，她又聽到一通拍拍打打的聲音，還有大人的叫罵聲、女孩的尖叫聲，所有這些聲音，原來都是從隔壁的白小蘭家院裡傳出來的。

謝亞軍一怔，幾乎忘了自己的身體就要虛脫，快步向白小蘭家走去。院門早已經被一群看熱鬧的孩子圍攏，這些調皮的傢伙，都伸長了脖頸邊說邊笑，嘰嘰喳喳，好像裡面的人是跑

江湖的，正在敲鑼打鼓地耍猴給他們看呢！謝亞軍不顧他們的
白眼和奚落，硬從人群裡擠了進去，盡可能趴在門縫跟前往裡
觀望。

　　果然，白小蘭正逃命似的，一邊在自家院裡轉著圈奔跑，
一邊嗚嗚咽咽哭個不停，而她母親就緊跟在後面，死追活攆，
連跑帶罵。

　　「妳個吃裡扒外的東西，沒皮沒臉的賤貨，真是家賊剛防
啊……讓妳偷，讓妳當賊娃子，我非打斷妳的狗腿不可！」

　　謝亞軍覺得，那些話真是不堪入耳。事實上，自從白小蘭
的爸爸歿了後，只要這個女人在家，總能聽到她大光其火地謾
罵自己的女兒，似乎白小蘭就是她的一個出氣筒。心煩氣躁的
時候不罵兩聲，她人就不痛快。這時，那些圍觀的孩子們，也
陰陽怪氣地編排起歌：

　　一二三四五，

　　寡婦喊捉賊，

　　沒羞又沒臊，

　　老娘白疼你，

　　偷東西，養漢子，

　　滾你娘的蛋——！

　　隨後，又是一片嗷嗚嗷嗚的哄鬧聲，孩子們個個跟打足了
雞血似的，在院門前又跳又叫好不快活。謝亞軍感到驚奇，這
些傢伙肚子裡都吃了什麼好東西，怎麼一點也不知道餓呢？還

有力氣在外面胡鬧。

　　藉著夕陽最後一絲光亮，謝亞軍依稀能看到，白小蘭臉蛋通紅通紅的，眼裡流著淚，鼻孔和嘴角上還掛著殷紅的血跡，一根髮辮也散亂開來，一定是受了莫大的委屈和無休止的打罵，一時又有口難辯，只是抽抽搭搭哭著跑著，像隻奄奄一息的亡魂鳥。

　　「死丫頭，給老娘站住，再敢跑一步，看我今天不打死妳！」

　　那女人凶神惡煞般地追趕著，白小蘭則像一頭驚慌失措的小鹿，眼看就要被身後那隻咆哮的母狼追上了。謝亞軍的心也一下子提到嗓子眼裡，她不由得喊出聲來：

　　「快點跑啊傻瓜，千萬別被她抓住！」

　　可就在這節骨眼上，白小蘭自己突然洩氣了，或者僅僅是累垮了，再也跑不動了，她腳步趔趄著，身體輕飄飄地晃了兩下，像一團棉花，軟軟地伏在院子當間了。女人竟一點也不知道憐惜，依舊餓狼樣撲上去，掄起手裡的一支笤帚疙瘩，劈頭就打。

　　啪，啪，啪！

　　謝亞軍再也忍不住了，不知道自己哪來的那麼一股力氣，竟然拚了命用身體撞開那院門，徑直衝了進去。她幾乎像個野小子似的，上前一抓，便捏住了那女人的手腕。

　　站在門口的那群野孩子，一時全都怔住了，似乎誰也不敢

再出聲嚷鬧，全都屏息斂氣地望著有些凜然的謝亞軍。

「阿姨，您怎麼能這麼打她呢？您這樣會把她打壞的！」

那女人猛然扭過頭，兩片柳樹葉子樣的細眉毛擰成麻繩狀，正氣哼哼地瞪著謝亞軍，嘴角惱怒地撇了撇。

「鹹吃蘿蔔淡操心，我打我女兒，關妳什麼事！」

對方蠻橫的模樣，像極了一隻正在發威的母貓。不過，謝亞軍一點也沒有被她的樣子唬住，她不再搭理這個刁蠻的女人，趕忙俯下身去，把躺在地上的白小蘭連攙帶扶弄了起來。

「小蘭，別哭了好不好？走，先跟我回家去。」

先前的疲於奔逃和痛哭流涕，讓白小蘭看上去奄奄一息了，她淚眼婆娑地看到自己依偎在謝亞軍懷抱中，眼神中那種即將斷裂的光芒又顫顫巍巍地續接了起來，猶如死灰復燃的一束燭火，閃閃爍爍。她從來沒有像現在這樣，深情而眷戀地望著對方。

「亞……亞軍，我……我……我……」白小蘭終究哽咽住了。

「沒事了，小蘭，別怕，我們這就走。」謝亞軍幾乎不敢注視她那副痛苦委屈的表情。

可是，沒等她們兩個邁開步伐，白小蘭母親早就雙手插腰，氣勢洶洶地擋住了去路。

「她可是我女兒，妳憑什麼帶她走？要走，也是妳走，妳最好離我們家遠遠的！」

　　「好啊，我答應您，可是您也別忘了，小蘭她也是一個活生生的人，她是自由的，不是您養的一隻貓一條狗。就算是貓和狗，您也不能用這種粗暴的方式虐待她。」

　　「真是笑話，妳一個黃毛丫頭，敢來這裡教訓老娘。哼，我看妳還是管好妳家的事吧，妳爸早就不是什麼謝工程師了，他被人家打倒了，成天在工地上賣苦力呢，妳還在這裡神氣什麼！」

直到夜深人寂，院門才被外面一雙怯生生的小手推開了。

那時，做母親的眼皮剛微微合上，整個晚上她都在為一雙兒女擔驚受怕，院裡稍有什麼響動，她立刻就醒了。這陣子，母親已經被漫長的等待折磨得筋疲力盡，加之飢餓的長時間糾纏，使她連下床都十分艱難。亞洲這個小惹禍精，總是讓人有操不完的心，害得他姐姐連一口東西都沒吃，肯定又滿世界去找他了，什麼時候他才能真正長大，才不讓家人擔心呢？母親無望地躺在屋裡，思前想後又無可奈何。

母親掙扎著想下地去瞧瞧，可是她身體越來越沉，兩條小腿連同兩隻腳背，都已腫得不成樣子了，拿手指頭輕輕一摁，立刻就會陷下一個烏青發亮的圓坑，半天也不消退。對於已經生過兩個孩子的母親來講，她當然清楚妊娠反應是怎麼回事，現在就是條件太差了，大人吃不上五穀，肚裡的孩子可想而知。如果允許，她真想立刻把孩子打掉，問題是現在連這個條件也不可能滿足，她去過一趟衛生所，醫生茫然地直搖頭，說現今實在太困難了，沒有一丁點藥，誰也不敢鋌而走險幫她墮

胎。所以，一切只能聽天由命了。

有時，她也會往極端裡想，這也許就是命吧，萬一孩子們的爸爸有個山高水低，她總還能最後為他留下點什麼。或許，正是出於這種艱難的奢望，這個可憐的女人才一天天苦熬了下來。其實，上次丈夫送他們母子倆從大壩工地上回來，她就感到情況不太妙了。她也曾苦口婆心地勸過，可是沒用，丈夫天性耿直，她自然是知曉的，江山易改本性難移，禍根恐怕早就埋下了。就像丈夫自己親口說的，大不了停職審查，再大不了讓他回家抱孩子，殺人不過頭點地，他不就是說了幾句大實話嘛，難道新社會連人說話的權利也不給了？她不信。因此，她總是夜以繼日地一遍一遍撫摩著自己的肚子，滿懷期待地苦苦等著盼著，她相信終有那麼一天，一家人還會重新團聚的，一切困難都能撐過去的。到那個時候，他們一家會變成五口人，人丁興旺，團團圓圓，那該多美啊！

窸窸窣窣走進屋來的，除了亞洲，竟然還有白小蘭。這小女孩有一陣子沒來家裡了。此前，做母親的或多或少覺察到什麼了，她也試探地問過亞軍兩次，女兒只是含糊其辭地說沒什麼，說她們兩個跟以前一樣，母親也就不再深究了。

「搗蛋鬼，又上哪兒瘋去了？你姐姐人呢？怎麼沒有跟你一起回來？你啞巴啦，快說話呀，想急死媽媽！」

亞洲被母親連珠炮似的發問弄得有些膽戰心驚，他下意識地朝白小蘭身後縮了縮，像是要找個最有力的擋箭牌。白小蘭

同樣怯懦，跟犯了什麼大錯似的。母親詢問的目光自然就落在了白小蘭身上。

亞洲忽然又有種不好的預感，生怕小蘭姐姐會把一切都講出來，這樣一來，他發現的那個天大的祕密，肯定就保不住了。孩子可不想隨便違背諾言，他都答應人家一定會守口如瓶的。可要是媽媽一個勁兒地逼問，要是小蘭姐姐當了叛徒，那可怎麼辦啊？這樣想時，亞洲就覺得真的要大難臨頭了，他靈機一動，猛地用雙手抱住自己的肚子，就地蹲下去嗷嗷地叫喚不止：

「媽我肚子難受，唉喲喲，好痛啊，快痛死了……」

孩子幾乎蝸牛樣把自己縮成很小的一團，母親頓時慌了手腳，不用猜，小傢伙定是在外面吃了什麼髒東西，弄壞了肚子，她急忙把兒子從地上抱了起來放在床上。白小蘭也在一旁幫忙，從暖瓶裡倒了開水，用嘴噓噓地吹了一會兒，端過來餵給亞洲喝。母親憂心忡忡地坐在床沿上，心疼地用手揉抹著孩子的小肚子，嘴裡卻不無生氣地說：「活該你受疼，看你以後還敢不敢野得不著家門！」

白小蘭始終靜靜地站在旁邊，一副欲言又止的樣子。她原本是想對阿姨實話實說的，今天確實都怪她母親，說話太傷人了，硬是把亞軍氣跑了，不知現在她一個人躲在哪裡傷心難過呢！而她母親之所以朝她大發雷霆，其實就是為了家裡的一盒火柴，不光是火柴，只要是她覺得劉火現在急需的東西，比如

半根蠟燭或一把鹹鹽，她都會悄悄地從家裡拿去送給他。在她看來，劉火的處境實在是太淒涼了，在這世上無依無靠，而她是唯一知道祕密的那個人，當然不能袖手旁觀，必須想方設法去幫幫他。況且，劉火和大黃蜂還救過她一命呢，這份恩情她要永世記著。

記得父親還活著的時候，總對白小蘭說一句話：「人這一輩子得憑良心做事，不管什麼時候，都要記得別人的好，忘了恩就是忘了本。」父親雖然離開她了，可這話她至今也沒有忘卻。但是，她偷偷摸摸的行為，還是被母親察覺到了，母親在她的口袋裡搜出了那盒火柴，還有包成小紙包的鹹鹽，後來任憑母親怎麼謾罵和逼審，她就是不說一句話，她想就算被母親打死，也絕不能透露劉火的事。再後來，母親惱羞成怒，舉著笤帚把滿院子追著打她，直到亞軍跑來挺身相助。此刻，白小蘭覺得，自己實在沒臉跟阿姨說起這些，除了感到深深的愧疚之外，她什麼話也沒說，又悄悄地離開了謝亞軍家。

白小蘭走後，亞洲那顆懸著的心才漸漸平復下來。至少，那個黑暗中的祕密暫時保住了。不過，到現在為止，孩子還有好多疑惑沒完全解開呢！比如，今天自己是怎麼稀里糊塗掉進那個黑乎乎的地洞裡去的？也正是在那個暗黑的洞穴裡，孩子被巨大的好奇心驅使著，戰勝了黑暗帶來的恐懼，最終順著那條長長的地道，一路爬到劉火哥哥身邊。

怎麼說呢，這個過程真是太過神奇了，就像做了一個古怪

離奇的夢，可等他萬分驚奇地睜開雙眼的時候，夢想竟然就變成真的了，小傢伙見到了他做夢都想見到的那個人。而在此之前的幾個月裡，他跟鎮上那些傻乎乎的孩子一樣，以為劉火哥哥真的被那場大火燒死了，變成了一個很厲害的火神，直到這回無意中重逢，他才驚喜地得知，劉火哥哥並沒有死，那些說法不過都是謠傳，劉火哥哥只是被火燒傷了臉，就待在他家院裡的一個祕密地窖裡。而且，劉火哥哥還親自動手，挖出了一條好長好長的一直從家裡通往田野的地道，這一壯舉簡直讓孩子佩服得五體投地，他覺得劉火哥哥真是一個了不起的人。

讓孩子興奮不已的還有另外一件事，那就是在地窖裡，他見到了久別的大黃蜂。當那條黃毛大狗一遍又一遍用靈巧的舌頭舔他的小臉時，他才感到一切都是真實可信的，也才試探著伸出自己的小手，去觸摸劉火哥哥那張令人難過的臉。那一瞬間，記憶彷彿被啟動了，孩子終於弄明白了，那晚正是劉火哥哥把自己從危險的火場中救出來的，那張臉上嚇人的瘢痕都是為了救他才留下的。所以，當劉火哥哥讓他保守這個祕密時，他毫不猶豫地點頭答應了，甚至主動伸出了自己的小拇指。

不過，孩子還是有點迷惑的。剛才準備離開劉火哥哥的地窖時，小蘭姐姐卻突然出現在眼前了，這太匪夷所思了。難道說，小蘭姐姐也跟他一樣，是一不小心從那個地道出口掉進去的，不然的話，他們兩個怎麼會在地窖裡相遇呢？一切都太神奇了，就像在童話故事裡。後來在回來的路上，小蘭姐姐非要

堅持送他回家，他就很想問問，可對方總是支支吾吾的，把話題岔開了。

　　興許，小蘭姐姐和自己一樣，也是跟劉火哥哥拉過勾的，一旦拉了勾，就得永遠保守祕密，不然會變成小狗的。孩子在心裡默想。

滿天都是熒熒星光，街道被映照得雪亮雪亮的。

坦克是拖著疲憊虛弱的身子，慢慢從野外走回街上的。自從白天女主人解開了牠項上的鎖鏈，這條狗便獨自離開了家，跟所有飢餓的人們一樣，秋天吃不上糧，冬天見不到一絲肉星，飢餓難耐，體力下降得很厲害，牠太需要補充點食物了。在最煎熬的時刻，女主人算是很體諒了，放牠一條生路，牠才有機會走到外面搜尋獵物。此刻，牠嘴裡橫叼著一隻肥碩的大老鼠，從野地裡氣吁吁地走回來。

那些老鼠總是狡猾得很，白天不會輕易從洞裡鑽出來，所以，整個下午也沒有一絲收穫，一直守到滿天星光的時候，坦克才狩獵成功了。被牠剿捕的那窩老鼠少說也有五六隻，牠們是趁著夜色出來活動的，現在獵物們已經在牠肚子裡產生了關鍵性作用，儘管夜風在呼嘯，牠也不覺得那麼冷了，體力稍稍得到一點恢複，牠就能準確無誤地分辨出黑暗中的每條街道和每一戶院落。

終於，在一個靜謐的院門前，坦克果決地停了下來，牠抬

起一隻泥乎乎的前爪，用力去撥那門板。這時，牠的樣子很像一個深夜前來拜訪的客人，或者，一個好心的雪中送炭者。可半晌，裡面也沒有一絲響動，這讓牠感到失望極了。於是，牠原地轉了個圈，又換了另一隻爪子，繼續沙啦沙啦抓撓那門板，依舊沒人理睬牠。

裡面真的比死還要靜。坦克有些洩氣了，心灰意冷地在門前來回轉了幾圈，才若有所思地背靠院門站定。瘦削的身影長長地趴在地上，牠警覺地嗅了嗅那條影子，彷彿是在嗅那個朝思暮想的同伴。牠又茫然地抬起頭來，朝遠處的街道張望著，過了一會兒，才像是最後下定決心，將嘴裡的那隻死老鼠輕輕丟在門檻邊上，又好像不放心似的，拿自己的爪子朝門縫裡塞了又塞，再抬起鼻孔嗚嗚兩聲，算是很友好地跟裡面打聲招呼，這才不太情願地慢慢告辭了。

也許是吃了閉門羹的緣故，坦克的心情變得晦暗，步伐有點遲疑。當牠猶猶豫豫地從主街轉進輔街，一個早就在前面埋伏好的繩套，正靜靜地匍匐在牠腳下。那繩套上面撒了一層薄薄的沙土，恰好可以遮蓋住繩子的軌跡。狗的眼睛再尖，也無法一眼看出這種人為的圈套，況且，此刻的坦克已經十分疲倦了，濃濃的睡意正不斷襲來。牠無奈地搖搖身體，真的需要好好回家睡上一覺了，這樣興許明天還能繼續外出捕獵。

遠處，蹲著那麼一團白乎乎圓溜溜的東西，這雪白毛絨的東西牠當然還有印象。剛到鎮上不久，主人家的那個孩子就曾

養過一隻，雪球似的毛團滿院子蹦來跳去，吃起草來那八瓣小嘴微微動顫。眼前忽地一亮，狗多少有點興奮了，下午苦苦的覓食讓這條家犬心力交瘁，此時看到兔子之類的玩意兒，便有些迫不及待、利令智昏了。牠已來不及多想什麼，過去身為一條軍犬的警覺和尊嚴，統統拋到腦後去了，活下去比什麼都重要。牠渾身上下幾乎沒有一點脂肪，肌肉也開始萎縮乏力了，皮毛更是變得粗糙不堪，後背有好幾處掉光了毛，露出發白的癬疤，牠覺得自己快要墮落成一條流浪狗的樣子了。

星光映照下，那團毛茸茸的傢伙簡直充滿了難以抵擋的誘惑，單憑狗的嗅覺，幾乎可以斷定，那就是一隻兔子，雪白的皮毛發出誘人的光澤和味道。何況兔子肉要比老鼠肉好吃一百倍，兔子身上有的是骨頭，老鼠肉嘟嘟的幾乎沒有一絲嚼勁，吃進肚子裡不一會兒就消化光了，而兔子的骨頭可以好好啃上一陣子，關鍵是這東西能吃飽。

毫不誇張地說，現在坦克急需這從天而降的上等獵物了。牠絕不能丟失這個大好機會。當牠一步步靠近兔子，最終果斷地伸出黑黑的鼻頭想進一步試探獵物的時候，冷不防地，腳下就騰地一下，飛彈起一圈該死的繩套，而牠的腦袋不偏不倚，正好被扣套在其中了。

原來，一群少年正鬼鬼祟祟地躲在黑暗的街角和矮牆背後，這時他們終於興奮地大呼小叫起來：

「上鉤了，上鉤了！」

「都用力拉繩子呀！」

「大家別害怕啊！」

「要想吃到肉，千萬別鬆手！」

「活活勒死這狗東西！」

幾乎一眨眼，那個險惡的繩套已如天羅地網般收緊了，狗的脖頸被死死勒住，喉嚨將要卡斷，舌頭耷拉出老長，根本無法呼吸。事情來得太突然了，狗實在是輕敵了，狗哪裡知道，那隻所謂的「兔子」，不過是他們拿一張兔皮填充了些乾柴草，特意偽裝起來的一個大誘餌；狗更不曉得，自己才是他們垂涎已久的絕佳美味。狗只知道拚了老命，朝著繩索用力的反方向倒退，就像一個寧死不屈的英勇戰士，在就義前做出最後的頑強抗爭，鋒利的爪尖在地面上劃出道道深線，喉管深處乃至肺部始終在咆哮嘶鳴，但是被扼住喉嚨，牠的聲音太沉悶、太絕望了，注定傳不出多遠。

很快地，那些藏在暗處的黑影們就巍巍幢幢來到明處，他們各自高舉著棍棒，呼呼地在空中亂揮亂舞，將大狗包圍起來。

「快打牠快打牠，就往腦袋上打，打死這畜生，今晚我們就有得吃啦！」

剎那間，那些瘋狂而貪婪的棍棒，就像六月裡暴烈瘋狂的冰雹，一時間叮叮咚咚拍砸下來。繩子的一頭，始終被他們死死地扯著，狗的四隻爪子已經無力地脫離了地面，狗已四腳朝天倒地了，再也無法躲閃這凶猛惡毒的攻擊，任由那些揮舞的

棍棒重重地落在頭上身上和腿上，但牠始終不肯服軟，不肯束手就擒，一直那樣狂怒地咆哮著，狗眼射出仇恨的凶光，狗牙迸出道道閃電，狗爪刨抓出一攤黃土。狗哪怕用盡平生最後一點力氣，也要奮起抗爭，絕不輕易認輸，向惡人低頭。

然而，這種死命的掙扎已變得毫無意義，那群手持棍棒的傢伙，個個都跟餓狼似的無情而冷酷，他們更像是一群海盜遇見了盛滿金銀珠寶的商船，怎麼會善罷甘休？坦克僅有的一點體力，在這種力量懸殊的撕扯與吠叫中消耗殆盡了，牠感到頭暈目眩，額頭開始流血了，汩汩的血水幾乎覆蓋了牠的眼睛，朦朧的夜色霎時變成黏糊糊的一團血紅了。

坦克徹底絕望了，牠知道自己死期將至，萬念俱灰，再也無力反抗，牠本能地在地上翻滾、刨抓、哀號、喘息、嗚咽……他們無不歡呼雀躍，個個流著口水，開始討論狗肉的各種吃法。有人說放在鍋裡燉熟了吃最美；有人說乾脆點一把火來現烤現吃；也有人搖搖頭說，不如讓我拿刀割成塊塊，大家分了吧，其實他既想報仇雪恨，更想乘機多吃多占。

就在他們七嘴八舌聒噪之際，一隻極其凶悍的大狗猛然間如箭鏃一般射進包圍圈內。一時間吠聲四起，狗牙參差，撕咬不斷，原本以為可以盡情享受戰果的那群傢伙，全都嚇得屁滾尿流，嗚哇怪叫，慌忙中早鬆開了拉繩子的手，棍棒也失去了用武之地，個個鬼號著，拚了小命開始四散奔逃。這條大狗卻不依不饒，在街道上來回奔突衝鋒，追咬一通這個，又狂撻一通那個，好像不把這些傢伙趕盡殺絕，絕不甘休。

趁這個工夫，坦克從繩套中解脫了出來，喉嚨火辣辣地疼，傷口還在滴血，牠痛苦地乾咳著，同時伸出血糊糊的舌頭，一下一下舔舐身上的烏黑血跡。很快，那條救了牠一命的大狗便風一般跑回牠身邊來了，彼此少不了客氣地嗅了嗅鼻子，相互嗚嗚地叫上兩聲，身體緊緊靠在一起，一副飽經滄桑又相濡以沫的樣子。

　　其實，剛才坦克離開劉火家門不久，大黃蜂就從地窖裡鑽出來了。

　　地窖裡那種黑天暗地的生活，讓這條大狗變得陰鬱而又謹小慎微。主人時時刻刻都在對牠灌輸這方面的資訊，不准牠大喊大叫，不准隨便跑出去，更不准輕易去接觸外面的任何一條狗，哪怕是坦克也不成。因為那樣會引起別人的注意，會暴露他倆的藏身祕密。可是，大黃蜂畢竟是一條活生生的狗，即便躲在黑暗的地窖裡，牠同樣能清晰地感知到外面那個悲慘的世界。

　　街上時不時會傳來一陣哀號聲，家家戶戶都在忍飢挨餓，人們把僅有的一點食物省下來，餵給哇哇啼哭的孩子，老人只能眼睜睜等死；至於那些養狗的人家，狗要麼早就餓跑了，要麼也被他們活活勒死吃了肉。有飯吃的日子，人們會把狗當成夥伴看待，可一旦鬧起了大饑荒，狗的下場是可想而知的。與畜生相比，有時人們更善於忘恩負義。所以，每當聽到外面的狗被繩索牢牢套住脖頸，吱吱嗚嗚絕望地嘶吼時，大黃蜂就

會戰戰兢兢、躁動不安，好像世界末日來臨，不知道那些同類的悲劇會不會也落在自己頭上。不過，牠從主人的目光和聲氣中，一時半會兒還找不出那種可怕的意思，也就是說，牠不太相信主人也會吃了自己。但牠必須時刻保持狗特有的那種警覺性，牠既跟主人相依為命，又不忘記隨時察言觀色，稍有風吹草動，牠便會第一時間做出反應。

　　至於坦克家的那個小男孩，有一天從地道那頭悄悄爬進來的時候，就是大黃蜂最先察覺到的。當時，主人還在呼呼沉睡，那記響聲忽然從天而降，像是什麼重物砸了下來，聲音就遠遠地傳來了。牠立刻伏在地上，一動也不動側著耳朵聆聽，儘管對方爬動的過程很漫長，聲音又小，但狗的聽覺太靈敏了，就連那種手腳摩擦洞壁的沙沙聲，牠也聽得清清楚楚。起初，牠感到很緊張，以為有外敵侵入，就嗚嗚嗚嗚地叫了幾聲，希望主人能盡快清醒過來，但他卻不耐煩地翻了個身，背朝著牠繼續昏睡。於是，牠不得不嚴陣以待，隨時做好撲出去奮力撕咬的準備。

　　這種時候，作為狗的忠誠和警覺，誰也比不過牠。隨著外來者的爬行聲響越來越近，地道裡的黃土顆粒都開始嘩嘩滾動了，牠終於無法按捺地撲到主人身邊，用舌頭猛舔對方的臉，用牙齒輕輕撕咬他的衣袖，好讓他趕快爬起來一起抵禦外敵。一開始，主人嘴裡咕咕噥噥，對狗的騷擾感到不悅，但很快他就明白是怎麼回事了，眼睛瞪得銅鈴一般，因為那個未知的闖

入者幾乎已經接近地窖裡面的洞口了。

　　那裡只擋了一塊木板，用來隔斷與地道的聯繫，對方只要抽開木板，就能長驅直入了。自從主人夜以繼日地悄悄挖好這條通向田野裡的密道，這種事還是頭一次發生，情況簡直萬分危急。人和狗都感到某種壓抑和恐懼正在襲來。主人皺著眉頭，順手抄起一根短木棍，緊緊攥在手上蓄勢待發。很快，從隔板那邊傳來一陣急促的聲音，那人正在咚咚地敲擊著，「喂、喂」地叫著。狗聽得很真切了，那是一個孩子的聲音，自從住進這該死的地窖裡，狗還是第一次聽到主人以外的另一個男孩的聲音，而且，牠馬上就得出一個結論：這聲音並不陌生，是牠過去所熟悉的。於是，牠幾乎忘乎所以地撲到那塊木頭隔板前，兩隻前爪激動地抓撓起來，同時，喉嚨裡發出親切地汪汪聲，像是在熱烈歡迎對方的到來。

　　果不其然，當主人小心翼翼地掀開那塊木板時，那個牠所熟悉的孩子的小臉，就滑稽地露出來了。孩子像個泥娃娃似的，渾身上下只有兩隻眼珠子和嘴裡的牙齒發出點點白光，看來，那條僅僅能容納一個孩子爬進來的地道是夠窄的了。不過，這可是主人和牠最重要的祕密通道，因為每當夜深人靜時分，牠都會跟隨在主人的身後，神不知鬼不曉地從這裡爬出蝸居的地窖，然後快活地出現在靜悄悄的田野上。那時，整個世界好像只剩下他們兩個，誰也不會再來打擾他們，那時，風霜雨雪還有星星和月亮，都屬於他們所有。

　　孩子的不期而至，確實很讓主人倍感激動，或許他是第一個順著地道爬進來的客人。主人無比親熱地拉著對方的小手，像歡迎遠客似的，把他拉進地窖裡，幫他拍掉身上的塵土，讓他坐在軟乎乎的地鋪上，同時，用手輕輕地摩挲著小傢伙的腦袋瓜。這個時候，大黃蜂也忙不迭地湊上去，狂舔小傢伙那張糊得髒兮兮的小臉蛋，像是非要幫對方把臉洗乾淨不可。

　　「亞洲，怎麼是你？肚子餓壞了吧，快，吃一點吧，我這裡還有燜好的豆子和玉米……」盛情難卻，更重要的是肚子早就餓扁了，孩子忙不迭地接過那些寶貴的食物，拚命地往小嘴裡塞了，塞得兩邊腮幫子都鼓了起來，像河溝裡的魚兒似的——事實上從這天起，包括孩子的媽媽和姐姐，都能隔三差五地享受到這種在當時極為罕見的美味。

　　主人看著孩子的吃相，突然嘿嘿地咧著嘴傻笑，他已經很久沒這麼高興過了，簡直都有點不知道該怎麼笑好了。他還不停地問這問那，尤其最關心孩子的姐姐。

　　「別噎著了，慢慢吃……你姐好不好？她一定餓瘦了吧？」大黃蜂當然知道，主人問的是那個叫什麼軍的外來女子，她雖然是個女孩子，卻似乎很勇敢，那次在河灘地裡，牠和坦克一起幫過她和白小蘭的忙，所以，至今對她的印象都很深刻。一想起坦克，牠不免又有點失落了，現在自己每天都被囚禁在這地窖深處，跟外界隔斷了所有聯繫，這種日子什麼時候是個頭啊！

外面的任何一絲響動，都逃不過大黃蜂那兩隻敏銳的耳朵，何況是坦克發出的呢！牠當然聽得真真切切，根本毋須爬出洞穴，就能準確判斷出來。這讓牠激動得上躥下跳，幾乎想立刻衝出去跟對方晤面了。但苦於主人的一通訓斥和威懾，牠不得不忍氣吞聲，按兵不動。主人說，不准動，別叫喚，當心我揍妳！牠只好低眉順眼地乖乖地趴在地上了，像一條可憐蟲似的，望著主人那張憂鬱而警惕的臉。

這種時候，大黃蜂也會再度告誡自己，如果一意孤行，如果不聽主人命令，自己的下場是不會太好的。可是牠的心，似乎早已經飛到院子外面，飛到坦克身邊了。好在主人還是通情達理的，後來他先爬到地窖外面豎著耳朵聽了聽，大概覺得外面沒什麼特殊情況，才允許牠鑽出去瞧瞧的。

「去吧，看妳猴急猴急的樣子，可不准跑遠！」大黃蜂如囚犯獲得一次千載難逢的假釋機會，忙不迭地從地窖裡爬了出來，然而坦克早已不知去向了。牠在門縫裡發現了那隻老鼠，上面還留著坦克清晰的牙印和氣息，這些都是牠最熟悉不過的。

黑暗中的危機似乎並未解除，先前那群野孩子雖然聞風喪膽胡亂奔逃了一陣子，但很快又死灰復燃在街角聚攏，畢竟一個個都太想吃狗肉了，眼看到嘴的一頓美味，哪能說放棄就放棄呢？於是他們又氣勢洶洶地捲土重來了。

狗老遠就覺察到那群人咋咋呼呼的動靜了。這個時候，牠們似乎也懂得好漢不吃眼前虧的道理，況且，坦克身上還有傷

呢，牠的額頭還在滲血，三十六計走為上策。於是，眼疾腿快
的大黃蜂就帶頭一路向西跑下去，坦克緊隨其後，轉眼牠們兩
個就跑出了鎮街，消失在茫茫的夜色中了。

32

　　這條再熟悉不過的林間小道，此刻正在一片幽冥與黑暗中沉沉入睡。而那一根根筆直粗壯的楊樹幹，全都叵測地刺進頭頂的夜幕中。那些高不可攀的寒星，正閃耀著冷峻細碎的銀光，偶爾，會照亮這個身處荒野又不想回家的小女孩。

　　高不可攀的星光似乎從來沒有為女孩指引過如此陰暗又曲折的道路，而她的每一次呼吸和心跳，也從未這樣堅韌果敢地引領自己一路向前，而不懼黑夜。道路確實越走越黑，也越走越坎坷，但這種黑暗和坎坷，似乎在今晚又生發出某種特殊的氣息和魅力，叫人流連忘返，欲罷不能。

　　謝亞軍氣喘吁吁，走走停停，竟忘了一切可能出現的危險，她終於在林子深處的一片小空地上坐了下來。一陣北風呼嘯著灌進林中，蕭瑟光禿的枝丫頓時吱吱作響，它們在高處搖晃著，呻吟著，聒噪著，陰沉著……倏忽，風聲又止歇了，只有那高聳入天的楊樹莊嚴挺立，彼此靜默無語，像是為了悉心聆聽這女孩的全部心聲和苦難。

　　其實，在過去的大半年時光裡，謝亞軍隔三差五就會來到

這片寂靜幽暗的楊樹林裡，有時她一個人來，有時是帶著家犬坦克一起散步。這裡的每一棵樹、每一片草葉、每一粒泥塵，甚至還有各種蟲子的鳴唱，她都再熟悉不過。與鄙陋的鎮街相比，她喜歡這裡的一草一木，這裡的空氣是自由的，這裡的清風是舒爽的，這裡的花草蟲鳥都有著迷人的模樣，這裡的泥土也總是散發著令人陶醉的氣息。最重要的是，在美麗的夏秋兩季，還有兩條家犬和一個少年的身影相伴左右，這一切曾在她的視線中，構成了最美麗生動的圖畫。

而今，大自然賦予她的那些短暫的歡愉和愜意，早已消失殆盡了，尤其是在經歷了漫長的深冬和料峭的春寒之後，這裡留下的僅僅是毫無生命氣息可言的一派死寂，甚至只剩下死亡。她也開始疑心，自己漫無目的一路氣喘吁吁地奔來，難道就為這些來的？

謝亞軍從來不曾覺得，這個地方如此險惡。看看那些扭曲著伸向天空的虯枝丫杈正在張牙舞爪，那些掛在梢頭的幾片不肯凋落的孤葉搖搖晃晃，像極了恣睢詭異的黑色蝙蝠，還有這遍地的衰草和枯枝敗葉，腳踩上去總是吱吱亂響，跟絆腳的癩蛤蟆似的，在她腳背上留下那種齷齪的黏液。她討厭極了這種醜陋的感覺。

不過，這些東西此刻並不顯得那麼猙獰，她完全可以忽略不計，真正讓她感到恐懼、感到噁心的，只有人言的嘈雜和凶狠。她之所以黑燈瞎火地逃進這樹林深處，深入到幾乎整個

冬天都人跡罕至的地方，只是為了尋找那份清靜，或者尋找死寂。死寂，聽起來好像很可怕，可事實上，它遠比人與人之間喧鬧的聒噪和謾罵要親切一百倍、一千倍、一萬倍！

有一刻，謝亞軍滿腦子都想著馬上去工地上找父親，她覺得這世上只有父親，才能理解她的憂傷，撫慰她的疼痛，可是走著走著，忽然就灰心喪氣了。她終於慢慢意識到，父親根本幫不了什麼忙，他如今也是自身難保啊！先前白小蘭的母親言之鑿鑿，早些時候她也偷聽過父母夜間的那次長談，知道有些人正不遺餘力地往父親頭上潑髒水、扣帽子，玷汙他的清白，父親正面臨著被停職審查或更大的磨難，他的狀況太讓她揪心了。年前，別人的父親都回來跟家人團聚了，而唯獨他不能。母親為此忍受著無邊的寂寞和惆悵，她和弟弟時常因為母親的憂鬱情緒而提心吊膽、不知所措。換句話說，即便自己費盡千辛萬苦找到父親，又能怎麼樣呢？恐怕只能是更大的失落和絕望，就像眼前這片光禿禿的樹林，休想看到一絲一毫的生機和希望。

她幾乎早已認命了，一如這片曾經繁茂的密林，總得任由風刀霜劍的無情摧殘和最終決絕的凋敝和荒蕪。以她現在的生活經驗，並不能完全洞悉這生命的全部意義，但這絲毫不能阻擋她腦海裡有時對毀滅和死亡的莫名憧憬——這憧憬跟她的年紀實在是太不相稱了！

這種近乎瘋狂的想法，又不斷地勾起她對不久前那個驚險

刺激的夜晚的回憶。那時，世上好像只剩下她和白小蘭，在那片黑漆漆的河灘地上，她們激動地點燃了自己親手製作的火把，正是那明亮的火光，在最危急的時刻，拯救了兩個女孩的性命。命運那時似乎就掌握在她們自己的手中。而現在，如果餓狼再度來襲，她是不會再點起火把的，與其讓火光照亮這晦暗無比的生命，還不如就此葬身獸腹，從此不再遭受那些惡人的羞辱與詰難，從此獲得安寧。

還有無時無刻不在的飢餓，每天都像餓狼一樣緊緊跟在屁股後面，家裡斷糧不是一天兩天了，母親挺著漸漸隆起的肚子行動艱難，弟弟整天嚷嚷自己餓得快要死了，而她必須代替母親，滿世界去摳挖絕無僅有的一丁點發了霉的穀物。這廉價的勞動，比那些老鼠的所作所為還要卑賤，還要令人不齒，而那種可憐巴巴的苦苦尋覓，她已經結結實實領教過了，那真令人絕望。她不明白這一切為什麼會落到自己頭上，但讓她感到清醒的是，這種苟活好像已經毫無意義了。她的內心早已是一片死寂。死，或許是最好的解脫。

她以前無憂無慮，也似乎從不知道，人活在世上會有這麼多的變數和苦痛，當所有的痛苦都像巨石一樣，一塊一塊重重地疊壓在她孱弱的身體上時，她就再也抬不起頭，直不起腰，也透不過氣了，她直想大喊幾聲，大哭一場，而那顆原先還算堅強的心靈，已完全陷入一片混亂與迷茫中去了。無論如何，一個像她這麼大的女孩，再也不可能忍受比這更強烈的痛楚了。

現在，是時候了，就當自己從未來過這個地方，就當什麼都沒發生過，就當她是要去傳說中那個遙遠的天堂了，那裡再也不會有什麼欺瞞、侮辱、嘲笑、恐懼、寒冷和飢餓。她開始強迫自己這樣去思考問題，在這萬籟俱寂的寒冷春夜，能把自己安安靜靜地交付給這片楊樹林，也許是個不錯的選擇。難道不是嗎？畢竟，她曾一度喜歡來這裡無憂無慮地散步溜彎。

白天出門的時候，母親親手在她脖際圍了條水紅色的紗巾，那還是母親以前常戴的，也是父親在結婚前夕送給母親的一件信物，現在它終於歸心愛的女兒所有了。不過，在這淒淒慘慘的春夜裡，紅色的紗巾並不能帶給她多少溫暖，就像此刻，它看上去並非紅色而是黑色，它的象徵意味似乎更大，帶著某種宿命的模樣和氣息。

謝亞軍終於瑟瑟地站起身來，下意識地抬頭朝天上望望。月亮始終不曾露臉，星星們閃爍著迷離的冷眼，她也出神地凝視著那北斗七星中最大最亮的一顆，它一會兒變成弟弟的小臉，一會兒變成父母的模樣，一會兒又變成了毛茸茸的坦克，此時此刻，她真的無比地熱愛這璀璨的星空，滿心希望自己就是那星空中最小最小的一顆，永遠永遠不要墜落。

眼圈漸漸溼潤了，兩道玉溪簌簌流過面頰。她用雙手去解圍在胸前的紗巾，木木的手指滑過光滑清冷的絲綢表面，她依稀能感覺到，那上面還留有母親的餘溫和父親當初的熱情。但這些都不再重要了，因為她已經把紅紗巾捧在手上，像捧著一

件聖物，或一把利刃，然後一步一步，朝著距離自己最近的那
棵老樹，她此生的一個終點，走去……

　　大黃蜂和坦克肩並著肩，雙雙逃進這片黑漆漆的樹林裡，牠們總算是又拼死拼活躲過了一劫。

　　聽聽身後沒有什麼響動了，牠倆才在林中停了下來，可以稍稍喘息一陣子。趁著這個工夫，大黃蜂主動替坦克舔乾淨了額頭和眼窩上的血跡，這樣坦克的視線就變得清晰多了。一冷靜下來，靈敏的嗅覺和對自然界與生俱來的辨識度，讓兩條家犬立刻又變得不安起來。

　　夜色中的氣息最容易捕捉，那是犬類無法迴避的，當乍一嗅到那股熟悉的氣息在夜風中輕輕流淌時，兩條大狗都不約而同地激動起來。因為這跟剛才那夥人的氣息完全不同，那些人的氣息渾濁、骯髒，甚至有點邪惡的味道，可這時靜靜彌漫在樹林裡的氣息，是那麼的孱弱、憂傷而又孤獨，牠們顧不上逃亡途中的驚惶和疲憊，立刻對周邊的景物和氣味悉心地嗅察起來。

　　林中萬物枯萎，唯有這兩條死裡逃生的家犬，正在沒命地往前奔波探尋。那種來自女孩身上的特殊香氣越來越近，有時

像風一樣無跡可尋，有時又像空氣一樣無處不在，正是這微弱的如游絲一般的氣息，在黑暗中指引著牠們不斷向前、向前。

這時候，樹木、石塊、泥土、衰草、枯葉……全都靜默無語；這時候，樹林像個難破的迷魂陣，讓兩條狗深陷其中、東奔西突；這時候，天地間只有兩條忠心耿耿的狗在尋覓和跑動。那些早在秋後就枯朽了的枝枝蔓蔓，被牠們汗流浹背的身體衝撞得吱吱作響，紛紛折落。

一切都是虛幻的，一切又都是真實的。跑著，跑著，那些縹緲的氣味似乎又淡開了，雲一樣消散了，不知飄到何處去了。狗疑惑著，探索著，嗅察著，徘徊著，尋覓著，躁動著，忐忑著，氣息的突然消失，彷彿風流雲散，不留一絲痕跡，這讓牠們有些摸不著頭腦了。

但是，這並不能徹底難倒牠們，狗的執著是世上任何一個人都無法比擬的，狗的忠誠更是世上任何一個人都無法想像的，狗是不會輕易放棄苦苦搜尋的目標的，哪怕迷霧重重，哪怕山高水深，哪怕千里萬里，哪怕耗盡一生，牠們的鼻孔不停地翕張，眼睛瞪得溜圓，喘息熱烈而且有力。距離目標越來越渺茫，但這種時候最需要鎮定，絕不輕易放過任何的蛛絲馬跡，尤其是腳印，人的腳印。

很快，牠們便有了新的發現，腳印果然又被找到了。黑暗中這些模糊的足跡，差點被忽略了，那是一隻「羔羊」在黑暗的迷途中留下來的，似乎沒有目標，沒有方向，只是搖搖晃晃，

甚至失魂落魄，就那樣一路逶迤而去。一旦鎖定目標，兩條大狗再度興奮起來，那是生命的呼喚，牠們執拗地沿著那串跼躕模糊的腳印，繼續警覺地向前摸索、搜尋。

兩條狗一前一後，躍過一道碎石溝，翻過兩個黃土包，鑽進一片更密實的樹林裡，然後頭也不回地朝著最西邊繼續尋覓下去。夜太黑了，四周靜得可怕，除了星星在頭頂眨著惺忪的眼皮。狗們不停地跑啊，跑啊，只顧一路往前狂奔，夜路曲折沒有盡頭。猛不丁地，那股特殊的氣味又被拉近了，近在咫尺間，是清香的，又是苦澀的，是希望的，同時又是絕望的。

坦克完全忘了自己還是個重傷患，奔跑無比賣力，舌頭伸得老長，耳朵豎得筆直，一點也不落後於前面的大黃蜂。當那種熟悉的氣息再次鑽進坦克的鼻孔時，這條大狗甚至忘情地汪汪起來，又好像有什麼險情就要出現，那漸近漸濃的憂傷氣味，那無法擺脫的悲劇色彩，似乎正預示著某種不幸的事情即將發生。

坦克拚命往前狂奔，幾乎超過大黃蜂了。前面的那片樹林太密了，枯草和落葉完全沒過了狗的腰身，每跨越一步，都要趔趄那麼一下，就像陷入皚皚厚雪。但牠們一刻也不敢停歇，好像在跟那縹緲的味道賽跑，又像是跟死神角逐。

終於，在一棵粗壯的大樹跟前，牠們看清了那個孤單瘦弱的身影，那正是特殊氣味的來源地啊！兩條大狗同時汪汪起來，隨即，飛也似的朝著那個搖晃著的孤單身影猛撲上去……

與此同時，另一道黑瘦的身影，也神鬼不覺地鑽進這林中。

　　黑影是從荒郊野外那個神祕的洞口悄悄爬出來的。他一直在黑暗中深藏不露，不過發生在街上的人狗騷亂，並沒有逃過他的耳朵，事實上，他的耳朵現在幾乎跟狗一樣靈敏，這是長久的黑暗饋贈給他的另一雙眼睛，尤其是大黃蜂歇斯底里的吠叫和咆哮，讓他心急火燎卻又束手無策。他幾度差點就不顧一切地鑽出地窖，衝到大街上去了，可最終還是選擇了靜靜地等待，等待一個絕佳的時機。幸好他隱伏在地窖裡不動，要知道每晚都有一夥兒人鬼頭鬼腦地監視著他家的宅院。

　　後來，少年終於鼓起勇氣，爬出了那條長長的地道，循著遠處狗的汪汪聲，一路向西尋來。他一直有種不好的預感，他必須拚命狂奔。

　　很多時候，謝亞軍不願意相信自己還活著，原以為那個淒冷的春夜，就是自己全部生活的終點。但是，當她昏昏沉沉醒來以後，先是驚訝地看見了兩條大狗就在自己眼前，那感覺恍若隔世一般。牠們正暖融融地偎靠在她身旁，用狗的體溫替她取暖，還爭先恐後地伸出熱乎乎的舌頭，深情地舔吻著，她那張冰冷得幾乎沒了血色的小臉又漸漸紅潤了，她好像成了這兩條大狗精心哺育著的一個幼崽，正被牠倆夜以繼日、無微不至地呵護著。最讓她感到不可思議的是，劉火的身影居然也跟皮影戲似的，在她眼前輕輕晃動：他正把炒熟的豆子，擱在兩塊鵝蛋大的扁石頭中間，雙手用力一夾，再穩穩地一碾，豆粒立

時變成粉末了，然後他再用一根手指，將那些金黃色的豆粉，輕輕劃進一只小瓷碗裡。

怎麼說呢，劉火酷似一個舊石器時代的原始人，有些笨拙卻又執拗地做著手裡的工作，石塊與石塊之間摩擦有聲，炒豆的香味就在昏昏沉沉的空氣中彌漫開來。一個人對食物的記憶具有難以想像的魔力，死而復生的她嗅覺漸漸鮮活起來，鼻子開始發癢了，喉嚨間有水汪汪的東西在靜靜流淌，腸胃裡也起死回生般掙扎蠕動，開始咕咕作響，有時人就像一條河流，寒冬過去就要復甦，就會嘩嘩作響，她終於有了飢餓感。

這時，劉火已用熱水沖了半碗豆糊，搭在嘴邊嘁嘁吹著，熱氣裊裊，豆香襲人，她幾乎垂涎欲滴了。他像一個道地的看護，終於把那只磕掉了瓷的碗端過來，扶她坐好，一勺一勺地餵給她喝。人可真是個怪東西，先前明明是想走絕路的，任憑什麼山珍海味，也不會多看一眼，可如今一旦嘗到了那豆糊綿甜的滋味，忽然覺得，活著該有多好，能喝到這麼香甜的東西，該有多幸福！

食物在維持生命的同時，也最大限度地啟動了人的思緒。對女孩來說，這個地窖的確是太過離奇了，這裡簡直就是童話王國裡的一座小小城堡，而這城堡的主人，更是充滿了傳奇色彩。因為所有人都固執地以為，他早就不在人世上了，可他偏偏還堅強地活著，活得有滋有味，至少在這可怕的青黃不接的時節，他還沒被餓死。直到這一刻，她才恍然大悟，自己以前

的猜疑，並非空穴來風。看來，白小蘭確實早就知道了這個天大的祕密，而對方之所以對她諱莫如深，也許僅僅是出於保護劉火的目的，自己在這件事上，真不該那麼小心眼，錯怪了她。

等謝亞軍可以勉強起來走動的時候，劉火就帶著她仔細參觀了這座小城堡的每一個角落，包括他後來花了三個半月時間，挖好的那條通向野外的祕密通道。他告訴她，每當夜幕降臨，自己就會帶著心愛的家犬，從這裡爬出去，到外面的天地裡，好好透透氣，撒撒歡。她完全能想像出，狗和主人自由自在地呼吸新鮮空氣的樣子。

這裡的一切，都讓謝亞軍感到驚訝和不可思議，劉火像動物一樣安靜地蟄居於此，完全不為外界所動，或者說，外面的那個紛亂的世界，對他來說幾乎不存在了。時間過去了那麼久，他竟然沒有頹廢，更沒有一蹶不振；恰恰相反，他學會了動腦筋，用自己勤勞的雙手，去創造一個又一個奇蹟。在這裡，就連最最可怕的飢餓威脅，都不那麼明顯了，他就憑藉著自己父親以前藏在地窖裡的那些糧食，獨自過著一種世外桃源般的生活。

自從他們兩人相識以來，謝亞軍還從未如此佩服過他，在這個少年的骨子裡，的確有一種童話書裡所說的游俠精神，一個死而復生的遠古勇士，一個執著的地下開鑿者，他以驚人的想像力和勇氣，親手締造了自己的神祕王國，而他就是這個王國的唯一主宰，大黃蜂是他最忠實可信的大臣和幹將，相信外

面再也找不到比這裡更完美的世界了。「世界」這個詞,她原來總是覺得很大很大,而現在卻變得很小很小,這個小小世界只要有一個人和一條狗,就已經足夠豐富了。

但有時,謝亞軍心裡又會不由得生出一種比憐憫更深的情感,當這張有些駭人的少年臉孔反覆出現在她眼前時,那種紫紅色的瘢痕,彷彿還在浴火燃燒,吱吱作響,她的眼淚就止不住流下來了。她真想跟他抱頭痛哭,為他,為弟弟,也為自己和所有的親人。以前,她從未想過命運這東西,現在她覺得,一個人的命運真是充滿了波折,就像這原本俊朗美好的少年的臉,轉眼間,就留下了難以磨滅的瘡疤,而印在心靈上的創痕,恐怕更加深刻。所以,她一直都不敢去想像:那個恐怖的禁閉室,那個火光沖天的午夜,劉火陪伴著她年幼的弟弟亞洲,經歷了怎樣慘絕無助的驚魂時刻,那又是怎樣恐怖的人間地獄?

惺惺相惜,劉火似乎也洞察到了對方的傷感,身為男孩子,他自然不會表現出多愁善感,而是故意繞開話題,語氣輕鬆地跟她聊起了那天亞洲是怎麼從地道口慢慢爬進來的。他說小傢伙像隻土撥鼠似的,當時可把他嚇得不輕,以為真被什麼壞人發覺,要大禍臨頭了。說到這件事的時候,兩個人都忍不住笑了。不過,這罕見的笑聲,是隱藏在神祕的地窖裡的,大地以上那些好奇的耳朵是聽不到的,除了靜靜趴在面前的兩條大狗。在這極為特殊的困難時期,狗跟家人一樣,的確帶給人

莫大的慰藉，如果說以前只是把「狗是人類最忠實的朋友」掛在嘴邊，並不見得真正懂得這句話的深意，現在他們都感同身受了。他們離不開狗，狗同樣也離不開他們，只有他們在一起的時候，這個世界才完整。

　　說實話，謝亞軍真想永遠待在這個小小的城堡裡，最好再也不要走出半步。可是，一想到可憐的母親和孱弱的弟弟，她就感到惴惴不安了。母親的身子越來越沉，弟弟年紀又那麼小，父親始終杳無音信，現在只有她能勉強照顧這個家了，儘管有時她連自己也照顧不周。

正如這個灰頭土臉的漫長冷春，白小蘭總是淚眼婆娑、憂心忡忡的樣子。

母親那天瘋狗一樣的惡意發難，徹底毀了她跟謝亞軍的關係，她恨母親恨得要死，她從來沒有這麼恨過一個人。她覺得，母親就是那種喜歡牆倒眾人推的人，明明知道謝家父親出事了，還那樣對待人家的女兒。她不知道母親是從什麼時候起變得這麼無恥的。她寧願自己從來沒有過這樣一個母親。

偶爾，走在街上，遠遠瞧見謝家任何一個人的身影，白小蘭的內心都會備受煎熬，有許多話語哽在喉頭，卻吐不出口。她總是刻意迴避著他們，迅速低下頭去，表情緊張，目光低垂，盡量不跟謝家人照面，也絕不多說一個字，或者乾脆轉身離去。愧疚、自責、尷尬和委屈，都一股腦兒地湧上心頭，互相交織、難分彼此。她時常在想，謝亞軍肯定永遠也不會原諒她們母女倆的，儘管這件事跟她半點關係也沒有。她知道，母親確實犯下了不可饒恕的錯，深深地傷害了自己最要好的朋友，謝亞軍現在肯定恨死她了，而她自己也恨透了母親。

事實上，自從知曉發生在楊樹林裡的事情以後，白小蘭幾乎再也沒有睡過一個安生覺。

　　深陷在痛苦深淵裡的她，似乎再也沒有勇氣面對謝亞軍了。一切都無法挽回了，母親那天不負責任的胡說八道，生生斷送了她跟謝亞軍之間這段珍貴的友誼。

　　白小蘭太珍視這段並不算長的同學情義，要知道在謝亞軍到來之前，她在鎮上從來沒有交過任何一個知心朋友，謝亞軍像三月裡的一縷陽光，照亮了她那冰封已久的情感的湖面。儘管她本人早已習慣了母親對她的謾罵和毆打，卻無法忍受母親對謝亞軍那樣無情的羞辱，母親極大地傷害了別人，也傷害了自己的女兒。在沒有謝亞軍相伴的日子裡，白小蘭過得渾渾噩噩，即便是睡著了，也常常被噩夢魘住，渾身冒虛汗，有些神志不清，胡話連篇。

　　在最需要親人關心照料的時候，屋子裡經常是空空蕩蕩的。母親從工地上私帶回來的那一點小米，早就熬粥吃光了，裝米的布袋也翻了個底朝天。現在，只要天一擦黑，母親便像隻母貓似的，靜悄悄地離開家門，不知去向。飢餓和噩夢，時時糾纏著這個卑微而善良的靈魂。白小蘭好不容易從被窩裡爬起來，用被子裹住瑟瑟發抖的瘦弱身體，裹成一顆高麗菜的模樣，只露出兩隻黑黑的眼睛，長時間膽怯而執拗地凝視窗外，再也沒有一絲睡意了。這一切，幾乎是一個女孩怕冷、怕黑又怕孤單的真實寫照。

　　母親又要出門了。她剛摸黑走到房門邊，就被黑暗中的什麼東西碰了個趔趄，驚得她不由得叫了一聲。白小蘭就立在門前，臉蛋看起來模模糊糊，唯獨那雙眼發出一種決絕的亮光，又酷似一截乾樹樁，擋住了母親的去路。

　　「嚇死人了，妳裝神弄鬼呢，不在床上睡覺，擋在這裡幹嘛？」母親邊喘著怒氣，邊拿手捂住胸口。白小蘭直直地盯住她，當做母親的想要用手扒拉開她時，她的嘴角才竭力抽了兩下，口氣也是豁出去的樣子。

　　「媽……妳……妳為什麼非……非要……非要傷……傷亞軍的心？」

　　「嗝，死丫頭，妳造反啊？快給我讓開路！」母親幾乎不管不顧地甩開她，獨自出門去了。

　　天上星光璀璨，屋內圍黑無聲。一個人深陷在無止境的自責和痛苦中太久了，會產生某種不切實際的幻覺。恍恍惚惚之間，白小蘭覺得自己從床上坐起身來，默默地趿起鞋子下了地，獨自走出黑漆漆的屋子。依稀看見謝亞軍就站在門外的臺階上等她，手裡攢著兩支自製的火把，一見到她就幽幽地笑了，並順手將其中一支火把很堅定地遞給她。快拿著，我們趁黑出發吧！對方的樣子有點神祕。白小蘭二話不說接了過去，表情堅定地攢在手心裡，像舉著一面旗幟。然後，她倆會意地點點頭，但誰也不說話，只是心有靈犀地朝街上走去。

　　午夜的街道白花花的，比想像中不知要明亮多少倍，可比

待在屋裡睡覺舒服多了。兩個女孩腳步細碎輕盈，一前一後轉過街角，順著主街方向往前走去，路過毫無生氣的國營飯館、生資日雜鋪和死氣沉沉的糧油店，還有門可羅雀的中心學校，裡面全都黑燈瞎火的，連個鬼影也望不見。她們就這樣悄無聲息地一路走到鎮委會的大院子裡，才止住了腳步。那個不可一世的大熔爐和高聳夜空的土煙囪，早就偃旗息鼓了，這裡再也看不到原先那種熱火朝天的場面了，飢餓就像傳說中的那頭年獸，一下子吞噬了鎮上所有人的熱情。

這時，謝亞軍將另一支火把也交到白小蘭手上。她自己掏出一盒火柴，手指微顫著，哧地擦了一根，火花一閃，倏忽又熄滅了，再重擦一根，火柴頭終於熾烈地燃起，火花璀璨，硫磺的氣味刺鼻難聞，她很鎮定地用它引燃了白小蘭手裡的火把。很快，兩簇幽藍幽藍的火苗，就撲獵獵燃燒起來了，兩人的臉面被照得通紅通紅，像一對整裝待嫁的小新娘似的。白小蘭痴痴地望著對方，覺得謝亞軍的樣子總是那麼迷人，鎮上再也找不到比她更漂亮、更聰慧的女孩了，所以，自己總是願意跟著謝亞軍，去做任何一件事，哪怕上刀山下火海，自己也不會有半點遲疑。

謝亞軍神祕地指了指眼前那間黑漆漆的房子，然後煞有介事地在她耳邊說：「妳不是想知道真相嗎，去吧，現在就看妳的了。」白小蘭忽然有些迷惑，但謝亞軍既然都這樣說了，她便猶猶豫豫地高舉起兩支火把，義無反顧地大步走上前去，雖然有

些心驚肉跳，但她還是用一隻腳去試著踹房門，那門竟是虛掩著的，吱扭一聲，朝裡敞開了。白小蘭剛一愣神，就聽見身後又傳來謝亞軍不無慫恿的聲音：「小蘭，別愣著呀，那裡面可有好戲等妳看呢。」她馬上回過神來，像是壯膽似的，用力晃動著火把，灼灼光影頓時搖曳起來。她的影子投射在牆壁上，像個神通廣大的巨人，讓她毅然決然地向屋內走去。

兩團熊熊閃耀的火光，幾乎一下子就照亮了房間的每一個角落。隔著一張亂糟糟的辦公桌和一把歪斜的靠背椅，她一眼就看見靠內側擺放的那張單人床了。床身正在劇烈搖晃，上面赫然浮現出兩團裸露著的軀體，其中一個皮膚白得嚇人，頭髮像女妖一樣胡亂披散開來，她簡直不敢相信，那竟是自己的母親。她完全驚呆了，呼吸短促，雙手發抖，脊背冒涼風，不知道接下來該怎麼辦了，手裡的火把都慌得丟在地上……火光猛地消失了，世界又變得一片漆黑，深不可測，又無邊無際。

這時，她又一次聽到謝亞軍有些誇張和詭祕的笑聲，那聲音簡直讓她無地自容，耳畔彷彿又傳來一大群孩子的聒噪和喧嘩。

「破鞋！破鞋！破鞋……」

「不要臉！不要臉！不要臉……」

至此，可怕的夢境終於消失了。白小蘭在惶恐不安中，不知又在床上呆坐了多久，院子裡總算是傳來了一串窸窸窣窣的腳步聲，是母親從外面回來了。母親活像一隻矯健的母貓，靜

悄悄地踅進屋來，她有些疲倦地掃了一眼女兒，白小蘭正裹在被窩團裡發呆，她嘴裡沒好氣地嘟嚷著：「傻坐著詐屍呢，半夜三更不老老實實躺著。」說著，麻利地脫了鞋，和衣躺在床上了。

母女倆之間有一道很寬的空隙，被黑暗無聲地填充著，涇渭分明，恰似一道不可逾越的溝渠。母親躺好之後，才想起了什麼，一隻手開始在被窩裡摸索起來，過了一小會兒，她將離白小蘭最近的那隻手直直地伸了過來，帶著一股女性身體特有的氣味。白小蘭本能地抵制著這種曖昧的味道。

「喏，餓壞了吧，趕緊把這個吃了。」

白小蘭木然地盯著母親那隻雪白雪白的手，以及手裡的一塊什麼好吃的，半晌卻一動也不動，木雕泥塑一般。

「餓傻了吧妳，連動動嘴也不會？」

母親的口氣突然變得厲害了，凶巴巴的，像是要對她發火了。

白小蘭始終沒有動一下，食物誘人的氣息近在咫尺，像一群活躍的蚊蛾，想拚命往她嘴裡鑽。她的鼻子都發癢了，喉嚨裡開始胡亂吞咽什麼了，可她就是沒有伸出自己的手，抿住嘴強忍著。這樣又靜默了片刻，母親騰地坐起來，幾乎氣急敗壞地一下子就把手裡的食物硬頂在白小蘭的嘴唇上，那感覺硬邦邦的，有點痛，扎嘴，像鈍刀子割肉。

「怎了，傻不楞登的要死啦？到嘴邊的東西也不知道吃，還

指望老娘掰開嘴餵妳！」

　　白小蘭能感覺到母親手上的蠻力以及食物巨大的誘人香味，這些都讓她無法抗拒，但她就是本能地把嘴唇閉得緊緊的，牙齒咬得牢牢的，絕不露出一絲縫隙。她怕自己只要稍微一張嘴，那東西就會嗖地一下鑽進口內，融化到肚子裡。如此一來，母親又用力塞了幾塞，終於洩氣了，忽地，又賭著氣平展展躺下身去。

　　「不吃老娘留著自己吃，餓死妳，活該！」母親幾乎咬著牙詛咒。

　　隨即，白小蘭就聽見母親把頭臉掩蔽在被子下面，起初是壓抑的小聲啜泣，後來竟洶湧地號啕起來，那聲音聽起來比母狼的叫聲還嚇人。不久前，白小蘭才在河灘邊親耳聽過母狼的聲音，不過那時她身邊有自己最要好的夥伴，現在只剩她孤身一人了。

　　眼前這個溜肩細胯的婦人，在遭遇了一場風霜侵襲後，多少有點殘花敗柳的味道。自從大面積饑荒在鎮上愈演愈烈後，她有事沒事，總喜歡扭扭搭搭在街上晃動，遇到某個男的，她會用那雙又憂鬱又悽惶的丹鳳眼瞪摸別人，眼神中多少閃耀著一絲風騷的光焰，男人們往往是經不住這眼神誘惑的。等到夜深人靜了，定有不三不四的人在門外瞎晃悠，或學貓狗叫喚，她就趁著女兒睡熟了，悄悄下地出門去，等她再回來的時候，衣服口袋裡往往會多出那麼一點吃食：一顆烤得金黃金黃的馬

鈴薯、一把用來榨油的生胡麻籽，或者是一塊硬邦邦的黑麵餅子，總之，都是比命還要金貴的東西。

此刻，面對母親的這通難過的哀號，白小蘭無動於衷地枯坐在那裡，像個被包裹得嚴嚴實實的木偶，一動也不動。她想，乾脆就這麼坐著，不吃不喝死掉算了，活著對她來說，已經沒有任何意義了。更早之前，可憐的父親被一輛拉煤用的卡車送回家的時候，她就曾動過這可怕的念頭，只是那時心中似乎還有好多牽掛，現在倒什麼都沒有了，終於可以安心地走了。

窗外，始終躺著那兩條漆黑、陰冷，瘦得幾乎沒有一絲生氣的短短的街道。

後來一連幾個晚上，不管母親在不在家，白小蘭一直讓自己這樣倔強地坐著，把自己坐成一個小小的苦行僧，直到身體漸漸支撐不住，直到殘存的意識慢慢消失，疲乏和飢渴終於摧毀了一切，她才軟塌塌地倒在床上。

朦朦朧朧間，彷彿又一次進入那條陰森幽暗的狹窄坑道，稀薄的空氣在黑色的煤塵中凝滯，人的呼吸漸漸停歇了，身體忽然變得輕飄飄的，活像一片輕盈的羽毛，可以自由自在地穿越那漫長曲折的黑色通道了……

奇怪的是，那黑色通道的出口，窄窄的，圓圓的，活像一眼水井，遠遠地，還有那麼一圈亮光，正在上下浮動著。

哐哐哐！

哐哐哐哐！

哐哐哐哐哐……

院門被誰莽撞地砸響了，聽起來十萬火急的樣子，屋子裡的大人孩子都被驚醒了。

母親勉勉強強從被窩裡坐起來，驚魂未定地朝窗外望著，惱人的敲門聲還在繼續。母親一臉的驚惶，側著耳聽了一會兒，才戰戰兢兢地趿拉著鞋，準備下床。她嘴裡惴惴地嘀咕著：

「總不會是……妳爸……他回來了？」

弟弟緊張得要命，小身體一個勁兒地往被窩深處縮著，彷彿怪物就要闖入房間。謝亞軍知道母親身體不靈便，怕她出門著涼感冒，就急忙披衣下床攔住母親，自己出去瞧瞧。

從屋內走到院門，統共也就二十來步，此刻卻顯得無比漫長，幾乎每走一步，都有些驚心動魄的味道，那種嚇人的哐哐聲始終不絕於耳，門板要被砸破了。真的是爸爸嗎？要是他能回來該多好啊，一家人再也不用提心吊膽過日子，只要爸爸在，這個家就有了主心骨，再大的饑荒和苦難也不怕了……

謝亞軍滿心憧憬地拉開門閂，那一瞬間，她的眼皮都不由得猛跳了好幾下，整個人被一種叫做命運感的東西死死攫住，手腳冰涼，徹底不聽自己使喚了。兀自出現在眼前的，是隔壁女人那張驚恐無助的白臉。

僅僅愣了兩三秒，謝亞軍立即反手重重地關閉了院門，她一轉身將自己的後背近乎激憤地頂靠在門板上，像是要用孱弱的身體來擋住自家的門戶。真是活見鬼，這輩子都不想再看到

這個女人的臉了，永遠不。

可是，外面的女人仍舊近乎瘋狂地用力拍打院門，一點不在乎被拒之門外的尷尬。隔著院門，謝亞軍聽見對方邊拍打，邊急切地央求著：

「我求求妳了，快開開門啊！妳無論如何也要來家裡看一眼啊……嗚嗚。小蘭她有話要跟妳說呢……是我對不起妳，我不是人……那天我那樣說妳，就是想把妳氣跑了事……我生怕妳跟小蘭玩在一起會連累我們家……就算阿姨求妳了，去看看小蘭吧，哪怕只看一眼啊！」

等謝亞軍急匆匆趕過去的時候，白小蘭奄奄一息地躺在堂屋的床上，臉色青灰如薄布片，雙眼深陷並緊鎖著，嘴唇全都乾裂了，捲起了厚厚一層白皮。一縷淡淡的月光透過窗根，斜鋪在小女孩的額頭上，使得那裡的一叢髮跡變得花白了似的，看上去像是一個年紀很大的病婦。

謝亞軍早已忘掉了之前的所有不快，幾乎是嗚咽著撲了上去，將白小蘭瘦扁扁的上半身摟住，把自己的面頰溼淋淋地貼在對方的小臉上，好冰冷的一張臉，幾乎沒了溫度。

淚滴砸落，千呼萬喚，拚命地搖晃著。漸漸地，白小蘭終於在謝亞軍懷裡張開了一道眼縫，但那無神的目光已如游絲般微弱了，僅僅在謝亞軍的臉上游走了一小會兒，隨即眼皮又疲倦而沉重地闔上了。倒是那兩片乾裂的嘴唇掙扎著，顫巍巍的，半晌，被撕裂般，從兩唇間突圍出一條黑黑的縫隙，像是有什麼當緊的話非要對她講呢！

274

謝亞軍趕緊將耳朵貼了上去，那種微弱無力的氣息，游絲一樣滑進她的耳廓裡。她喜歡這氣息，迷戀這氣息，離不開這氣息，正是這氣息跟她朝夕相伴，尤其是白小蘭跟她說悄悄話時的樣子。此時，她強迫自己止住悲聲，抹去眼淚，屏住呼吸，生怕聽不清對方說什麼。

「求妳原諒我們，我要去看爸爸了。」

一個名叫小蘭的女孩就要走了，一個世上最親密的朋友就要走了。可是，這個該死的夜晚除了寒冷和飢餓，除了寂靜和黑暗，什麼也不能讓小蘭帶走，她只能孤零零地一個人去了。即便是在河灘地那個性命攸關的時刻，面對無邊的黑夜和凶殘的惡狼，她們都不曾分開過，可是眼下這個可憐的小人兒真的要走了。

謝亞軍一直不停地晃動著白小蘭的身體，淚水洶湧到無法抑制，任憑它們大滴大滴地落到對方的臉上和身上。她也許還能真切地感受到，那種熟悉的女孩氣息，正一點一點從白小蘭黑黑瘦瘦的身體裡飄散出來，游絲般繚繞在她身邊，像是在做最後的惜別。

起初，白小蘭還有那麼點熱乎氣，逐漸地，就冷淡了，最後像塊無聲無息的石頭。

謝亞軍根本無法相信眼前這一切是真實的，就像很多時候，她不相信這世界突然變得如此絕情和冷酷。而白小蘭最後留給她的那句話，又是那麼真實，那麼清晰，那麼震撼，那麼

讓她痛心疾首！她忽然意識到，白小蘭拚著最後的一絲氣力，跟她說出了這輩子最順溜的一句話：求妳原諒我們，我要去看爸爸了。此時此刻，她還有什麼不能原諒的呢？

　　一定是老天爺有意憐憫她吧，讓這個善良的女孩在臨走前，終於說出了心裡最想說的那句話，也是平生最最完整的一句話。謝亞軍始終強迫自己這樣去想問題，小蘭要去的那個地方，肯定沒有羞辱和欺瞞，沒有爭吵和仇恨，她用決絕而不妥協的方式，徹底擺脫了這人世間的一切煩惱和糾葛，包括她以前有些口吃的小毛病，她從此要去過一種平平靜靜、無憂無慮的新生活了。在那個地方，小蘭想說什麼就說什麼，因為她有一肚子話要跟爸爸說呢！她最喜歡的人就是爸爸，爸爸也最疼愛她。小蘭有福了！

　　一旦意識到這一點，謝亞軍就不再那麼瘋狂地搖晃這個瘦瘦涼涼的小身體了，那樣會讓白小蘭走得不舒服，走得牽牽掛掛，走得魂不守舍。所以，她只是緊緊地抱著白小蘭，她覺得唯獨這樣，親愛的小蘭才會走得溫暖一點，從容一點，也體面一點。

　　「放寬心吧小蘭，我不會怪妳們的，妳就安心去見爸爸吧！」幾乎是一字一淚，謝亞軍在小蘭耳邊說。

　　一連好幾天，亞洲就跟著了魔似的，整天一個人瘟雞樣趴在堂屋窗前，半聲不響地望著外面發呆，小小的眼神憂傷得讓人不敢多看一眼。

　　謝亞軍心裡再清楚不過，弟弟必定是一時半會兒放不下他的小蘭姐姐。要知道，小蘭以前對弟弟那麼好，時不時買糖果給他吃，陪著他到處玩，還把自己最心愛的小兔子也送給他……可以說，自從他們一家來到這個陌生偏遠的小地方，除了媽媽和姐姐，就數小蘭在弟弟心目中最重要了。現在，小蘭姐姐說沒就沒了，孩子肯定一時半會兒轉不過這個彎，誰勸什麼也沒有用，他只是一味地沉浸在濃得化不開的憂傷之中。

　　這天晚上，母親好說歹說，總算是把小傢伙拉回到床上來。可等大人睡著不久，弟弟又鬼使神差地爬了起來，照舊一個人默默地趴在窗臺前，呆呆地望向黑乎乎的外面，好像他是在一門心思等什麼人回來。

　　謝亞軍不得不起床陪著弟弟。夜色中的屋子空落落的，空氣中飄蕩著哀痛的味道，她的心就像被誰悄悄地挖了個坑似

的，再也無法填補和彌合。她靜靜地走過去，站在弟弟身後，半晌，只是將自己的手臂搭在那個小小的肩頭上，間或，輕輕地撫摸一下小傢伙毛茸茸的腦袋，此時此刻，這親密的觸覺讓人覺得溫暖。這溫暖彷彿可以融化一切。

該怎麼跟弟弟說呢？人死不能復活，活著的人還要堅強地活下去……這些大道理未免都太空洞了，連她自己都說服不了，又怎麼能指望弟弟相信呢？透過眼前那扇小小的玻璃窗，外面的夜空顯得明亮而沉靜，一顆流星倏忽劃過眼前，粲然醒目，但瞬息又熄滅了，彷彿只是人的一次幻覺，不留一絲一毫痕跡。

也許是受了那星光的啟示，謝亞軍兀自記起，自己以前在城裡念書時最喜愛的一則外國故事——英國作家查爾斯·狄更斯創作的《一個孩子的星星夢》，那是被國文老師特意抄錄在筆記本上的一篇課外閱讀資料，老師通常會在班會或下課時間讀給同學們聽。記得老師說過，這樣的故事能帶給人心靈莫大的震撼和慰藉，要用心慢慢感受，希望大家閉上眼睛去聆聽。

謝亞軍每每聽得如痴如醉，後來竟一字不落地都記在腦子裡了，再後來幾乎可以倒背如流，老師還讓她替班上同學複述過兩次，幾乎每一次她都被感動得熱淚直流。後來，謝亞軍聽說，就在同學們離開學校的前夕，那個國文老師被打成了什麼「右派」，說這個女老師反動，滿腦子都是資產階級的腐朽思想，長期混跡於人民教師隊伍當中，伺機毒害祖國的花朵，於

是大會小會批鬥了一通，最後打發她去掃學校的操場和廁所，當然是不許她再走上三尺講臺了……謝亞軍真替她感到難過和惋惜，多好的一名國文老師啊！她上課誦讀文章時的樣子真美。此刻，觸景生情，那些優美的文字和段落，又清晰地浮現在腦海中了，於是，她不假思索地在弟弟耳邊輕聲講了起來：

「從前，有一個小男孩，他總愛在外面閒晃，整日天南海北地幻想著。男孩有一個姐姐，他們兩個一天到晚形影不離，還總愛在一起胡亂遐想。他們總是好奇，花兒為什麼那樣美麗，天空為什麼那樣清澈，墨玉似的深潭哪裡才是它們的底。又驚奇上帝為什麼會有那麼博大的愛心和無窮無盡的力量，把這世界變得如此可愛。他們兩個常常這樣漫無邊際地閒聊，有時候他們竟會問自己，咦，如果世界上的所有孩子都死了，那花、水和天空會難過嗎？會的，姐弟倆都深信，它們一定會很難過的。他們都說，那枝頭沒有綻開的花蕾就是花的孩子，那山坡下跳躍嬉戲的小溪就是水的孩子，而那些整夜在天空捉迷藏的一個個極小的光點，一定是星星的孩子了。所以，它們要是再也看不見自己孩子的小夥伴 —— 人的孩子，那它們一定會非常難過的。

附近墓地的上空，教堂尖頂的旁邊，有一顆很明亮的星星，它總是比別的星星更早地升到天上去，姐弟倆便以為它比所有的星星更大更美。於是，每天晚上，他們都手挽手站在窗前，等著看那奇異的光彩，誰要是先看見了，就連忙喊：我看

見星星了！不過，他們兩個經常是同時歡叫起來的，因為他們都知道，那顆星是什麼時候從什麼地方升起來的。就這樣，小姐弟和那顆星星成了好朋友，每天上床以前，他們兩個總要再看上它一眼，睡意朦朧中，還要祈禱，願上帝保佑那顆美麗的星星。」

故事剛開始的時候，亞洲似乎並不為之所動，懵懵懂懂地仍舊執拗地望著黑乎乎的窗外。謝亞軍始終從身後輕輕摟著弟弟，繼續講述：

「姐姐在很小很小的時候，身體就變得十分虛弱了，她像一株枯萎了的花，再也不能在暮靄籠罩的傍晚，站在窗前等待那顆星，只留下小男孩一個人，悲傷地眺望那遙遠的夜空。每逢看到那顆星，他就回過頭，對床前那張蒼白的小臉說，我看見星星了！蒼白的小臉也露出一個燦爛的笑容，病床上傳來一個微弱的聲音：願上帝保佑我的弟弟和那顆星吧！」

故事講到這裡，亞洲不經意地問了一句，那個姐姐是不是病得很重，她會不會死？謝亞軍沒有立刻回答弟弟的疑問，而是稍稍停頓了一下，又娓娓地講下去：

「可怕的一天終於來到了，來得是那樣快，病榻上那張蒼白的小臉消失了，墓地裡卻新添了一座小墳。小男孩孤獨地站在窗前，透過迷離的淚水，望著那顆碩大的星，星星向他灑下燦爛的清輝。那耀眼的光輝彷彿從大地到天空，鋪下一條銀光閃閃的道路，小男孩獨自上床睡了。睡夢中，他看見一群人被天

使領著，走上了這條閃光的道路，天門大開，星星在他面前敞開了一個光明的世界，在那裡又有許多溫柔美麗的天使，等待著迎接這些城市的客人，他們目光炯炯，在人群中急切地搜尋著，有的找見了自己的親人，立刻高興地從長長的隊伍中跑出來，摟著親人的脖子，熱烈地親吻著，然後，一起走進星星交織的火樹銀花不夜天的林蔭大道，他們那樣快活，就連躺在床上的小男孩也高興地哭起來。

可是也有不少天使，沒有跟他們一起走，在這些暫且彌留的天使中，小男孩一眼就認出了他的姐姐。姐姐那張花兒似的枯萎了的小臉，變得容光煥發春風滿面，小男孩在心裡感覺到，她就是這裡的主人之一。姐姐在星星的門口踟躕徘徊著，她問帶這些客人踏入星星門檻的那個天使頭領：我的弟弟來了嗎？對方說沒有。姐姐轉身走了，但她並沒有失望。小男孩伸出兩隻手臂焦急地喊，姐姐我在這兒，妳帶我走啊！姐姐用明亮的眼睛望著他，星光劃過夜空，照耀著這個小小的房間，小男孩透過迷離的淚水，望著那顆碩大的星，星星向它灑下燦爛的清輝。」

亞洲的呼吸變得越來越急促了，小小的胸脯起伏得好厲害。顯然，故事裡的小人物揪住了弟弟的心，又好像有隻迷離的兔子，就要從胸口蹦跳出來，謝亞軍覺得自己都快摟不住弟弟了。

亞洲很想打斷姐姐，問一問故事裡的那位姐姐，她為什麼

非要問她的弟弟來過沒有，可是他又不敢問，生怕姐姐嫌他囉唆，不再好好講給他聽了。

「從那以後，小男孩就把那顆星看作是有朝一日他總要回歸的家鄉。他心裡想，自己並不僅僅屬於大地，還屬於那顆星，因為姐姐已經先到那裡去了。」

不知什麼時候，亞洲開始啜泣了，瘦小的身體在謝亞軍的懷裡痙攣似的抽動著。謝亞軍早已淚流滿面，大滴大滴的淚水不斷地滾落到弟弟的頭上和肩膀上。弟弟忽然緊緊地攢住了姐姐的一隻手，那細細的指甲尖就要陷進肉裡去了。謝亞軍皺著眉頭，慢慢地抽回手來，先用袖口抹了抹弟弟的小臉，然後又擦了一把自己的眼睛，才囁嚅著說：「好了，我們也該上床睡覺了，不然會吵醒媽媽的。」

亞洲遲疑了一下，扭過小臉不無天真地問：「那後來呢？那個弟弟也死了嗎？」謝亞軍只是勾了一下他的小鼻子，聲音很䑛地說：「想要知道結果的話，就得先乖乖上床睡覺。」小傢伙雖然意猶未盡，可還是順從地跟著姐姐，慢騰騰地回到了床上。

屋子好像已經不那麼黑了。

第二天睡覺前，弟弟心血來潮似的，把他的小耳朵緊貼在母親的肚子上，在那裡煞有介事地聽了起來。透過母親身上肥闊空蕩的外衣，謝亞軍隱隱約約看到那痛得不能再痛的腹部。

小傢伙一直在母親身上探聽著什麼，嘴裡小聲嘀咕：「媽，小妹妹怎麼還不出來，我都等不及了，妳到底什麼時候才讓她

出來啊？」亞洲稚嫩的語氣似乎又很肯定，好像他早斷定母親懷的是個女嬰。

母親忽然陷入某種無法迴避的慌怵與頹喪中，半晌囁嚅著，似在自言自語：「小妹妹走了。」亞洲猛地從母親肚子上支稜起腦袋，一再地問：「她去哪兒了，小妹妹去哪兒了？媽妳快說呀，妳把她藏到哪兒了？」母親低頭遲疑了片刻，然後無力地張開雙臂，顫抖著將弟弟摟住，母子二人的額頭就緊緊蹭在一起。

母子倆這樣無聲地在床上黏糊了一會兒，謝亞軍最終聽見的卻是母親沉鬱的啜泣音，她就猜到八九分了，一個注定不該來的小生命，就這樣毫無聲息地離開了母親的懷抱。她心裡說不上是難過，還是別的什麼。或許，是她心裡還一直放不下白小蘭，放不下她倆在一起的點點滴滴，所以，才沒有更多的空間來容納這新的悲傷。她只是默默地走到床邊，輕輕地把亞洲從母親的身上拉開。母親看上去虛弱極了，那張蒼白如紙的臉，就連兩片嘴唇也沒一丁點血色，眼光渙散無神，她太需要好好休息了。

謝亞軍又莫名地想起，以前白小蘭送來的那隻可愛的小兔子，亞洲是那麼喜歡牠，人和兔子成天形影不離，連晚上睡覺都用盒子放在枕頭邊，可忽然有一日，兔子就消失得無影無蹤，惹得小傢伙難過了好久好久。由此她就想，那個未曾謀面的小妹妹（就按弟弟的說法）或許又是幸運的，既然眼下活著

是那麼不容易，真不如趁早離開或者乾脆不要來，省得小小年紀，就跟著大夥兒吃苦受罪。如此一來，她似乎又覺得，白小蘭的猝然離去，也許並不是最壞的事，畢竟白小蘭臨走時說過，她是要去那邊見自己的爸爸的，所以她該沒有遺憾了。

這時，亞洲又噘著小嘴，爬到姐姐的床邊來了，一個勁兒地央求，再跟他講一講那個外國小孩的故事。她看著弟弟那雙黑黑亮亮的眼睛，覺得那裡充滿了好奇和渴望，於是，她就輕聲細語地把剩下的故事全部講給他聽。

「男孩後來又有了一個小弟弟，不過弟弟在很小很小的時候，連一句話也沒說，就抽動著身體離開了那張小床。在那個夜晚，男孩又夢見了那顆星，夢見了那群天使和蜂擁而至的城市客人。姐姐又去問天使的頭領，我弟弟來了嗎？對方說來了，不過不是那個，是另外的一個。男孩看見他的弟弟撲在了姐姐的懷裡，他連忙喊，姐姐我在這兒，快帶我走呀！姐姐在閃爍的星光中轉過臉，微笑地看著他。

男孩漸漸長成一個少年，有一天他正在讀書，一個僕人突然進屋對他說，你媽媽走了，我帶來了她臨走前對你的祝福。夜裡，男孩又看見了那顆星、天使、遠方的客人。姐姐又問那個領頭的，我弟弟來了吧？對方說，沒有，妳媽媽來了。這時歡呼聲響起來，媽媽又和她的兩個孩子團聚了。男孩張開雙臂喊著，媽媽姐姐弟弟，我在這兒，帶我走吧！他們都回答說，不，不，不，你還不該來呢！」

「姐姐，他為什麼老想去那邊？那邊有什麼好的？去那邊的可都是死人，難道他就不害怕死人嗎？」亞洲憂戚而疑惑不解地看著姐姐。謝亞軍想了想說：「其實，你小蘭姐姐也去了那邊，她就一點也不害怕，因為她知道爸爸就在那邊等她呢。」

　　亞洲似懂非懂地眨了眨黑黑的眼睛，這個問題太複雜了，孩子一時半會兒想不明白，他乾脆側過身去，面對窗外，靜靜地躺在姐姐身邊，繼續聽著那個古老的故事。

　　「男孩漸漸變成一個鬢髮花白的老人，他坐在椅子上，悲傷占據了整個心靈，淚水沾溼了蒼老的面頰。美麗的星星又向他敞開了大門，姐姐問那天使頭領，我弟弟來了吧？對方說，沒有，他沒有來，不過他的小女兒來了。那曾是孩子的老人，抬起一雙昏花的眼睛，又看見了他剛剛失去的女兒，那仙女般婀娜多姿的女子，正偎依在親人的懷抱中。老人自言自語說，啊，我女兒的頭貼在我姐姐的胸前，手臂摟著我媽媽的脖子，腳邊還有那個牙牙學語的弟弟，萬能的主啊，我終於可以忍受這離別之苦了。

　　男孩後來變成一個老人，過去那張柔嫩的面頰早已鋪滿了皺紋，輕盈的腳步變得遲鈍了，腰彎了，背也駝了。一天晚上，他躺在床上，孩子們都站在他身邊，他突然喊了起來，就像許久許久以前。我看見了，我看見那顆星了！孩子們悄悄地說，他要去了。他說，是的，我要走了，我像脫去一件外衣一樣揚去歲月留下的痕跡，又像一個孩子飛向那閃光的星了。我

286

的天父啊，現在我感謝你，常常打開天國的大門，收留那些正在等待我的人……」

　　就這樣聽著故事，亞洲淚眼朦朧地迷糊著了。這個晚上他睡得很踏實，連夢也沒有。

　　天剛矇矇亮，院裡傳來一陣沙沙的響動，間或還有很輕很輕的嗚嗚聲，母親和弟弟仍舊沉睡著，呼吸聲清晰可聞。

　　謝亞軍一骨碌爬起來，瞇著眼趴到窗臺上往外瞧，有兩隻毛茸茸的爪子正一下一下往窗臺上撲抓著。天哪，原來是坦克不知何時跑回家了。劉火那天親口答應的，要替她好好照料坦克，說現在最好不要再讓牠公開露面，省得那幫壞蛋老惦記著吃狗肉。她覺得他的話有道理，就把坦克暫時留在他那裡了。

　　她躡手躡腳地走出屋子，坦克早就迫不及待地撲上來，用舌頭吧嗒吧嗒舔她的臉。正如父親告訴她的，這條狗不光勇敢，而且極其聰明，眼下牠猛不丁跑回來，像是肩負著什麼重要任務似的，一籌莫展，又急不可耐。

　　當謝亞軍蹲下來撫摩狗的腦殼時，坦克卻一反常態，忽然張開嘴，一下子就叼住了她的一截衣袖，再也不肯鬆開了，喉嚨裡焦躁地嗚嗚鳴響，一雙狗眼閃著急切不安的光芒，四隻爪子開始不停地往院門方向後退而去。她雖然有些懵懵懂懂，不清楚外面到底發生了什麼，可還是相信事出有因，不然狗是不會莫名其妙叼著她的袖子不鬆口的，於是她就悄悄地跟隨坦克離開了院子。

她做夢也想不到，大黃蜂竟然在夜裡生下了一窩崽兒，是三隻肉嘟嘟的小花狗，此刻牠們連小眼睛都還沒有睜開呢！謝亞軍震驚極了，那種複雜的心情根本無法用言語來表達。當她被坦克一路引領著來到那神祕的地窖裡，心中的疑團一下子變成空前的喜悅了。劉火靦腆地跟她解釋，說其實他早就發現兩條大狗好上了，只是一直不好意思跟她說，而且，大黃蜂畢竟是條上了年紀的老母狗，牠已經好幾年都沒有生過一隻狗崽了，這次能順利產下三隻小狗，連他自己也感到格外吃驚，這不能不說是個奇蹟，特別是在這麼艱苦的條件下。

　　可以說，從出生到長大，謝亞軍還是頭一回見到這種驚豔的場面。她簡直都要欣喜若狂了，一進去就雙膝跪在地上，又是興奮，又是緊張，又是好奇，兩隻眼睛從未像此刻這樣閃閃發亮。這些幼小的生命完全超乎她的想像，她的雙眼根本看不過來，真想把牠們全都抱在懷裡，她幸福得直想喊叫，直想縱聲大笑。

　　倒是坦克，有些忐忑地趴在她身旁，一會兒盯著大黃蜂看看，一會又伸出舌頭，不得要領地舔舔小狗的腦袋和屁股，也是一副剛做了爸爸而無所適從的呆傻模樣。謝亞軍不無感動地一遍又一遍地撫摩著坦克，好像在不停地讚揚這條家犬的豐功偉業。

　　那三隻小狗則爭先恐後地在大黃蜂鬆垮垮的肚皮子上拱來拱去，有滋有味地吸吮著乳汁，時不時會像小老鼠似的吱嗚

兩聲，聲音也是嬌滴滴的，讓人心疼。這些小傢伙多少遺傳了大黃蜂和坦克的特點，比如，身體從脖頸開始到脊背再到尾巴梢，都覆蓋著一條黑褐色的紋路，肚皮和四肢卻是淡黃色的，圓圓的腦殼上同樣分布著淺褐色的斑點，只有尾巴還像小貓那樣短短的，一個個虎頭虎腦，看著就叫人不能不心生憐愛。

大黃蜂一直那樣疲憊地側躺著，盡量將自己的腹部袒露出來，以便餵奶給小狗。夜間那場持續艱難的生育過程，看來已經耗盡了牠的全部體力，這條年邁的母狗微微閉著眼睛，似在養神，半天頭都懶得抬一下，偶爾睜開憔悴的老眼瞧瞧小狗，或伸出舌頭輕舔兩下幼崽的茸毛，就又無力地閉合了。母狗的乳頭已被吮得痛痛的，發紅了，小傢伙們照舊不依不饒地哄搶著，個個貪吃不厭，一點也不在乎母狗的辛苦。

當劉火輕輕地抓起其中一隻，小心翼翼地放在她手掌心裡的時候，謝亞軍立刻感到，自己被那種綿軟與溫和團團地包圍起來了。這毛茸茸的小肉團，發出吱吱嗚嗚的一串輕微叫聲，怎麼說呢，又孱弱，又嬌嫩，又甜美，實在是動聽極了，尤其在這靜悄悄的黎明時分，簡直就像個正在吃奶的小嬰兒，叫人忍俊不禁。

謝亞軍幾乎不敢相信自己的眼睛和耳朵，渾身上下不斷地湧起一股說不清道不明的幸福暖流，她感到臉熱心跳，思潮蕩漾了。這小小的生命啊，猶如在這昏暗逼仄的地窖裡劃著的火柴一般，一下子就照亮了她內心深處最柔軟的部分。

一開始，小狗認生似的叫了幾聲，謝亞軍也學小狗的聲音輕輕地回應著，像年輕的母親不得要領地哄自己的小孩那樣。小狗謹慎而又膽怯地在她手掌心裡縮成一小團，過了一會兒，大概覺得人對牠並無一絲敵意，才笨拙地顫巍巍地挪動著同樣柔軟的爪團，踟躕著，試探著，把潮溼的鼻尖輕輕地抵到她的手腕上，在那裡嗅來嗅去，最後才終於鼓足了勇氣，伸出很小很軟的一點舌尖，粉粉的，嗚嗚著，一下一下溫柔地舔了起來。

　　對於謝亞軍來說，這種潮溼溫熱的酥癢感覺，真是要多奇妙有多奇妙！相信任何一個再陰鬱再愁煩的鐵石心腸的人，遇到這種溫柔的小動作也會被漸漸融化的。謝亞軍始終戰戰兢兢地捧著小狗，彷彿捧著一只精美絕倫的小瓷瓶，生怕隨時會掉在地上摔得粉碎。

　　「小狗，小狗，小狗……我的小乖乖！」

　　謝亞軍嘴裡不停地呼喚著，完全變成一個溫情脈脈的小母親的樣子了，平生頭一次親手抱起了屬於自己的孩子，她甚至忘了劉火的存在，忘了剛剛過去的那個悲哀的自己，忘了剛離開她不久的白小蘭，忘了所有的憂傷和痛苦，只是一味地將臉頰貼在小狗身上，用自己的嘴唇去摩挲那肉嘟嘟的鮮活的小生命。

　　「哦，好可愛的小不點！」

　　她忽然想大哭一場，簡直刻不容緩了。在這料峭春寒的早晨，在這深藏不露的地窖中，她再也沒有辦法抑制自己的情

感，任憑積攢了許久的淚水奪眶而出，任由自己哭得像個傻傻的孩子。她的眼淚和哭聲震動了整個地窖，兩條大狗都慌得從地上爬起來，支稜著腦殼看她，小狗崽嚇得直往母狗身後藏，劉火一時也手足無措，不知該怎麼解勸她好了。

　　就在昨天夜裡，**謝亞軍**還在為母親失去孩子、弟弟失去妹妹而傷心難過呢，可現在的她，已經把那些事都拋到九天雲外了，她的小天地剛被無情地關上一道門，此刻又被神奇地推開了一面窗。陽光照進來了，雨露灑進來了，微風吹進來了，春天真的要來了。

寫給女兒的一本書（代後記）

　　我的寫作方向發生變化，應該是在二〇〇八年之後，同絕大多數當代中國作家一樣，由於受底層文學思潮的影響，至少有那麼六七年光景，不再去寫與二十世紀那段特殊歷史相關的小說。

　　那段時間，上小學的女兒芳菲正在讀曹文軒和沈石溪等人的作品，有一天父女倆在生活區後面的北塔湖畔散步，她饒有興趣地跟我談孩子們喜歡的那些故事。女兒突然揚起脖子問我，爸爸，你為什麼不寫一本我們孩子也喜歡讀的書呢？這個問題由女兒提出來，還是讓我怔了一下。於是，我們父女倆就這個話題海闊天空地邊走邊聊。那天黃昏，我和小傢伙來了一次文學漫步，多半時間都是她在說，後來在女兒的熱情提議下，我答應要為她好好寫一部小說了。女兒說，故事裡一定要有孩子，我說好。女兒說，還要有動物，比如狗狗，我也答應了。女兒立刻來了興致，她甚至開始動腦筋，幫我虛構起故事

寫給女兒的
一本書（代後記）

中的狗狗應該是什麼品種、孩子又是什麼模樣。我跟女兒勾手指的時候說，故事裡不僅要有孩子和狗，還要有你們從未經歷過的苦難歲月。

　　為女兒寫一部書——這個願望突然變得異常迫切，我是那種說做就做的人，二〇一五年女兒放了暑假，我便著手本書的創作了。跟以往不同，這次首先想到的是女兒，是不斷成長中的孩子，這是我平生第一次為她寫，我考慮更多的不是評論家，不是文學編輯，更不是書商，而是一個求知慾極強聰明伶俐的小女孩，一個痴迷於書海的小書蟲。因此，在擬定了本書的主題之後，我先在開篇敲下了「寫給芳菲及其同齡人」一行字。在我看來這非常重要，我要時刻提醒自己，它是寫給誰看的，更重要的是，這部書可能得花上好幾年，到那個時候女兒已經是一個亭亭玉立的少女了，我不能把它寫成童話寓言之類，它的文學性和思想性必須上乘，同時還要兼顧可讀性和趣味性。當然，我最想做的是讓女兒跟隨小說中的主人公，一同去體會那段不堪回首的往事，我更想為當下生活優渥的孩子們補上這堂公開課，讓他們知道幸福生活從來都來之不易，我們也曾有過苦難的昨天。

　　列夫‧托爾斯泰在《復活》裡寫道：「人們對自己的死亡已習以為常，已養成了一種習慣死亡的生活態度，聽任孩子夭折，

婦女超負荷勞動，普遍的，特別是老年人的食物不足……」在我很小的時候，祖輩們經常會在我耳邊大談特談「三年」的事情，他們會說「三年」那陣子早就把你餓死了，就連樹皮你都吃不上，這些老生常談的本意是，藉此來批評晚輩們不珍惜糧食、生在福中不知福的行徑。我女兒生於千禧年初，這代人注定衣食無憂，每天都浸泡在蜜罐裡，張口肯德基麥當勞，閉口西餐和披薩，身為父親，我有責任也有義務帶領她穿越一次歷史，回到那個可怕的三年困難時期。

在小說故事中，少女一家四口從城市輾轉遷徙到西北偏遠小鎮，父親身為技術幹部奔赴大壩工地投身建設，母親則帶著一雙年幼的兒女，在陌生小鎮安家落戶，當一家人尚未融入新環境的時候，一場災害瞬間將他們拋進了苦難的深淵。這部小說就是以三年苦難時期為背景展開的，在那個物質極端匱乏缺吃少穿的時代，人的生命一如草芥，死人的事經常發生。大時代背景下的小家庭、孱弱無助的少男少女、兩條忠誠不渝的看家犬……這些都將在故事裡得以重現。我在寫下這段涵蓋了苦難和堅韌的少年心靈史的同時，更願意以「良善、真誠、堅強、隱忍」等品格來塑造少年的情感和心靈，使之成為一部蘊藉之作。

我最要感謝女兒，是她讓我有勇氣完成這未竟的事業，因

寫給女兒的 一本書（代後記）

為我知道這才是我最應該去完成、也是必須要完成的作品，那是我的文學夢開始的地方。

電子書購買

國家圖書館出版品預行編目資料

家犬往事 / 張學東著 . -- 第一版 . -- 臺北市：崧
燁文化事業有限公司 , 2022.04
　　面；　公分
POD 版
ISBN 978-626-332-017-8(平裝)
857.7　　110022497

家犬往事

臉書

作　　　者：張學東

編　　　輯：柯馨婷

發 行 人：黃振庭

出 版 者：崧燁文化事業有限公司

發 行 者：崧燁文化事業有限公司

E - m a i l：sonbookservice@gmail.com

粉 絲 頁：https：//www.facebook.com/sonbookss/

網　　　址：https：//sonbook.net/

地　　　址：台北市中正區重慶南路一段六十一號八樓 815 室
Rm. 815, 8F., No.61, Sec. 1, Chongqing S. Rd., Zhongzheng Dist., Taipei
City 100, Taiwan

電　　　話：(02) 2370-3310　　　傳　　　真：(02) 2388-1990

印　　　刷：京峯彩色印刷有限公司（京峰數位）

律師顧問：廣華律師事務所 張珮琦律師

─版權聲明─

本書版權為北嶽文藝出版社所有授權崧博出版事業有限公司獨家發行電子書及繁體
書繁體字版。若有其他相關權利及授權需求請與本公司聯繫。

未經書面許可，不得複製、發行。

定　　　價：375 元

發行日期：2022 年 04 月第一版

◎本書以 POD 印製